U0598910

这是一部传承伟大沂蒙精神的"老兵新传"
这是一部谱写新时代乡村振兴的高亢战歌

沂蒙"兵支书"

张一涵◎著

国文出版社
·北京·

图书在版编目（CIP）数据

沂蒙"兵支书" / 张一涵著 . -- 北京 ：国文出版
社，2025 . -- ISBN 978-7-5125-1965-7

Ⅰ. I25

中国国家版本馆 CIP 数据核字第 2025DA6426 号

沂蒙"兵支书"

图书出品	刘　军
策划统筹	郭海涌　凌　翔
作　者	张一涵
责任编辑	罗敬夫
责任校对	陈一文
出版发行	国文出版社
经　销	全国新华书店
印　刷	临沂玉峰印刷有限公司
开　本	710 毫米 ×1000 毫米　　　16 开
	17.5 印张　　　　　　　212 千字
版　次	2025 年 7 月第 1 版
	2025 年 7 月第 1 次印刷
书　号	ISBN 978-7-5125-1965-7
定　价	89.00 元

国文出版社

北京市朝阳区东土城路乙 9 号　　邮编：100013
总编室：（010）64270995　　传真：（010）64270995
销售热线：（010）64271187
传真：（010）64271187-800
E-mail：icpc@95777.sina.net

序一

新时代的沂蒙"战"歌

李明耀

在沂蒙大地，有一个响亮的称号被人们广为传颂，那便是"兵支书"。他们有从军的经历，曾在部队的熔炉中历经千锤百炼，铸就了如铁般硬朗的作风；有似规般严明的纪律，若磐石般坚定的意志。勇于担当，敢打硬仗，已然成为他们深入骨髓的本能。如今，在村党支部书记的岗位上，他们是基层组织的核心纽带，是连接党与群众的坚固桥梁，更是引领大家走向富裕之路的引路人。

临沂，这座有着深厚革命底蕴的兵源大市，每年都有3000多人投身军营，目前全市拥有32万名退役军人，其中党员占一半以上。在"党群同心、军民情深，水乳交融，生死与共"的伟大沂蒙精神的感召下，一大批有理想、有胆识、有情怀、有担当的"兵支书""兵委员"如雨后春笋般在这片土地上涌现。据统计，截止2025年1月，全市有"兵委员"6194名，占全市村"两委"委员的23.2%；"兵支书"1140名，占全市村支书的27.8%。从年龄层面来看，35岁以下的"兵支书"有146名，占全市村支书的3.6%，占全市"兵支书"的12.8%。这些看似枯燥的数字背后，实则隐藏着一个个鲜活而动人的故事，它们共同编织成了一幅壮丽的画卷，展现着沂蒙"兵支书"的风采与担当。

多年来，我有幸接触过众多的"兵支书"，他们给我留下的最为深刻的印象，便是极强的组织纪律性和突出的执行力。他们骨子里刻着军人特有的"血性"，同时又兼具沂蒙老区党员干部朴实坚韧的品质。在这个充满机遇与挑战、能够创造无数奇迹的时代，英雄辈出，而沂蒙"兵支书"无疑是其中一道亮丽的风景线。

在决胜脱贫攻坚、推动乡村振兴的战场上，沂蒙"兵支书"始终牢记习近平总书记来临沂视察时的嘱托——"让老区人民过上好日子"。他们带领着群众，以无畏的勇气和坚定的信念，向着乡村振兴、共同富裕的目标大步迈进。在沂蒙大地上，"兵支书"用他们坚实的脚步，踏出了一条充满希望的乡村振兴之路，奏响了新时代的沂蒙战歌。他们是强军思想的传播人，用自己的亲身经历和生动讲述，在乡村广袤的土地上播撒下参军报国的种子；他们是基层党建的领头雁，带领着党员队伍冲锋在前，不断加强党组织建设，让党的旗帜在乡村的上空高高飘扬；他们是乡村振兴的引路人，在迷茫中探寻出路，于困境中寻找机遇，凭借着智慧和勇气为乡村开辟出一条条通往康庄大道的希望之路；他们是和谐稳定的守护者，时刻保持警惕，防范着各种风险隐患，用自己坚实的臂膀为村民撑起一片安宁的天空；他们更是人民群众的贴心人，哪家有困难，他们总是第一时间赶到，与群众融为一体，展现出了深厚的鱼水情。

临沂市委、市政府创新性地推出沂蒙"兵支书"这一典型范例，为破解农村基层党组织"人难选、选人难"的难题开辟了一条光明之路，提供了极具价值的可借鉴、可复制、可推广的宝贵经验，得到了中央有关领导的批示肯定，为全国贡献了独特的沂蒙智慧。

为了进一步打造沂蒙"兵支书"品牌，广泛推广沂蒙"兵支书"的成功经验，临沂市充分挖掘党政机关、企事业单位、非公企业等各行业各领域中退役军人的巨大潜力。在这一过程中，一大批退役军人优秀代表脱颖而出，他们在不同的岗位上继续绽放着耀眼的光芒，成为各自行业的佼佼者。同时，通过评选"最美退役军人"等活动，形成了良好的示范效应，带动了全体退役军人"退役不褪色"，如星星之火般，在新的战场上继续奋战，建功新时代。他们带着军人的荣耀与使命，积极投身于经济社会建设，在新的岗位上创造了新的辉煌，为临沂的发展注入了源源不断的强大动力。

为了全面、准确地挖掘沂蒙"兵支书"的感人故事，大力弘扬沂蒙精神，长篇报告文学《沂蒙兵支书》应运而生。本书由中国作家协会会员、山东省作家协会签约作家、临沂市政协委员张一涵同志深入农村基层，经过大量的采访，精心创作而成。该书以新时代山乡巨变为宏大背景，以沂蒙"兵支书"带领群众决战脱贫攻坚、推动乡村振兴的动人故事为主线，生动而细腻地展现了沂蒙"兵支书"在各自村庄的独特风貌。从本书中，我们不仅能够深切地感受到这些先进典型所具有的高尚政治品格、坚定理想信念、纯粹入党初心以及深厚为民情怀，还能够品味出他们在基层一线奋战过程中的酸甜苦辣，仿佛置身于他们的故事之中，与他们一同经历那些难忘的岁月。

最后，让我们共同期待，沂蒙"兵支书"在新时代的征程中，能够继续发挥先锋模范作用，以更加饱满的热情和昂扬的斗志，为乡村振兴注入更加强大的动力，让沂蒙大地绽放出更加绚烂的光彩，续写更加辉煌的篇章。

是为序。

2025 年3 月5 日

（作者系山东省临沂市退役军人事务局局长）

乡村振兴中的"老兵新传"

——张一涵长篇报告文学《沂蒙兵支书》

许　晨

冬去春来，辞旧迎新。

在纷繁忙碌的人生海洋中，总会不时地跳跃起一朵朵闪亮的浪花，让人眼睛一亮并带来满满的欣喜。龙年岁尾，我就感受到这样一份温馨和喜悦。优秀的青年作家张一涵将她的长篇报告文学新作《沂蒙兵支书》电子版发来了，请我审读为其把关。作为被她尊称为导师的人，我自是极为重视。此外，还有一个原因是我也曾当过兵，是一名退役军人，所以这群"兵支书"就如同我的战友一般，备感亲切。"战友战友亲如兄弟……"这首歌一直在我耳边回荡。

两年前，山东省委组织部和省作协组成采访团，前往英雄的革命老区临沂市参观采访"乡村组织振兴"工作。我有幸参加来到了孟良崮下的蒙阴县，受到了临沂市委组织部负责同志的热诚欢迎，他们向我们讲述了临沂"兵支书"的相关情况。蒙阴县委有关负责人也详细介绍了蒙阴"兵支书"的工作状况，以及他们是如何获得中央有关领导高度肯定的。我当即觉得这个题材甚佳，可创作一部长篇报告文学。于是，我找到临沂作家张一涵，鼓励她积极投入写好这个选题。

一涵作为沂蒙的女儿，深受这片红色热土的滋养，她的文字总能深刻地反映出这里的风土人情以及那些感人至深的故事。在临沂市作家协会的重点培养下，作为"80 后"青年作家，聪慧而努力的一涵成长迅速，近年来她连续撰写了长篇报告文学《天下无孤》《大爱沂蒙》姊妹篇，均在国家级重要文学期刊《中国作家》上发表，得到了社会各界和文朋诗友的广泛好评，让读者在阅读中感受到来自沂蒙山区的坚韧与温暖，同时，她还被山东省作家协会聘为签约作家。

去年春天，张一涵有幸参加了由中国报告文学学会、湖南省作家协会、毛泽东文学院联合举办的首届全国报告文学作家高研班。此班汇聚了来自全国各地的优秀报告文学作家，加之邀请经验丰富的作家讲课，大家交流学习，共同进步。一涵作为其中一员，如鱼得水，收获颇丰。她不仅学习感悟到更多的写作技巧，更重要的是结识了一群志同道合的朋友，共同为报告文学的发展贡献力量。其间，我督促一涵抓紧采访写作《沂蒙兵支书》。这部作品对她而言，不仅是一次文学路上的创作挑战，更是一次对家乡的深情回望。她需要将自己对这片土地的热爱以及对退役军人的崇敬之情，融入到文字之中，让读者感受到力量与希望。

功夫不负有心人。学习回来后，一涵在临沂市退役军人事务局、市文联、市作协等有关部门的支持下，全身心地投入进去。经过一段艰辛而细致的工作，她完成了初稿并发了过来。此时，我既赞叹她的工作热情，更惊讶她的创作速度。我抽暇认真将文稿从头到尾仔细地审阅了一遍，深切地感到她是以细腻的笔触、深情的文字，描绘了一幅沂蒙精神在新时代乡村振兴实践中的壮丽画卷。

当天，我按捺不住对学生进步的欣喜，给她回复道："一涵，这几日仔细看了你的作品，我很欣慰，感觉整体构思、各个章节安排以及细节处理都很不错，看得出你在结构作品和写法上较以往有了很大进步。分类推进，前后呼应，浑然一体，以后就这样继续写下去。"

在她的笔下，我们可以看到"兵支书"带领乡亲们发展产业、改善环境、提升文化；看到乡亲们在他们的带领下，从贫困走向富裕；也看到那片热土上的人们如何凭借坚韧与智慧，书写着新时代的乡村振兴篇章。在描绘"兵支书"的奋斗历程时，一涵巧妙地运用了场景化叙事手法，将读者带入一个个紧张而又充满希望的乡村建设现场，让读者仿佛亲身经历了那些激动人心的时刻——在破旧的村舍前，"兵支书"与乡亲们围坐一起，商讨村庄的发展规划，他们的眼神中充满了对未来的憧憬与期待，仿佛已然看到了村庄繁荣富强的景象。在田间地头，"兵支书"亲自示范新技术，与乡亲们一同劳作，汗水湿透了衣衫，但他们的心中却满是喜悦与满足。在矛盾纠纷面前，"兵支书"凭借军人的公正与果断，化解了一个又一个矛盾，让和谐之风吹遍村庄的每一个角落。

这些生动的场景，既展现了"兵支书"对乡村发展的执着追求，又凸显了他们作为军人的担当与责任。他们深知自己是一名普通而光荣的乡村建设者，更是承载着乡亲们希望与梦想的领路人。因此，无论面对何种困难，他们都始终坚守那份坚定的信念和决心。此外，在描绘"兵支书"的奋斗历程中，一涵还深入挖掘了他们的内心世界。作品中，我们能够看到"兵支书"对家乡的深情厚谊以及对责任的执着坚守。他们曾为保家卫国远离家乡，如今却带着对家乡的无限眷恋与热爱，回到了这片熟悉的土地。他们深知肩负振兴乡村的重任，必须用自己的双手为乡亲们创造更美好的生活。

如此看来，长篇报告文学《沂蒙兵支书》，不仅是一部描绘乡村振兴实践的报告文学，更是一部传承沂蒙精神的佳作。写作中，一涵将沂蒙精神的内核 —— 党群同心、军民情深、水乳交融、生死与共，巧妙地融入到每一个"兵支书"的故事里，通过生动的情节和鲜活的人物形象，让读者深刻感受到了沂蒙精神的伟大与崇高。

沂蒙精神是这片红色沃土孕育出的宝贵财富，是一种蓬勃向上的精神力量和与时俱进的行动指南，激励着"兵支书"在乡村振兴的道路上勇往直前，不断开创崭新局面。《沂蒙兵支书》正是对这种精神的最佳诠释与传承。人们在书中看到了一个个鲜活的"兵支书"形象，正在用实际行动诠释着沂蒙精神的深刻内涵，为我们树立了新时代乡村建设者的光辉榜样。

同时，《沂蒙兵支书》还为我们展现了一个鲜为人知却意义非凡的群体。他们虽身处基层，但其胸怀与担当却令人肃然起敬，他们用双手和智慧为乡村振兴伟大事业贡献着自己的力量。而这部作品，正是对他们辛勤付出的最好记录与赞美。作家凭借扎实的创作功底和敏锐的社会洞察力，完成了一次对时代脉搏的精准把握与深情书写。这使我们看到了一个新时代乡村建设的生动图景，其中的"兵支书"成为引领乡亲们走向富裕的领路人，沂蒙精神也在新时代焕发出了新的生机与活力。

可以说，《沂蒙兵支书》它让我们看到了建设社会主义新农村的美好前景与无限可能，也让我们更加坚定了投身祖国建设的信心与决心。愿"兵支书"的故事通过张一涵的作品走出沂蒙山，走向齐鲁和中华大地，使更多的青年一代受到启发与激励，去续写新的辉煌篇章，让沂蒙精神在中华大地代代相传、永放光芒！

2025 年元月写于青岛

（作者系鲁迅文学奖、冰心散文奖获得者、中国报告文学学会理事、山东省作家协会原副主席、《山东文学》原社长、主编，青岛市作协名誉主席）

目录

序章

一个村庄的坐标

沿着蜿蜒曲折的山路徐徐前行，不多会儿工夫，一个仿若世外桃源般的山村便悠然跃入视野。村头民宿的墙壁上，"路不远、景又美、欢迎来沂水"那几个大字，在灿烂阳光的倾洒下，熠熠生辉，恰似一位热情好客的东道主，迫不及待地向每一位路过的旅人发出诚挚的邀约。踏入村子，村中草坪雕塑上，"西墙峪"三个大字笔锋刚劲，竖写其间，透着雄浑豪迈之气，其下"心之所向、皆如此院"的字样，则又晕染出一抹质朴无华的宁静韵味，让人不禁心驰神往。

这里，便是沂水县院东头镇的西墙峪村，它宛如一颗遗世明珠，静谧地坐落于沂水县城西南方向约38公里处，距镇驻地西南约10公里的地方。举目远眺，连绵的群山似一条巨龙蜿蜒起伏，山上植被郁郁葱葱，

西墙峪村

仿若给大地披上了一件翠绿色的披风，它们如同忠诚的卫士，默默守护着这片神奇的土地。山脚下，一湾碧绿的湖水在微风中泛起粼粼波光，与那石墙红瓦的村庄相互映衬，恰似一幅浑然天成的山水画卷，美得令人窒息。

2023年6月18日，这一天，央视财经频道《对话》栏目组如一阵春风，悄然打破了这个山村往日的宁静。记者的摄像镜头宛如灵动的眼眸，在村子里穿梭游走，探寻着山东打造乡村振兴齐鲁样板背后隐藏的神秘密码。

"怎样才能让绿水青山化作金山银山？"

"如何使农村在富了口袋之后还能富脑袋？"

面对央视主持人连珠炮般的发问，山东省委书记林武目光坚定，声音洪亮而有力："在推进乡村振兴的征程中，我们要对农村多予少取，无论是资金、资源，还是各类要素，都要向农村倾斜。要将产业振兴、人才振兴、文化振兴、生态振兴、组织振兴这五大乡村振兴板块统筹兼顾，协同推进。"

在这场意义非凡的"对话"中，山东省、市、县、镇、村五级共71位书记齐聚一堂，宛如一场智慧的盛宴。他们围坐在一起，你一言我一语，气氛热烈非凡。

"党建引领那可是关键，得把村民有效地组织起来。"

"走农文旅融合发展的道路才是正途。"

"不管条件多好，没人带头干，一切都是空谈。"

"咱这北靠孟良崮，南靠大蒙山，生态资源得天独厚。"

大家各抒己见，畅所欲言，那深入探讨交流的场景仿佛就在眼前，他们用满腹的智慧与坚定的决心，尽情展现着山东在乡村振兴道路上的新担当与新作为。

现场，所有人都在心底思索着同一个关键问题：究竟怎样才能成为一名出色的村一级带头人呢？要知道，村一级虽说是最基层的行政单元，却也是"麻雀虽小，五脏俱全"，一个村子就好似一个纷繁复杂的小社会。林武书记神情严肃地说道："村党支部书记，一方面要引领村民齐心协力、拼搏奋进，另一方面要将上级的资源与政策精准落地。既要政治素养过硬，又要业务能力超群。唯有如此，方能真正肩负起带领村民改天换地，铸就乡村崭新未来的重任。"

村党支部书记这个承载着兴一村经济、富一村百姓、建一村文明、保一村平安、构一村和谐等千钧重担的角色，无疑是村"两委"的中流砥柱，是党员队伍的先锋模范。他们的一举一动，直接关系着村子的兴衰荣辱，主宰着村子的发展走向，更牵动着每一位村民的心弦。

乡村振兴，根基在于组织振兴，正所谓"基础不牢，地动山摇"。临沂市在村一级大力推行"头雁领航"工程，凭借"选、育、管、用"一整套科学严谨的机制，精心筛选出一批优秀的沂蒙"兵支书"。

在全市4097名村（社区）党组织书记中，1140名"兵支书"如同一面面旗帜，傲然挺立在乡村振兴的前沿阵地，成为齐鲁样板建设中一道亮丽的风景线。而西墙峪村党支书记王成成，则是年龄最小的一位"90后"女支书，在乡村振兴的道路上，绽放出独特的光芒……

二

在西墙峪村村口，我第一次见到了王成成。她笑容温暖，像邻家小妹一样热情而又朴实。齐耳的短发，利落而俏皮地依偎着她的脸颊。鼻梁上那副精巧的眼镜，更是为她增添了几分书卷气，镜片后的那双炯炯有神的眼睛清澈明亮，目光坚定。

1993年秋天，王成成出生在埠前村，一个离西墙峪村不远的小村庄。她的童年是在爷爷奶奶的膝下度过的，那些关于抗战支前的故事、红嫂的故事，如同一颗颗红色的种子，在她幼小的心灵里生根发芽。每当夜幕降临，爷爷奶奶便会围坐在火炉旁，讲述着那些发生在沂蒙大地上的英勇事迹。那些故事，如同一幅幅波澜壮阔的历史画卷，深深地烙印在她的心中。都说临沂人爱当兵，王成成也特别想当兵。她父亲原来也一心想当兵，可奶奶看他瘦小没让去。当兵梦没实现，父亲就天天在家看战争剧，看得王成成心里也痒痒的。

2012年，王成成考上了云南丽江师范高等专科学校，开启了她的大学生活。当部队来学校招大学生士兵时，她第一个主动报了名。面试的时候，她的理由简单："我的家乡沂蒙山，在革命战争年代拼命抗战支前，到了和平时期也一样保家卫国。我也要像先辈们一样爱党爱军，为国家的繁荣富强贡献自己的力量。"成成的真诚与热情打动了部队首长，他们不仅认真听取了她的想法，还专门回去翻了资料，了解她家乡的情况。通过政审后，王成成如愿以偿地成了解放军驻云南某部的一名通信战士。在部队里，她严格要求自己，学习全神贯注，训练吃苦耐劳，工作兢兢业业。她的付出与努力得到了部队的认可与嘉奖，不到3年，她便光荣地加入了中国共产党。

5年的军旅生涯，不仅赋予了王成成强健的体魄和坚定的意志，更提升了她的思想境界和综合素质。她学会了如何在困难面前不屈不挠，如何在挑战中勇往直前。时光匆匆，2017年年底，在军队改革的浪潮中，王成成选择了退伍。回乡后的王成成，在一家拓展公司上班。

2018年11月，时任山东省委书记刘家义正在离她几十公里的蒙阴县岱崮镇马子石沟村调研。这个曾经外债累累的贫困村，在2004年迎来了村书记、退役军人闫士照。这些年，闫士照带领村民把家乡建设成了远近闻名的旅游村。

看着旧貌换新颜的马子石沟村，刘家义书记表示，可以探索让退役军人、机关干部、回乡创业企业家担任村级负责人的路子。

此时的王成成还不知道，这件事，将改变她的人生轨迹。

2019年6月，王成成在微信上收到表哥转来的一条链接，是沂水县面向退役军人公开选拔村党组织书记的简章。王成成认为这个岗位应该和那种驻村书记差不多，是辅助村书记工作的，锻炼锻炼也好，于是就报了名。她报名的村，是她家所在镇的西墙峪村。

当时和她一起报这个岗位的，有6位退役军人。经过面试、考察、公示等环节，"八一"这天，正在和战友欢庆节日的王成成接到入选通知，让她第二天去村里报到。

这将是王成成人生中的又一个新战场。

三

西墙峪是院东头镇一个典型的落后村。全村229户人家，共计634口人，党员34人，却星罗棋布地散居在周围的16个山峪之中。一句在当地流传甚广的"顺口溜"——"有女莫嫁西墙峪，光有大山没有地"，生动而无奈地描绘出了这个村庄的贫穷与闭塞。

来到西墙峪村，王成成发现，这个岗位不是她想象的书记助理，而是这个村的一把手书记。她的同事、村委其他人，都是这个村的老党员，年龄都在45岁以上。长期以来，由于种种复杂的原因，村内的党组织显得尤为涣散，内部矛盾错综复杂，让人难以理清。信访问题更是层出不穷。"这个村之前也选出过党支部书记，但是很快就因为村内矛盾干不下去了。正应了那句话'相互拆台，一起垮台'，后来也没人愿意干了。班子都配不好，其余的一切都无从谈起。"院东头镇组织委员杨振伟无奈地说道。

当正式接过任命书的那一刻，王成成心中充满了忐忑与茫然。不仅因为她缺乏足够的农村工作经验，还有村民对她的质疑与不信任。

"这么个年轻丫头、一个外村人，能融入这个村集体吗？"

"村里头党员那么多，咋就选了个外头的'毛孩子'来当家？"一位老党员在党员大会上质疑道。还有村民私下嘀咕："我一看，怎么来了个'识字班'，心想肯定也干不长，顶多干三天就得走。"

其他村民也纷纷附和着："这个女娃娃，还没婆家哩，怕是干不长。"这些话语如针一般刺痛了王成成的心，也充满了对这位年轻女书记的轻视。

她的内心有一个强大的声音："好歹我是当过兵的，坚决不能当逃兵，我不仅要留下来，还要让西墙峪村大变样。我不能给军人这个身份丢脸。"于是，在第一次党员会上，成成当众立下了"村民不富我不嫁"的誓言，她认为谈恋爱结婚会分散时间精力。为了全身心地投入到村庄工作，她将个人问题暂且搁置一旁。

就在成成准备大展拳脚之际，"利奇马"强台风不期而至。

山洪暴发，山体滑坡的危机迫在眉睫，部分村民的生命安全受到了严重威胁。面对突如其来的灾难，王成成以军人的果敢与气魄，迅速组织起村"两委"成员投入战斗。

"王书记，村西边的桥被漫了。"

"王书记，村口的路塌了。""王书记，张大娘不愿意转移。"一时间，"王书记"成了被呼叫最多的人。

在漆黑的风雨夜中，王成成如同一位孤胆英雄，穿梭在山岭之中。一次次地敲门、一次次地大喊："叔、婶，快起来啊！这里有坍塌的危险！""奶奶，赶紧走啊！来，我扶您……"那声音坚定而有力，成了村民们在绝望中的温暖指引。

历经24小时的无休奋战，王成成终于成功将56户、114人安全转移至临时安置点。那一夜，王成成不仅展现了一个当兵者强健的身体素质与临危不惧的勇气，更体现了一位共产党员的担当与作为。当她擦去脸颊上的雨和汗，长长地舒了一口气时，村民看到了她疲惫却坚定的眼神，从心底里开始佩服这位年轻的女书记，纷纷竖起了大拇指："这个妮子，来我们村当书记，行！"

当被问及台风来袭时是否害怕时，王成成从容地说："哪顾得上害怕，当时心里只有一个念头，那就是保护村民安全，安排好后续生活。如今回想，确实会后怕。但我身为村支书，又是一名退伍军人，守护村民是我的使命。"

这场危机过后，西墙峪村逐渐恢复了平静。但王成成深知，要想让村庄真正摆脱贫困与落后，就必须从根本上解决问题。于是，她四处奔走、争取资金和项目，发动村民自力更生、投工投劳。很快，一条长1600米的机耕路和120米的石板路顺利建成；仅仅45天的时间，新打出了百米深的机井两眼、蓄水池三个，所辖的10个自然村全部通上了自来水。

随着基础设施的不断完善和生活条件的逐步改善，村民脸上露出了久违的笑容。王成成用自己的实际行动证明了：只要有决心、有勇气、有担当，再贫穷、再落后的村庄也能焕发出新的生机与活力。

四

"我们村坐落于沂蒙山区的核心地带，四周群山环抱，林木茂密，如同天然的屏障，为隐蔽提供了绝佳条件。在抗战期间，八路军山东纵队指挥机关和野战医院医疗所选择在这里长期扎营驻守。"王成成的话语间流露着无比的自豪，西墙峪村被称为"山东纵队的好后勤"。

"瞧，这张照片，是村民代福增小腿被开水烫伤，被部队的医疗所医治好；还有这张照片，反映的是1944年春旱，户户缺粮种，当时在此驻扎的鲁中军区司令部和二军分区司令部，把省下来的5000斤豆种给西墙峪作粮种渡过难关……"王成成向我呈现着一个个动人的细节。军爱民，民拥军。那时，西墙峪最多时曾住过八路军及伤病员300人以上。伤病员分散到各家各户，每户承担2至4名伤员的掩护任务，大家吃的是一锅饭，点的是一灯油，军民团结如一家。

西墙峪村的红色历史，就是沂蒙精神的真实写照。岁月流转，硝烟散尽，这里的红色记忆，如同村口那棵古老的大树，深深扎根在这片土地上，永远不会被遗忘，继续激励着一代又一代的后人，传承沂蒙精神，砥砺前行。

"革命战争年代，西墙峪讲大局、做奉献、是标杆。乡村振兴路上，我们也不能掉队，要继续争当标杆。"王成成一个月跑遍16个自然村，看着绿水青山，触摸红色历史，她在党旗前许下"三年内一定让西墙峪变变样"的誓言。

恰逢县里号召"发展全域旅游、建设全景沂水"，王成成积极响应，开启了以红色文化为导向的乡村振兴之路。她积极引领村民开展"红色记忆"工程，深入挖掘革命战争年代的故事，建起了一座动人心魄的"红色记忆馆"。馆内丰富的珍贵历史文物与生动详实的图片资料有序陈列，每一位踏入馆内的参观者都仿佛能穿越时空，真切地感受到波澜壮阔的革命岁月，深刻领略到先辈们的英勇无畏与坚定信念。

与此同时，王成成又带领村民对山东纵队指挥部、将军旧居以及藏兵洞等革命旧址展开了精心修缮，力求让这些红色遗迹重现昔日的荣光，使之成功转型为一体化的研学基地与爱国主义教育基地，为广大青少年学生以及四面八方的游客，提供一个绝佳的学习与感悟平台。截至当下，接待量突破十万人之众，且这一数字仍在持续攀升。西墙峪村在红色文化引领下的成功实践，是一部生动鲜活的乡村振兴教科书，有力地证明了红色文化可以为村庄注入强大的精神动力，更能为山村脱贫致富开辟出一条特色鲜明、前景广阔的产业发展大道。

五

"西墙峪村要真正振兴，就必须将红色文化与绿色生态资源相结合，走出一条特色产业发展之路。"王成成说："这条路虽然艰难，但只有这样才能让西墙峪村焕发新的生机。"

人气是发展的关键，而要让游客留下来，就必须解决吃住的问题。王成成开始了"打扫屋子再请客"的计划。她鼓励村民成立专业合作社，开办农家乐和民宿。起初，村民对此半信半疑，但在她的耐心劝导和示范带

西墙峪村

动下，越来越多的人加入了这一行列。专业合作社的成立，不仅为村民提供了创业的平台，还吸引了上级资金的注入、工商资本的青睐以及社会捐赠的涌入。

接着，王成成又以专业合作社为依托，结合"百村示范、千村整治"工程，对村里的基础设施进行了全面升级。石屋、石墙、石板路被修整一新，亲水平台、木栈道、工艺墙、景观坝等景观设施如雨后春笋般涌现，闲置的宅基地也被盘活，建成了12套精品民宿。这些民宿不仅保留了沂蒙风情的装饰，还配备了现代化的设备，让游客在享受传统韵味的同时，也能感受到现代生活的便捷。民宿的运营交由第三方专业公司负责，确保了服务质量和游客体验。

随着基础设施的完善和旅游项目的增多，西墙峪村的人气越来越旺。梯田层层叠叠，路面干净整洁，房屋错落有致，绿植和鲜花环绕其间，整个村庄仿佛一幅美丽的画卷。游客在这里流连忘返，享受着惬意的山居生活。一位80多岁的老党员感慨地说："过去咱村穷得叮当响，哪能想到如今会有这般大变化，日子真是越过越有滋味。这可全靠成成这闺女呐！"

单枪匹马难以成就大事，不如集团作战抱团发展。于是，王成成又开始琢磨出了"企业+合作社+农户"发展新模式，成功激活了村里的闲置资源，吸引了众多企业前来投资兴业。王月杰便是其中的代表之一。一开始，他是来西墙峪村旅游的，被这里的自然风光所吸引。可他很快嗅到了这里无限的商机。决定扎根西墙峪，开始投资创办了一系列旅游项目。在他的带动下，越来越多的人前来考察、洽谈合作，为村庄的持续蓬勃发展注入了强劲动力。

村庄的发展让漂泊在外的村民也感受到了春天的召唤。他们纷纷踏上归乡之路，用自己的双手和智慧为家乡的建设贡献力量。村民张德法便是其中之一。他辞去在外的工作，回到家乡开办了民宿与农家乐。如今，他的生意做得风生水起，尤其是在节假日期间，民宿天天爆满，农家乐更是"一桌难求"。

中午时分，我和王成成在张德法的农家乐用餐。张德法满心欢喜地说："现在的生活可比以前强太多了，在家门口就能把钱挣了，还能照顾家里老小。这都亏了成成书记，带着我们走上了富裕路。"现在，西墙峪村人均可支配收入从原来的几千元大幅跃升至2.8万元，村集体收入也由不足10万元迅猛增长到30万元。这一组数据，是西墙峪村华丽蜕变的最好见证。

六

2023年7月1日，在党的生日这个特殊的日子里，央视《对话》特别节目《打造乡村振兴齐鲁样板》重磅播出。

刹那间，西墙峪村一跃成为全国瞩目的乡村振兴"明星"村，王成成也成了全国的"明星"书记。

2024年，七夕佳节，喜获"全国模范退役军人"称号的王成成与附近村庄田家峪村的优秀"兵支书"李祥民结婚了。两位"兵支书"喜结良缘，成为传扬在蒙山沂水的一段佳话。确实，同为退伍军人且选拔为"村支书"的李祥民，深知作为女战士的王成成，为了乡村振兴所付出的心血汗水比男兵更多。在他看来，王成成不仅是爱人，更是志同道合并肩战斗的战友。

王成成，这位曾经立下"村民不富我不嫁"誓言的女孩，在这片深爱的土地上，在乡亲喜悦的欢笑中，找到了属于自己的幸福归宿。

我们漫步在乡间小路上。她依然保持着"兵"的姿态，腰身挺拔，步履轻快，微风轻轻拂过脸颊，带来泥土的芬芳与田野的气息。前面，一行大字映入眼帘：你来的时候，西墙峪的风是甜的。此刻，我们似在甜甜的微风中感受着乡村振兴的温度与激情。更令人产生无尽的遐思：或许，是这片土地上人们的奋斗与汗水，让这风都变得甜美；或许，是那一个个"兵支书"在乡村振兴的战场上，奏响了新的凯歌，让每一个角落都弥漫着希望和喜悦……

第一章

沂蒙厚土，兵魂之源

有一种深情

在华夏大地的版图上，有一片土地如同一颗明珠，闪耀着独特的光芒，它就是沂蒙。沂蒙，不只是一个简单的地域名称，它承载着厚重的历史、壮丽的山河与深沉的人文情怀，宛如一首雄浑的史诗，在岁月的长河中激昂奏响。

踏入沂蒙，连绵起伏的山峦映入眼帘，它们像是大地的脊梁，撑起了这片土地的豪迈气魄。蒙山，这座沂蒙山脉的主峰，以其巍峨的身姿，屹立于天地之间。

沿着蜿蜒曲折的山路攀登，四周的景色如同一幅徐徐展开的画卷。山上植被茂密，四季常青的松柏像是忠诚的卫士，守护着这片山林。每至秋季，漫山遍野的红叶如火般燃烧，给整座山披上了一件绚丽的彩衣。登上山顶，极目远眺，连绵的群山层峦叠嶂，山雾在山谷间缭绕，如梦似幻，让人仿佛置身于仙境之中。此时，清风拂面，带来山林间特有的清新气息，那是泥土、青草与树木交织的味道，深吸一口，满心都是大自然的馈赠，尘世的烦恼也被抛诸脑后。

沂蒙的水，灵动而清澈，如诗如画。沂河，这条沂蒙大地的母亲河，奔腾不息，滋养着两岸的万千生灵。河水清澈见底，在阳光的照耀下，波光粼粼，像是无数颗钻石在闪烁。河边水草摇曳，鱼儿在水中自由自在地穿梭嬉戏，时而跃出水面，溅起一串串晶莹的水花。清晨，朝阳洒在河面上，给河水染上了一层金色的光辉，早起的渔民撑着小船，在河面上撒网捕鱼，构成了一幅宁静而祥和的田园风光图。傍晚时分，夕阳的余晖将整个河面染成了橙红色，远处的山峦在余晖中若隐若现，与波光粼粼的河水相互映衬，宛如一幅绝美的油画。沂河的水，不仅灌溉了肥沃的土地，孕

沂河

育了丰富的物产，更孕育了沂蒙人民如水般柔韧而坚毅的性格。

　　沂蒙的历史文化，源远流长，是中华民族文化宝库中的璀璨瑰宝。这里是东夷文化的发祥地之一，古老的文明在这里生根发芽。悠久的历史留

下了众多珍贵的遗迹，如银雀山汉墓竹简，它们的出土震惊世界，为研究中国古代军事、历史和文化提供了极为重要的资料。这些竹简承载着古人的智慧与思想，跨越千年的时光，向世人诉说着那段波澜壮阔的历史。

然而，沂蒙的魅力远不止于此，更在于其骨子里流淌着的英雄血脉，以及那份被革命战火洗礼后更加坚定的红色精神。

回溯历史的长河，我们仿佛能看到那个烽火连天的战争年代。在那些动荡不安的岁月里，沂蒙人民展现出了无畏的革命勇气和坚定的爱国情怀。他们用自己的血肉之躯，筑起了保卫家园的钢铁长城。在那个物质匮乏的年代，"最后一口粮做军粮，最后一块布做军装，最后一个儿子送战场"的誓言，成了沂蒙人民全力支前的真实写照。无数沂蒙儿女挺身而出，他们推着小推车，肩扛手提，为部队输送物资，为革命的胜利立下了不朽功勋。

沂蒙红嫂，这个响亮的名字，成了战争年代沂蒙妇女的骄傲。她们用自己的乳汁救下受伤的战士，用柔弱的肩膀扛起了保家卫国的重任。沂蒙六姐妹，更是夜以继日地辛勤劳动，为部队烙煎饼、做军鞋，用自己的双手，为战士们编织出了一条条胜利的道路。

这些英勇无畏的沂蒙儿女，用自己的生命和鲜血，书写了一段段感人至深的英雄传奇。据统计，沂蒙老区 400 万人中，有 20 万人参军参战，100 多万人拥军支前，10 万先烈血洒疆场。这些数字背后，是沂蒙人民对国家和民族的无限忠诚与热爱。他们用生命和鲜血铸就了一座座不朽的丰碑，这些丰碑将永远矗立在人们的心中。

2013 年 11 月 25 日，一个值得沂蒙人民永远铭记的日子。

这一天，习近平总书记踏上了沂蒙这片热血铸就的红土地，深情地回忆起革命战争年代那些可歌可泣的峥嵘岁月，高度赞扬了沂蒙人民在革命战争年代所展现出的英勇无畏和坚定信念。

习近平总书记铿锵有力地说："沂蒙精神与延安精神、井冈山精神、西柏坡精神一样，是党和国家的宝贵精神财富。"这番有力量有温度的话语，滋润了千千万万沂蒙儿女的心田。

行走在广袤的沂蒙大地上，习近平总书记每一步都仿佛踏在历史的回响之上。他来到红色朱村，聆听着"军爱民、民拥军"的感人故事。1944年的沂蒙，是抗日战争的重要战场。在那个动荡不安的年代，朱村也未能幸免于难。一场突如其来的疯狂扫荡，让宁静的村庄瞬间被死亡的阴影笼罩。然而，在这危急关头，驻守附近的八路军一个连的战士没有丝毫退缩，他们挺身而出，用血肉之躯筑起了保卫家园的钢铁长城。战斗是残酷的，但也是壮烈的。战士们以无畏的勇气，舍命奋战，最终以24名勇士的生命为代价，击溃了敌人，将全村百姓从水火之中拯救出来。这场战斗，不仅是军事上的胜利，更是一次精神上的洗礼。它让"军爱民"的真情深深烙印在朱村村民的心中，也让"民拥军"的深情得以代代相传。

时光如梭，八十载春秋转瞬即逝。但朱村村民从未忘记那份恩情。每年正月初一，当第一缕阳光洒遍大地时，村民都会自发聚集在一起，将第一碗热腾腾的饺子祭奠给那些为国捐躯的英烈们。

这一碗碗饺子，不仅仅是食物，更是村民对八路军战士无尽感激与怀念的象征。它们承载着"党群同心、军民情深、水乳交融、生死与共"的沂蒙精神，让"军爱民，民拥军"的深情得以历久弥新。

沂蒙精神，是党和国家的宝贵精神财富。它不仅仅是一种精神力量，更是一个行动指南。它告诉我们：无论时代如何变迁，我们都要始终保持对国家和民族的无限忠诚与热爱；无论遇到多大的困难和挑战，我们都要始终保持坚定信念和昂扬斗志；无论取得多大的成就和荣誉，我们都要始终保持谦虚谨慎和艰苦奋斗的作风。只有这样，我们才能在新时代的征程中勇往直前、不断前行！

沂蒙儿女多壮志

临沂，这座位于山东省东南部的城市，地理位置得天独厚，散发着独特魅力。她以其优越的区位条件，在历史演进与现代发展中扮演着关键角色。临沂地处长三角经济圈与环渤海经济圈结合点，这一特殊的经济区位赋予了它巨大的发展潜力。北接济南、淄博等省内经济强市，能充分承接来自环渤海地区的产业辐射与资源外溢；南邻江苏省，与长三角经济区紧密相连，凭借长三角地区高度发达的产业体系和活跃的市场经济，临沂得以拓宽市场、引入先进技术与管理经验。如此一来，临沂仿佛站在两个巨人的肩膀上，左右逢源，为自身经济腾飞创造了极为有利的条件。在区域经济一体化进程中，临沂正逐步成为南北经济交流与合作的重要桥梁，通过产业互补、资源共享，实现多方共赢。从交通地理视角看，临沂是重要的交通枢纽。京沪高速、日兰高速等多条交通大动脉在此交汇，宛如一条条经济纽带，将临沂与全国各地紧密相连。发达的公路网络不仅缩短了城市间的时空距离，更为物流运输、商贸往来提供了高效便捷的通道。

临沂特殊的地理位置，在历史的长河中也留下了浓墨重彩的印记。自古以来，这里便是兵家必争之地，扼守南北交通要冲，战略地位极其重要。众多历史文化遗迹见证了这片土地曾经的辉煌与沧桑，深厚的历史底蕴与独特的地理位置相互交融，共同塑造了临沂独一无二的城市气质。这座城市凭借其优越的地理位置，在经济、交通、自然与历史等多方面展现出独特魅力与无限潜力。临沂更是全国闻名遐迩的兵源大市，多次蝉联"全国双拥模范城"的桂冠。

临沂的兵源成为中国国防事业的重要支撑。临沂市退役军人事务局局长李明耀自豪地说："临沂每年参军入伍数量一直保持在全省九分之一左右，一直保持着山东省第一名。"

征兵工作，历来是一项严肃而神圣的任务。

临沂各级政府和相关部门高度重视，通过加强宣传教育、提高征兵政策知晓率、优化征兵流程等一系列措施，确保每一位有志于参军的青年都能够顺利入伍，实现自己的报国梦想。

2020年6月，那是一个炽热而充满激情的季节。在临沭县，一位名叫臧天天的青年，是一位拥有研究生学历的高材生。在众人惊讶的目光中，臧天天选择了报名参军。经过严格筛选与考核，他凭借着出色的表现，顺利获得了役前教育训练的资格。然而，正当所有人都期待着这位高学历新兵能在训练场上大放异彩时，一个意外的插曲却悄然上演。在训练期间，臧天天收到了来自县第三初级中学的正式录用为教师的通知。这个消息，对他来说无疑是一个巨大的诱惑。一方面，军营是他梦寐以求的地方，那里有着他对于荣誉与责任的无限向往；另一方面，教师编制则意味着稳定与安逸，是许多人梦寐以求的职业归宿。面对这样的两难选择，臧天天的内心充满了矛盾与挣扎。

得知这一情况后，临沭县人武部部长孙军涛迅速向时任县委书记刘飞作了汇报。刘飞书记听后，眼神中闪烁着赞许与坚定。他深知，像臧天天这样的优秀青年，是国家和军队的宝贵财富，不能让他们因为一时的犹豫而错失报国良机。于是，刘飞书记亲自查找相关政策依据，最终为臧天天争取到了带编入伍的宝贵机会，并承诺退役后将提高其职级待遇。这一决定，无疑为臧天天解决了后顾之忧，也让他看到了更加广阔的前景。在欢送大会上，臧天天身着崭新的军装，站在全县人民面前，郑重地说："请放心，我一定给咱家乡人争光！"

臧天天的故事，只是临沂征兵工作中的一个缩影。为了吸引更多像臧天天这样的优秀青年参军入伍，临沭县下足了功夫。他们不仅提高了大学生入伍优待金补偿标准，还拿出了年度事业单位15%的指标，定向招聘退役士兵。这一系列举措，无疑为有志于投身军营的青年提供了更加坚实的保障和更加广阔的舞台。

临沂的兵源质量得到了广泛认可。自1961年恢复建县以来，临沭县就创下了63年无责任退兵的佳绩。这背后，是无数沂蒙儿女的忠诚与奉献，是他们用汗水和努力书写出的辉煌篇章。

在军队里，沂蒙籍的战士凭借骨子里的坚韧、勤劳和勇敢，迅速崭露头角。无论是训练场上的摸爬滚打，还是战场上的生死较量，他们都展现出了沂蒙儿女特有的英勇与无畏。训练场上，他们不怕吃苦，不惧困难，以顽强的毅力和拼搏精神，攻克了一个又一个训练难关。在炎炎烈日下的负重长跑中，他们咬紧牙关，坚持到底；在冰天雪地中的实战演练中，他们勇往直前，毫不退缩。他们的身影，成了训练场上最亮丽的风景线。

战场上，沂蒙兵更是英勇无畏，视死如归。从抗美援朝的硝烟弥漫到对越自卫反击战的枪林弹雨，从边疆的维稳戍边到国际维和的人道主义救援，沂蒙兵的身影无处不在。被中宣部授予"时代楷模"的抗美援朝英雄朱彦夫，在战场上与敌人殊死搏斗被炮弹击中头部，左眼被弹片炸飞，昏死过去。之后，朱彦夫被兄弟部队从雪地里扒出来，在昏迷93天，手术47次后，朱彦夫活了下来，但他的双手以及膝盖以下截肢，左眼失明、右眼视力降至0.3。还有为保护战友和群众生命安全身负重伤，失去左眼的"最美新时代革命军人"张洪峰……他们用鲜血和生命捍卫着祖国的尊严和人民的幸福，为军旗增添了一抹又一抹耀眼的光彩。他们的英勇事迹，成了激励后人不断前行的强大动力。

沂蒙兵的优秀品质，不仅仅体现在军事领域。退伍还乡后，他们更是成了推动家乡建设和发展的中流砥柱。像闫士照、李凤德、王继耕、张继利、何宗彦、赵祥卿、任玉勇、侯民、高希块、徐止群、张则亮、王全余、陆明星、赵仁宾、张钰、王成成、主父中顺……他们将军队中的纪律意识、团队精神和拼搏作风带回了家乡，在各行各业发光发热。有的沂蒙兵成了乡村振兴的带头人，他们带领村民发展特色农业、乡村旅游等产业，让曾经贫困落后的村庄焕发出勃勃生机；有的投身于教育事业，用自己的亲身经历和军人的坚毅品质，教育和激励着一代又一代的沂蒙学子；还有的在基层岗位上默默奉献，为维护社会稳定、促进和谐发展贡献着自己的力量。

如今，沂蒙这片土地依然保持着拥军优属的优良传统。每逢重大节日，各级政府都会组织慰问活动，为现役军人家庭和退伍军人送去关怀和温暖。学校里，国防教育课程丰富多彩，让孩子从小就树立起爱国拥军的意识。而在沂蒙的大街小巷，军人优先的标识随处可见，这不仅仅是一种待遇，更是整个社会对军人的尊重和敬意的体现。

在沂蒙这片土地上，参军入伍不仅是一份荣誉和责任，更是一个实现自我价值、展现人生风采的舞台。

此外，临沂还注重培养退役军人的就业和创业能力。政府和社会各界为退役军人提供各种优惠政策和扶持措施，帮助他们顺利回归社会、实现就业创业。这种关爱和支持不仅让退役军人感受到社会的温暖和尊重，也激发了更多青年参军报国的热情。

李明耀局长说："全市现有退役军人 32 万名，数量居全省第一，其中党员 17.3 万名。这些退役军人是临沂的宝贵财富，他们经过部队的历练，不仅拥有过硬的身体素质和政治觉悟，更具备勇于担当、乐于奉献的精神品质。"

在新时代的征程中，沂蒙精神沂蒙兵的故事仍在继续书写……

一场基层组织的新探索

2018 年 3 月 8 日，对于山东而言，是一个意义非凡、值得铭记的重要日子。这一天，习近平总书记参加十三届全国人大一次会议山东代表团审议时，为山东的发展指出了清晰而明确的方向，犹如在广袤的齐鲁大地上播下了希望的种子，开启了山东乡村振兴的新征程。

习近平总书记就推动乡村产业振兴、人才振兴、文化振兴、生态振兴、组织振兴作出重要指示，强调山东要充分发挥农业大省优势，打造乡村振兴的齐鲁样板。这一指示，无疑是交给山东的一项重大政治任务，更是赋予了山东在新时代乡村振兴伟大征程中先行先试、探索创新的历史使命。它如同一声响亮的号角，唤醒了齐鲁大地沉睡的力量，激发了山东人民建设美好家园的热情与干劲。

三个月后，习近平总书记再次亲临齐鲁大地考察，那坚定的话语、殷切的嘱托，引领着山东这艘巨轮破浪前行，驶向历史的崭新方位。习近平总书记的到来，让山东这片古老而又充满活力的土地，焕发出了前所未有的生机与活力，为山东的乡村振兴事业注入了无尽的动力与希望。

在提及乡村振兴战略时，习近平总书记沉稳而有力的声音，更是让山东人民心潮澎湃。"要加强基层党组织建设，选好配强党组织带头人，发挥好基层党组织战斗堡垒作用，为乡村振兴提供组织保证。"这一嘱托，如同一股暖彻心扉的热流，深深沁入山东人民的心田，化为他们前行的磅礴力量。

山东的广大党员干部深知自己肩负的责任重大，他们以更加坚定的信念、更加务实的作风，携手并肩，向着乡村振兴的美好愿景奋勇迈进。实施乡村振兴，是一项前无古人、后无来者的伟大事业，没有现成的经验可供借鉴，也没有固定的模式可以照搬。面对这一全新的课题，山东省委书记刘家义积极行动，深入洞察农村基层组织建设现状，努力探寻一条适合山东农村发展的光明之路。

同年 11 月 22 日，阳光轻柔地洒在蒙阴县岱崮镇马子石沟村的每一寸土地上。这个藏于蒙阴县城东北方向 40 公里大山深处的村庄，静谧而质朴。村口那棵古老的槐树，在初冬的微风中静静伫立，似在诉说着岁月的故事。闫士照，马子石沟村党支部书记，一名年龄已经 70 多岁身姿挺拔的退役军人，早早地站在了槐树下。他的目光，紧紧盯着远方那蜿蜒曲折的山路，心中满是期待。终于，几辆汽车缓缓驶来，刘家义书记的身影出现在眼前。闫士照毫不犹豫，大步流星地迎了上去。当他那因岁月磨砺而略显粗糙的双手，与刘家义书记的手紧紧相握的瞬间，仿佛有一种无形的力量在两人之间传递。

一位是心怀全省发展大计的省委书记，一位是扎根基层的村党支书，此刻，因着共同的使命与担当，距离被无限拉近。他们就像久别重逢的老友。

望着茫茫山岭，刘家义书记的眼神中透着关切问："老闫，你们村的谷子种植咋样？一亩地能打多少斤呐？"

闫士照微微挺直了腰杆，如实回答道："刘书记，咱这都是山岭地，土地贫瘠，每亩谷子收成也就三四百斤。"

刘家义书记曾有一段难忘的三年农村工作历程。在那片广袤的乡村土地上，他积累了丰富的经验，对各类谷物的习性、种植要点等都熟稔于心。闫士照依据实际情况认真作答，那精准且实事求是的回应，让刘家义书记不禁频频点头，脸上露出赞许的神情，嘴里轻声念叨着："对头，对头！"这简单的话语，满是他对务实态度与真切见解的肯定，大家对知识、对真相的尊重与追求，在一问一答间，往昔农村工作的画面如在眼前鲜活呈现。

紧接着，刘书记话锋一转，问道："村里班子搭配建设得如何？"

闫士照不慌不忙，缓缓说道："刘书记，我们马子石村'两委'班子可是老中青三结合。像我这样的老支书，有点经验可以把关；中年人有股子闯劲，敢于尝试新鲜事物；青年人活力满满，思维活跃，能给村子带来不少新点子嘞。"

刘家义书记的脸上露出了欣慰的笑容："老闫啊，你这位'兵支书'，退役不退志，回乡带着乡亲们奔小康，这股子精神，值得大家伙好好学习！"

闫士照有些不好意思："刘书记，我是党员，又是退伍军人，为乡亲们做点事，那是分内之事。"

就在这次意义非凡的调研过程中，刘家义书记目光深邃而坚定，开创性地提出了"兵支书"这一充满深意的概念。"兵支书"，承载着厚重的意义与期望。"兵支书"三个字里，"兵"是那闪耀的定语，彰显着人民子弟兵的担当作为精神；"支书"是那坚实的主语，凝聚着中国共产党支部书记的神圣使命与责任。在农村，那就是一方天地主政者、我们党的基层组织负责人。

乡村振兴之路，犹如治水需溯源。刘家义书记高瞻远瞩，提出从退役军人、机关干部和回乡创业企业家中选拔村党组织书记的创新构想，为农村基层组织建设这汪清泉注入了源源不断的活水。在他的大力推动下，山东省委、省政府与省军区携手并肩，联合出台一系列相关政策，旗帜鲜明地鼓励优秀退役军人投身村、社区"两委"，在乡村振兴的广袤舞台上大显身手。而临沂，作为全省的试点先锋，迅速响应，率先开启了选拔优秀"兵支书"的大幕，这些"兵支书"带着使命与担当，奔赴乡村振兴的火热战场。

第二章

敢教日月换新天

在沂蒙大地的历史长河中，探寻"兵支书"的起源，恰似翻开一部厚重而充满激情的岁月长卷，每一页都写满了坚韧与担当，每一章都回荡着时代的激昂旋律，这绝非一朝一夕之功。

在2018年之前，沂蒙大地上，"兵支书""兵主任""兵委员"就已如繁星点点，散布在各个角落。马子石沟村的闫士照，身姿挺拔，目光坚定，岁月在他脸上刻下的皱纹，仿佛诉说着往昔的军旅故事；南村的李凤德，步伐稳健有力，每一步都带着军人的果敢；牛岭埠的王继耕，眼神中透着坚毅与执着；张家丘河村的张继利，身姿魁梧，站在那里就像一座巍峨的山峰；干沟渊村的何宗彦，被称为"犟书记"，他守住田间的麦香……他们，这群五六十年代出生的退役军人，带着鲜明的时代烙印，承载着主流精神与价值取向，在这片广袤的土地上，闪耀着独特的光芒，引领着乡亲们不断前行。

遥想当年，他们告别热血沸腾的军营，毅然转身，踏上归乡之路。那一刻，心中没有丝毫犹豫与畏惧，"为有牺牲多壮志，敢教日月换新天"的壮志豪情在胸中激荡。家乡的土地，像一位久违的母亲，发出深情的呼唤；乡亲们那一双双期盼的眼睛，如同暗夜中的明灯。这份责任，比军令更沉重，比蒙山更巍峨。于是，在沂蒙的田野乡间，他们挺身而出，成为基层党员群众的领路人。

看，那贫困的枷锁，在军人的果敢与智慧面前，又能奈若何？破旧的老屋，荒芜的农田，在他们眼中，不是衰败的景象，而是沉睡的宝藏，正等待着他们去唤醒。他们开山辟路，一锤一凿，仿佛能听见大地的心跳；引来商机，四处奔走，每一步都带着对未来的憧憬。改良土壤时，他们俯下身去，亲手触摸着大地的脉络，让贫瘠之地焕发出勃勃生机，结出累累硕果。然而，前行的道路上，难关重重。资金短缺，像一座大山横亘在前，他们却毫不退缩，四处奔波。从晨曦微露到夜幕深沉，他们的身影穿梭在大街小巷，只为那一丝可能的生机。技术难题，犹如荆棘密布，他们夜以继日，查阅资料的专注神情，请教专家的谦逊态度，用顽强的毅力——攻克。他们挥洒着勤劳的汗水，那汗水如同春雨，浇灌着家乡的希望之花。军人的誓言，不再是空洞的口号，而是化作实实在在的行动，在沂蒙的山水间熠熠生辉。

或许，他们不曾有过惊天动地的壮举，只是日复一日，年复一年，几十年如一日地默默坚守。但正是这份执着与坚持，如涓涓细流汇聚成海，让沂蒙的乡村旧貌换新颜。沂蒙精神，在新时代的阳光下，绽放出更加璀璨的光芒，成为这片土地上不朽的旗帜，高高飘扬，激励着一代又一代的沂蒙儿女奋勇向前。

山山岭岭一片情

一

在清乾隆年间始建的马子石沟村，一块状若骏马的巨石静静伫立，它承载着源自泰山奶奶坐骑的神秘传说，默默守护这片土地数百载。

2024 年初冬，我踏入这片村落，目光便被精神矍铄的 72 岁的"兵支书"闫士照吸引。他的故事，在这马子石沟村的每一寸土地上深深镌刻，如同一曲激昂的战歌，在我们心间奏响。

闫士照，生于斯长于斯，是这片土地不折不扣的儿子。1998 年，他毅然决然地回到村里，挑起村党支部书记的重担。那时的马子石沟村，深陷贫穷与落后的泥沼。"山光秃秃、地薄溜溜"，村集体资产匮乏得可怜，仅有 300 元与一间破漏的办公室，外债却如巨石般压顶，高达 47 万元。闫士照常常孤身一人，伫立在山坡之上，炽热的阳光烘烤着大地，青石板散发着刺眼的光，热浪翻涌，整个村庄仿佛被酷热禁锢。村民苦中作乐，调侃着："蛇出溜子都能被烙死，没一处阴凉呐。"闫士照望着眼前的一切，心中那改变现状的使命感熊熊燃烧，他攥紧拳头，暗自起誓："绝不能坐以待毙，定要带着乡亲们蹚出一条致富路，把这穷沟变成富窝！"

闫士照上任后，马不停蹄地奔赴蒙阴县林业局，一番努力下，成功争取到12万棵黄芦、五角枫、侧柏等树苗。可种树的艰难远超想象，尤其是在20多米高的悬崖之上。闫士照身先士卒，他和乡亲们挥舞着钢钎，在悬崖峭壁上奋力打眼，固定树苗。随后，有人系着保险绳，缓缓降下，在崖壁上小心翼翼地栽种。遇到全是石头的地方，他们开来挖掘机，将石头击碎，再用三轮车把村里整改出的土运到山上，填入石缝后栽树。每一个环节，都凝聚着他们的血汗与智慧。

山区严重缺水，每栽一棵树，至少需一桶水，12万棵树，那就是6万担水的巨大挑战。从山下到山上，一个来回长达五六公里。闫士照迅速召集村里的十几个壮劳力，组成挑水队，他自己则扛起队长的重任。天刚蒙蒙亮，他们便出发，扁担在肩头嘎吱作响，水桶里的水随着脚步晃荡。直至夜幕深沉，他们的身影仍穿梭于山水之间，那坚定的步伐，在晨曦与星光的映照下，成为马子石沟村最美的风景。就这样，他们日复一日，连续挑了40多天，用顽强的毅力与辛勤的汗水，铸就了一段震撼人心的传奇。

自1998年起，闫士照每年都率领大伙上山种树。岁月流转，他们一肩担日月，一锄垦山河，在2600多亩的荒山上，用双手种下46余万棵希望之树。那曾经的青石板上，如今绿树成荫，"青石板上造绿洲"，这是群众对他们壮举的由衷赞叹。

马子石沟村

往昔的荒山秃岭，已被郁郁葱葱的林木和充满生机的田野取代。马子石沟村再现"四面环峃树环村"的盛景，还荣获山东省自然资源厅授予的"森林村居"称号。

二

当乡村旅游的热潮席卷而来时，闫士照那敏锐的目光瞬间捕捉到其中蕴含的无限可能。他深知，要让乡村旅游在这片土地上生根发芽、茁壮成长，必须打造出独一无二的旅游招牌。于是，在村庄的土地上，一场充满创意与激情的变革悄然拉开帷幕。

看呐，那旧房子拆下来的石料、砖瓦，在闫士照的巧思下，仿佛有了新的生命。他亲自操刀设计、规划，带领村民，一砖一瓦地建起了旅游中心和休闲广场。施工现场，尘土飞扬，闫士照的身影穿梭其中，他时而弯腰测量，时而直起身指挥，眼神中满是坚定与憧憬。

闫士照的目光又落在了那些古老的树木上。那些村民老宅子前后的柿子树、国槐、楸树、榆树等，犹如被岁月遗忘的珍宝。他不惜放下身段，"厚着脸皮"与村民商议，以低价将这些古老树木一一收购。这些树木在旅游区重新扎根，嫩绿的枝叶在风中摇曳，仿佛在诉说着往昔的故事，也成为游客相机里最美的风景，每一片树荫下，都传来游客的欢声笑语与惊叹赞美。

山，这座连绵的山峰，在多数人眼中是阻碍发展的天堑，可闫士照却从中洞察到无尽的宝藏。自幼在这片山地长大的他，熟悉这里的每一道沟壑、每一处山梁。他创新性地提出"1换N"的土地流转新模式。在村头的大槐树下，闫士照站在乡亲们中间，声音洪亮地讲解着这个计划，他挥舞着手臂，比划着土地的范围，眼神中透着自信与决心。通过这一巧妙运作，集体土地从原本的690亩如魔法般扩增到1500余亩，村集体年均增收8万多元，那一笔笔的进账，像是为村庄发展奏响的欢歌。闫士照的创新之举得到了山东省委组织部的高度赞誉，并在全省范围内广泛推广，成为各地效仿的典范。

有了土地这坚实的基石，产业发展的大厦拔地而起。2018年，闫士照振臂一呼，蒙阴县莲花崮农业生态旅游专业合作社应运而生。在那片广袤的荒山上，他带领村民挥汗如雨，栽植榛子的身影成为山间最美的剪影；在流转的土地里，沂蒙全蝎养殖基地逐渐成型，他俯身查看蝎子生长状况时专注的神情令人动容；还有那集电商经营、加工生产、产品展销于一体的综合性游客服务中心，在从蓝图变为现实的过程中，闫士照日夜坚守，与工人师傅并肩作战。在他的不懈努力下，马子石沟村的乡村旅游产业蓬勃兴起，村庄的致富之路越走越宽。

踏入如今的马子石沟村，眼前的景象令人震撼。水产养殖基地波光粼粼、中华蜜蜂园里蜜蜂嗡嗡作响，草鸡养殖园里鸡群欢快觅食，蝎子养殖园神秘而独特，这些特色产业园镶嵌在村庄的各个角落。它们不仅是村庄的财富密码，更是村民生活的新希望。产业园里，村民忙碌的身影随处可见，脸上洋溢着收获的喜悦，劳作换来的是实实在在的经济收入，口袋鼓了，生活也更有盼头了。

闫士照在"山"的文章上妙笔生花之后，又将他那充满远见的目光投向了河边的土地。在村委会的小屋里，灯光昏黄却气氛热烈，闫士照与"两委"成员围坐在一起，反复探讨、争论，最终决定把河滩地打造成沿街商品房，为村庄发展开启新的篇章。

可资金短缺犹如一座难以逾越的大山横亘在前。闫士照在无数个夜晚辗转反侧后，作出了一个让所有人都惊愕不已的决定。他瞒着相伴多年的老伴，悄悄拿走了家中为儿子娶媳妇辛苦积攒的30万元积蓄。那可是一家人多年的心血与希望啊！老伴知晓后，家中掀起了轩然大波，哭闹、争吵持续了大半年。

终于，在闫士照的顽强拼搏与执着坚守下，40栋沿街房拔地而起。崭新的沿街房像是一个个会下金蛋的母鸡，为村民带来了稳定的租金收入，更为村里还清了多年的外债。从此，村庄的账本上不再是赤字与忧愁，而是盈余与希望。

曾经，山里人对外面的世界充满了渴望，总想着"走出去"；如今，马子石沟村凭借自身的魅力，把城里人热情地"请进来"。昔日那贫穷落后的"穷山沟"已然华丽转身，变成了老百姓取之不尽、用之不竭的"绿色银行"。

如今的村民，生活也发生了翻天覆地的变化。家中开起了网店，轻点鼠标，村里的农产品便飞向全国各地。村快递点热闹非凡，来来往往的包裹传递着村庄与外界的紧密联系。交通的便利让村庄不再偏僻，曾经遥不可及的梦想如今都成为触手可及的现实。那些曾经守着土地刨食的"农家人"，也纷纷办起了"农家乐"。村民胡纪忠就是其中的佼佼者。他曾在蒙阴县岱崮镇的厨房里忙碌，一年到头也就挣个五六万元。可当他看到乡村旅游蓬勃发展，毅然决然地回到村里，凭借自己精湛的厨艺开起了"农家乐"。如今，在旅游旺季，他的"农家乐"常常宾客盈门，一年收入可达20多万元。村里像他这样的"农家乐"如雨后春笋般涌现，如今已有4户，它们是乡村旅游结出的甜美果实，也是马子石沟村走向富裕的生动注脚。

三

在马子石沟村迈向振兴的道路上，闫士照紧紧抓住新农村建设的历史机遇，精准对接土地增减挂钩政策，大力推动"两区同建"项目在村里落地生根。

马子石沟村的"两区同建"项目开展得如火如荼，连续推进三期工程，如同三场艰苦卓绝的战役。

7个自然村、175户人家面临整体搬迁的巨大变革。施工现场，搅拌机的轰鸣声、工人的呼喊声交织在一起，107套二层住宅楼和68套老年周转房在这片土地上逐渐崛起。曾经村民的质疑和抵触，犹如汹涌的暗流，成为项目推进的最大阻碍。

闫士照的身影频繁穿梭于村中的大街小巷。他迈着坚定的步伐，逐户叩响村民的家门，脸上带着和蔼的笑容，眼神里却透着一丝焦急。有的村民满脸不耐烦，将他拒之门外，那扇紧闭的门仿佛是一道冰冷的屏障；有的村民虽让他进了屋，却没给他好脸色，冷言冷语像利箭般刺来。但闫士照没有丝毫退缩，沙哑却充满力量的声音，在一家又一家的院子里回荡，耐心地解释项目的好处，描绘未来的蓝图。寒来暑往，不知历经了多少个日夜，他的坚持和真诚终于融化了村民心中的坚冰，项目得以顺利开工。

2015年3月，第二期土地增减挂项目进入攻坚阶段，拆迁户众多，工程量浩大如山。闫士照把自己的"家"安在了工地，简易的帐篷里，一张破旧的行军床，几件简单的生活用品，便是他的全部。他日夜坚守，指挥若定，眼睛里布满血丝，声音也变得愈发沙哑。那天，他像往常一样忙碌奔波，突然，一阵剧痛如刀绞般袭来，他双手紧紧捂住肚子，豆大的汗珠从额头滚落。在众人的搀扶下，他才勉强来到医院。检查结果是胆结石，医生严肃地要求他必须手术治疗。他无奈地请了十天假，可术后的伤口尚未完全愈合，他便心急如焚地回到了工地。在拆迁现场，他捂着还在隐隐作痛的腹部，大声指挥着，坚定的身影仿佛是一面不倒的旗帜，鼓舞着每一个人。就这样，在闫士照的顽强带领下，三期"两区同建"项目顺利完成，马子石沟村发生了翻天覆地的巨变。

走进村子，平坦宽阔的水泥道路像一条条丝带，干净整洁，延伸向远方；路桥边的河坝坚固而美观，河水奔腾而下，奏响欢快的乐章。山脚下，错落有致的二层民居在绿树掩映下格外温馨，宛如一幅宁静祥和的田园画卷。村子中央，一座两层共1200平方米的传统石头文化服务中心彰显着村庄的独特魅力；5000平方米的文化广场上，孩子们在嬉笑玩耍，老人们在悠闲地晒太阳；马子石公园和湿地公园里，繁花似锦，绿草如茵，鸟儿欢歌。这些设施，承载着村民对美好生活的所有憧憬，成为他们幸福生活的欢乐家园。

站在崭新的楼房前，村民侯春花满心欢喜，她的眼睛里闪烁着激动的泪花："以前那小瓦房，又破又潮，环境差得很。现在村里盖的楼房，那可真是太好了，水电齐全，地暖一烧，暖烘烘的，住得别提多舒服了。"她脸上洋溢着幸福的笑容。

乡村旅游的春风轻柔地拂过马子石沟村，带来了繁花似锦的经济繁荣景象和蓬勃发展的产业活力，更如一场心灵的洗礼，悄然改变着村民的观念，提升着他们的生活质量。

自1998年闫士照挑起马子石沟村党支部书记的重担以来，他就像一颗不知疲倦的螺丝钉，将自己的全部心血和精力，毫无保留地倾注在这片他深爱的土地上。一年365天，他几乎没有休息过一天，节假日和周末对他而言，不过是普通工作日的延续。村庄的每一处规划设计，每一块砖瓦的摆放位置，他都要亲自把关，精心谋划。在那张堆满图纸和文件的办公桌前，他常常一坐就是一整天，时而沉思，时而奋笔疾书，仿佛在雕琢一件稀世珍宝。

齐鲁乡村振兴调研会在马子石沟村举行

闫士照的老伴儿，是最懂他的人。她看着闫士照每日忙碌奔波，既心疼又无奈，更多的是由衷的钦佩："老闫那急脾气一上来，十头牛都拉不住。可他的心比谁都善，就像有使不完的劲儿，根本不知道累。当年他有更好的出路，却铁了心要留在村里。现在年纪大了，还是天天往村里跑，搞建设。我和儿子劝他歇歇，他就当耳旁风，总说村里离不开他。我也只能在背后默默支持他，不过看到村里的日子一天比一天好，我这心里也觉得值了。"

面对家人的理解与支持，闫士照的脸上露出欣慰的笑容，眼神中透着无比的坚定："只要我还有一口气在，就绝不会停下前进的脚步。党信任我，把这沉甸甸的担子交给我，我就得扛起来，一直为乡亲们服务到最后一刻！"

南村的领航者

一

从蒙阴县马子石沟村告别闫士照后，我们马不停蹄地直奔沂南县。这里，是三国时期大名鼎鼎的"智圣"诸葛亮的诞生地，仿佛岁月沉淀下来的历史光辉，依旧在这片土地上既诉说着往昔的传奇，又在新时代的浪潮中踊跃前行，绽放出独特而迷人的光彩。

我们乘坐的车辆缓缓驶入城中村南村社区的街道。眼前的景象，全然颠覆了传统农村在人们心中的固有模样。宽敞的街道像是被精心擦拭过一般，干净得一尘不染，车如流水马如龙，行人来来往往，欢声笑语，交织成一幅鲜活而生动的新时代新农村的壮丽画卷。

然而，谁能想到，二十年前，这里还不过是一个深陷贫穷与落后泥沼的小村庄呢？而这翻天覆地的变化背后，离不开社区党委书记李凤德的倾心付出与执着引领。

1962年出生的李凤德已过花甲之年。他站在那里，精神抖擞，言语之间散发着豪爽、自信、真诚与坦荡的魅力。

1980年，年轻的李凤德毅然参军入伍。在部队的第二年，他就凭借着卓越的表现光荣入党，并被提拔为班长。岁月匆匆，1985年，退伍后的李凤德站在了人生的十字路口，面临着重大抉择。他没有选择那条相对安逸舒适的道路，而是以无畏的勇气踏上了自主创业的征程。他拿出自己微薄的复员费，又从亲戚朋友那里东拼西凑借来了6000元，购置了一辆拖拉机，就此开启了自己的运输事业。

在那个物质匮乏的年代，李凤德就像一头不知疲倦的老黄牛，凭借着一股不怕苦、不怕累的顽强劲头，在运输这条道路上披荆斩棘，硬是闯出了一片属于自己的广阔天地。每当回忆起那段艰苦岁月，他总是忍不住感慨："那时候啊，真的一点儿都不觉得累，满心只想着埋头苦干，把日子过好。"

凭借着在运输业摸爬滚打积累下来的丰富经验和资金，1992年，李凤德迎来了人生中又一次机遇与挑战，他兼任了村办企业——沂南县福利石英砂厂的厂长。

在他的精心打理下，这个起初规模不足30人的小厂，就像一颗被精心培育的种子，逐渐生根发芽、茁壮成长，每年都能为村里上交高达18万元的利润，一举成为村里响当当的盈利大户。

时间来到2000年，李凤德凭借敏锐的市场洞察力和丰富深厚的管理经验，再次出手，建起了山东山源硅砂有限公司。在他的用心经营下，公司不断发展壮大，旗下拥有矿山、石英砂加工厂、物流公司等多家企业，固定资产更是高达上亿元，他也因此成了当地赫赫有名的企业家，备受瞩目。

2005 年春节刚过，正当李凤德踌躇满志，准备在商业战场上大展宏图、再创佳绩的时候，南村却突发变故。原任书记由于种种原因，无奈地放下了肩上那副沉甸甸的担子，并且态度坚决，无论如何也不愿再继续担任下去。这一突如其来的变故，瞬间让南村的发展陷入了僵局。时任南村社区党委副书记的尹传亮和刘振毅，心急如焚，犹如热锅上的蚂蚁。他们深知，南村的发展不能没有一位强有力的掌舵人。于是，经过反复的权衡与商议，他们最终将目光齐刷刷地锁定在了李凤德身上。

"那时啊，是我和村里的几位老党员一起去请凤德回村带领大伙干的。"面对我们的采访，刘振毅的话语中不自觉地流露出几分自豪与深深的感慨，仿佛那一幕又重新浮现在眼前。

为了南村的未来与发展，尹传亮、刘振毅毫不犹豫地开启了一场艰难而又充满希望的"寻人之旅"。他们不辞辛劳，一次次穿梭于李凤德的企业与住所之间，满怀诚意地试图说服李凤德担任党支部书记。而李凤德呢，内心却充满了忧虑与纠结。他深知，这个决定一旦做出，影响的将不仅仅是自己个人的得失，更关乎整个南村的命运走向。

李凤德的顾虑错综复杂。当时，他的几处企业正处于蓬勃发展的黄金时期，蒸蒸日上。他坦诚地对我们说："当时啊，我的企业正准备上新设备扩大再生产，各个环节都离不开人，而且我孩子也还小，根本顶不起来。"如果在这个关键时刻回村任职，企业必然会遭受巨大的冲击，说不定自己多年来好不容易积攒起来的家业就会在瞬间化为乌有。再者，管理企业和管理一个村庄，那可有着天壤之别。虽然李凤德在企业管理方面颇有建树，但村庄的治理需要考虑的因素实在太多、太复杂了。若是干不出成绩，他不仅会在乡亲们面前颜面扫地，更会辜负大伙沉甸甸的期望与信任。就在这个时候，亲戚朋友纷纷上门，苦口婆心地劝他："还是安心搞自己的企业吧，何苦去操那份心呢？"就连自己的家人也不支持他的决定，妻子心疼地说："咱企业干得好好的，干嘛非要回村去受累呢？"妻子的话，更是让他陷入了深深的矛盾漩涡之中，难以自拔。

尹传亮、刘振毅深知李凤德的倔强脾气，要想彻底说服他，必须找到更有分量、更能让他信服的人物。于是，二人找到了张宝友、李明信、田玉成三位德高望重的老党员，还有在村民中威望极高的魏杰，让他们一同加入了游说李凤德的行列。

次日清晨，当第一缕阳光温柔地洒在大地上，这个特殊的游说小组浩浩荡荡地来到了李凤德的企业。

李凤德热情地接待了他们。几位老党员没有丝毫地拐弯抹角，他们径直走到李凤德面前，推心置腹地说道："凤德啊，你现在是富起来了，可大伙还在穷窝里挣扎呢，你能眼睁睁地看着，自己安心挣大钱吗？"这简单质朴却又饱含深情的一句话，如同一记重锤，狠狠地敲在李凤德的心上，让他的心猛地一震。

中午时分，李凤德精心备好美酒佳肴，想要以此表达对这些老干部、老党员的敬重与感激之情。可他们却全然没有心思吃喝，眼中满是急切与期待："凤德啊，俺们吃不下去，俺们这些人都老了，实在是挑不起村里的这副担子了，全村就指望你了，可你却不答应。"

那一刻，李凤德望着父老乡亲那一双双充满期待的眼睛，听着他们那发自肺腑、情真意切的话语，眼眶忍不住湿润了。那一刻，他的思绪飘回到了过去，想起了自己的父亲为党为民默默奉献了一生；想起了自己正是依靠党的好政策才得以发家致富。那一刻，李凤德心中那团原本犹豫不决的火焰瞬间燃烧起来，他决定不再逃避，毅然决然地答应了父老乡亲："你们放心回去吧，如果大家选我，我就回村干！"这句话，不仅仅是对村民的一个庄严承诺，更是他对自己内心的一份坚定交代，从此，他将与南村的命运紧密相连。

二

村委换届选举的会场内，气氛紧张而又充满期待。选票统计完毕的那一刻，结果揭晓：李凤德高票当选村民委员会主任。

李凤德脸上带着一丝难以掩饰的吃惊，随后动容地说道："这个结果让我吃惊，我有什么理由不回村为乡亲们服务？"那一刻，他仿佛已经看到了南村未来的发展道路，一条与乡亲们携手共进的道路。

不久之后，在村党支部书记的选举中，他再次高票当选。

2006 年，南村迎来了具有里程碑意义的重大变革。

在村民的见证下，南村正式改为南村社区，社区党委也随之宣告成立。李凤德众望所归，被任命为党委书记兼居委会主任，从此成为南村在发展浪潮中的核心舵手。

李凤德初上任时，南村背负着上百万元的欠款。在党员和村民代表会上，李凤德声音洪亮而有力："要想让南村走出困境，只能依靠集体的力量，坚定不移地走共同富裕道路。"

然而，他的话语并未立刻打消村民的疑虑，许多人眼神中依旧透露出担忧和不信任，私下里交头接耳，议论纷纷。

面对大家的质疑，李凤德向前迈了一步，身姿挺拔，掷地有声地喊道："咱们发展集体经济，如果村集体亏了，算我的。有利润，赚钱了，算大家的。"这话语瞬间打开了村民的心门，人群中开始有了轻微的骚动，大家彼此交换着眼神，都从这承诺中深深感受到了他的担当与决心。

为了探寻适合南村发展的道路，李凤德迅速召集起村干部，开启了一段充满艰辛的征程。他们背着行囊，奔赴江苏、温州、东北等地考察市场。在漫长的路途中，无论是拥挤的火车车厢，还是颠簸的汽车后座，都能看到他们疲惫却又专注的身影。他们不放过任何一个了解市场的机会，每到一处，就深入当地的企业、市场，与商家交谈、记录，仔细分析各种商业信息。

在这期间，李凤德作出了一个令人动容的郑重承诺："南村经济没有好转前，我不坐集体的车，不加集体一分钱的油。"这承诺，就像一面镜子，清晰地映照出他廉洁自律的品质。村民对这位带头人更多了几分敬重与期待。这不仅仅是对自己行为的一种约束，更是对全体村民的郑重宣誓。

随着考察与规划的推进，各项工作逐渐展开，费用也如流水般不断支出。李凤德主动承担起村里外出考察市场、联系业务、接待来客等所有活动的经费。这些费用数额巨大，加起来一年竟高达近百万元。居民苗秀山站在村口，满脸敬佩地对旁人说道："李书记不仅不沾集体的光，反而倒贴给集体不少，这样的当家人令人敬佩。"他的声音不大，却引得周围村民纷纷点头赞同。

而当筹集开办企业的启动资金成为难题时，李凤德更是作出了惊人之举。他毫不犹豫地拿出自己多年积攒的280万元，那是他多年心血的结晶，毅然决然地买下了两处破产企业的闲置院落，随后将其交给村集体进行开发建设。这一举措，不仅盘活了闲置资产，而且为村集体带来了100多万元的收入，村民看到了希望，也更加激发了他们参与集体经济发展的热情。

在创办山东正壮饲料有限公司时，南村又一次陷入了资金短缺的巨大困境。这次面临的是高达4000万元的建设资金缺口，这个数字令人望而生畏。然而，李凤德不顾自家企业可能破产的风险，神色凝重却又无比坚定地用自己的企业和房产做抵押向银行贷款。

那一刻，他就像一位孤胆英雄，独自站在命运的悬崖边，以自己的身家性命为赌注，为南村开辟出一条生路。在等待贷款审批的日子里，整个南村都弥漫着紧张的气氛，村民默默为他祈祷。终于，正因为这份无畏的勇气和沉甸甸的担当，南村成功渡过难关，正壮饲料公司得以顺利建成。

公司建成后，厂房内机器轰鸣，年产优质饲料近20万吨，利税上千万元，成为南村集体经济发展的中流砥柱。随后，南村趁热打铁，成立了村办集体企业——山东广汇集团。集团开业的那一天，彩带飘扬，礼炮轰鸣。集团业务范围广泛，涵盖旅游开发、休闲度假、酒店餐饮服务、房地产开发、建筑安装、物业管理、饲料生产等多个领域。这种多元化的发展模式，不但为村集体创造了可观的收入，还为村民提供了更多的就业机会和收入渠道。村民的生活水平得到了显著提升。

如今，南村社区已经成为新农村建设的典范和样板村。2023年的数据见证了它的辉煌：固定资产22.1亿元，集体收入过亿元，人均可支配收入3.9万元。而这一切，都离不开李凤德多年来的坚守与付出，他用自己的行动，书写了南村发展的壮丽篇章，也成了村民心中永远的领路人。

三

在南村社区的办公室里，笔者诚挚问道："李书记，您有没有后悔过您的选择？"

李凤德微微仰头，脸上漾起一抹淡然的笑意，声音平和而坚定："我从未感到后悔。虽然舍弃了自己的企业，但我却收获了更多的幸福与满足。看到乡亲们的生活越来越好，我觉得一切都是值得的。"

李凤德的父亲是一位老支前，1947 年加入了中国共产党，成为一名革命者，亲身经历了战争的烽火与硝烟；老人对党忠诚，对革命热忱的红色情结，在儿子李凤德身上得到了很好的传承。

2007 年，一部承载着革命战争年代沂蒙人民热血与奉献的电视剧《沂蒙》开始筹备拍摄，该剧由山影出品，管虎导演执导，将镜头聚焦于沂蒙人民参军参战、拥军支前的壮丽画卷。

为寻觅合适的拍摄地点，剧组的足迹遍布沂蒙山区6 个县的200 多个村庄，却一次次失望而归。然而，当他们踏入常山庄村时，一切都发生了改变。常山庄村主街上有一座牌坊，上面镌刻着"枕沂""叩蒙"，这四个字，不单单是刻在石头上的符号，更是沂蒙山人对蒙山沂水深深敬畏之情的体现。

村里那条长达2 公里的主街两侧，屹立着基本建于清末民初的民宅。这些宅子宛如大自然孕育出的艺术品，依水赋形，顺着水流的方向构建，靠山用山，就地取材，以山上的石块为基本建材，采用"干插墙"这一古朴的形式建成。村里保存完整的此类民居多达367 座，当你从石板巷走过，踏上石板桥，仿佛步入了一座开放式的民居博物馆，每一步都能感受到岁月留下的痕迹以及沂蒙文化的深厚底蕴。

剧组的到来，在这个宁静的小村落掀起了一阵新奇的波澜。村民万万没想到，祖祖辈辈居住的这些破旧房屋，有朝一日竟能出现在电视上。拍摄结束后，沂南县作出了一个重大决策——在常山庄村就地取材，建设一座影视基地。

这个重任，落到了沂南县界湖街道的南村社区肩头。

为何是南村呢？因为建设影视基地绝非易事，不但要求村集体拥有雄厚的经济基础，还得有一个团结且有力的领导班子。李凤德进入了县领导的视野。

当李凤德得知县里的这个决定时，内心七上八下。"咱就是个磨石头的，文化这事儿咱不懂。再说这是集体的事，要是搞砸了，可怎么向父老乡亲们交代啊？"他满心忧虑。然而，县里"三顾茅庐"的诚意，加上村里反复的论证，让这位敢想敢干的汉子最终下定决心，带领南村人承接了这份艰巨的工作。

李凤德说："当时，心里没底，那就一步步摸索着前行。"自此，一群质朴的农民在这山村里开启了建设"好莱坞"的征程。

影视基地虽说处于影视产业链的"最末端"，但"麻雀虽小，五脏俱全"。于是，他们把能想到的拍摄所需的一切都考虑得极为周全，对古院落进行保护性修缮，力求"修旧如旧"，让这些古老的建筑在保留原始韵味的同时，又能满足拍摄所需。

不仅如此，他们还新建、改建、修复了一系列供拍摄红色影视剧专用的设施，如炮楼、戏台、古道、城门、围墙、古庙，这些建筑开启了红色影视拍摄的大门。为了拓宽"戏路"，他们还精心打造了能拍摄年代剧的古县城，其中包含明清主题影视街、民国主题影视区，仿佛将不同的历史时期都浓缩在了这个小小的影视基地里。

在建设硬件设施的同时，服化道等配套也逐步跟上。他们明白，剧组来了，要照顾好他们的饮食起居，这也是影视基地成功的关键环节之一。在这个过程中，南村村民和影视基地周边马牧池乡的村民纷纷热情参与。对他们来说，"土地入园当社员、景区务工当职员、穿上戏服当演员、售卖产品当店员"，这"四员"模式，就像是集体产业送来的一份厚礼，让他们的生活有了新的色彩与希望。

影视基地建成后，陆续有剧组前来拍摄，景区也开始对外售票营业。然而，问题却接踵而至。有的游客来了，只是匆匆看了几眼，便满脸不屑地离去，嘴里还嘟囔着："这是啥呀？破屋烂房的，俺老家有的是。"巨大的投入却换来这样的结果，让这份原本充满希望的事业陷入了彷徨与迷茫。

问题究竟出在哪里呢？

李凤德没有坐以待毙，他带着村民四处考察学习，回过头来认真审视自身。他发现，很多游客是来看剧组拍戏的热闹，可一旦剧组离开，这些

老房子对他们来说就失去了吸引力，游客只是走马观花地看看，根本留不住他们的心。

　　"人家横店不光有各种各样的主题公园，还有展览馆、文化教育馆呢。看来，咱们也得搞点有文化内涵的东西，把游客留下来。"李凤德一边思考一边在基地里踱步。突然，他意识到自己脚下这片土地，本就是一

红嫂家乡——常山庄村

片被革命历史浸染得鲜红的热土啊！

四

遥想当年，抗日战争爆发，平津失守后，国民党山东省政府主席带着十万军队仓皇逃窜，山东大片土地沦陷敌手。在这危急时刻，中共山东省委挺身而出，组织和发动了抗日武装起义。1938年1月1日，徂徕山抗日武装起义爆发，起义队伍进驻沂蒙山区。此后，中共中央又接连派来一批批干部，不断扩大人民武装，逐步创建了沂蒙抗日根据地。1940年7到8月，在沂南县的青驼寺，诞生了山东省统一的行政权力机关——山东战时工作推进委员会，沂蒙抗日根据地从此成为山东各根据地的中枢。徐向前、罗荣桓、陈毅、粟裕等老一辈无产阶级革命家都在这里留下了战斗和生活的光辉足迹。正是因为有这样波澜壮阔的革命历史，才有了沂蒙人民"最后一碗米送去做军粮，最后一尺布送去做军装，最后一件老棉袄盖在担架上，最后一个亲骨肉送去上战场"的伟大奉献，才有了那些感人至深的拥军模范事迹。

站在这片土地上，李凤德脑海中浮现出一个个光辉的身影。

这里有乳汁救伤员的"沂蒙红嫂"明德英，有办起战时托儿所的"沂蒙母亲"王换于，有率32名妇女架起火线桥的"沂蒙大姐"李桂芳，更有"无私奉献爱国拥军好妈妈"胡玉萍……她们的行动，就是"沂蒙精神"的生动诠释，是"党群同心、军民情深、水乳交融、生死与共"的真实写照。

越想越激动的李凤德，当即请来了当年参与鲁中革命历史纪念馆筹建工作的杨桂柱，满怀豪情地说："咱们建红嫂纪念馆！"

那是一个酷热难耐的夏日，太阳炙烤着大地。

李凤德、杨桂柱两人在影视基地的几个小院里穿梭，最后决定就在这些村民曾经居住过的农家院里，为这些"草根"英雄建立纪念馆。

"有问题你找我，没问题咱就关起门来放心大胆地干。"李凤德对杨桂柱说道。沂蒙山区的红嫂众多，但真正要做展览时，史实的缺失、影像资料的匮乏、资源的散落等问题摆在面前。但他们没有退缩，在收集史料、保存历史的过程中，他们不知不觉地在干一件功德无量的大事。

为了赶在"十一"国庆之前把纪念馆建好，他们兵分两路。李凤德带着人热火朝天地修缮展馆，杨桂柱则和另外两个人则没日没夜地找资料、改文案、画版、上版、布展……那个炎热的夏天，他们仿佛不知疲倦，在"极限40天"里创造了奇迹。

红嫂革命纪念馆建成的消息，如同长了翅膀一般，迅速传开。随着中国红嫂革命纪念馆的建成，这片土地像是被注入了灵魂。以它为核心，"山村好莱坞"陆续有了8个纪念馆，整个影视基地有了红色的底色，完成了从影视基地+红色景区的华丽转变。

在红嫂群像馆里，发生了一件令人动容的事。一位来自莒县的党员干部在参加单位组织的集体学习教育时，偶然看到墙上的一张照片，顿时惊喜地叫道："这不是俺妈吗？"他热泪盈眶，随后带着家族二十多人前来瞻仰。这种情感的连接，让红嫂纪念馆的意义更加深远。

有了建设中国红嫂革命纪念馆的宝贵经验后，他们开始挖掘更多的红色资源。一天，李凤德和杨桂柱在外地参观学习纪念馆建设经验。半夜，李凤德突然从床上坐起来，兴奋地对杨桂柱说："爷们儿，红嫂纪念馆边上是村里书记以前的房子，这房子比别的都好，拆了怪可惜的。咱们能不能建个将帅馆呢？将帅们在前方带领人民抗日，红嫂在后方拥军支前，他们是分不开的呀！没有将帅，哪有红嫂。你有这方面的资料吗？"

杨桂柱一听，立刻来了精神："这资料可不少！光在咱们沂蒙山区打过仗的将帅，就差不多有500人呢。"他如数家珍般地说着。

"哎呀，这么多？那咱就再建个将帅馆！你去准备资料，我回去改造房子。"于是，又一个"极限40天"开始了。他们争分夺秒，克服重重困难，终于建成了纪念当年在沂蒙革命根据地战斗和工作过的将帅的展馆。

2014年，我来参观沂蒙红嫂纪念馆后受到触动，开始寻访红嫂、打捞她们的珍贵记忆，最终创作了长篇报告文学《硝烟中走来女神》。我从党性和人性的视角，真实再现了战争年代65位沂蒙红嫂的感人故事，深入诠释了伟大的沂蒙精神，是对沂蒙红嫂的一种新的诠释和对沂蒙精神的解读与深化。

2021年，李凤德带领南村又建起了红嫂广场，立起了红嫂纪念碑。红嫂广场建成后，这里成了人们缅怀红嫂事迹、举办党建团建活动和红色研学的热门之地，前来的人络绎不绝。

2025年1月3日，《人民日报海外版》刊登了《山东沂南：让更多游

红色研学

客沉浸式体验"沂蒙红"》。内容如下：

　　一场"战前动员大会"正热火朝天地举行着，越来越多的人踊跃"报名参军"。随后，大家在"团长"的带领下，手持道具武器，向着"县城"进军。一路上，不时有"文艺兵"手拿快板，进行激动人心的说唱。来到"县城"前的广场，"敌我"双方展开了激烈的较量。几声炮响过后，上千名游客跟着"团长"发起冲锋，一举"收复"了县城。紧接着，游客李先生又在县城里体验了"军民同庆"的庆功大会。"一开始单纯是奔着好玩儿来的，但冲锋号一响，我们立刻就被感染了，完全沉浸其中，也深深感受到革命战争的艰辛和胜利的不易！"李先生意犹未尽地说。

　　2024 年，这个名为"跟着团长打县城"的沉浸式影视体验项目，让山东省临沂市沂南县红嫂家乡旅游区"火出圈"。据介绍，红嫂家乡旅游区依托当地深厚的红色文化以及成熟的影视拍摄条件，创新推出该沉浸式红色旅游体验项目，用影视级别的逼真效果，还原1941 年抗战时期的情景。该项目自推出以来屡屡登上热搜，成为国内现象级的红色旅游新产品，迄今已接待游客约6 万人次。

　　红嫂家乡旅游区所在的马牧池乡常山庄村曾是山东抗战中心，红嫂明德英用乳汁救伤员的故事就发生在这里。景区内保留有独特的沂蒙风格建筑群，红色文化底蕴深厚，当地以此为基础打造沂蒙红色影视基地，《沂蒙》《斗牛》《红高粱》《铁道飞虎》《战神》等400 余部影视剧先后在这里拍摄。

　　近年来，沂南县厚植红色文化优势，红色旅游融合发展出新、出彩。当地按照修旧如旧、保护性开发原则，对革命文物资源进行综合性开发和利用。常山古村保留传统村貌，采用"干插墙"传统建筑技术，对村中院落进行了保护性修缮和功能更新，还建造了中国红嫂革命纪念馆、人民子弟兵将帅纪念馆、山东省第二次青代会旧址等14 个展馆院落。对发生在当地的红色故事，拍摄于当时的影像资料，红嫂明德英、王换于等英模人物的典型事迹进行深度挖掘研究，在尊重客观事实、历史原型的基础上，形成较为完整的爱国主义教育教学材料，每年吸引大量党员干部来此参观学习。

2021年，沂南县指导红嫂家乡旅游区推出了"泰山产业领军人才"项目《沂蒙四季》。《沂蒙四季》由山村剧场和红嫂故事沉浸式情景小院两部分组成，国内首部实景沉浸文献史诗剧《沂蒙四季·红嫂》在山村剧场创演，该剧以从红嫂名称的由来到"沂蒙精神"的凝练结晶为主线，情节精彩感人，并设置了独特的环形旋转舞台，配有绚丽多彩的声、光、电，融合多种创新性、独特性元素，打造成为国内红色文旅优质演艺品牌。

此后，当地还打造了《跟着共产党走》《妇救会》《战地医院》等沉浸式情景小院，小院剧的最大特点是短小精悍，"小切口"、有生活质感的演出，让观众获得真实感强的观剧体验。游客围坐在时代特色鲜明的农家院中，看着"沂蒙老乡们"英勇支前、鱼水情深的表演，常常忘记了自己是在看戏还是穿越回到了那个年代。这些沉浸式红色旅游产品，一经推出就赢得市场的热烈反响，达到了"让文化留住人，让人带走文化"的效果，还入选基层公共文化服务高质量发展典型案例。

因为有了这些独具魅力的红色演艺项目，这个冬天，沂南旅游不仅"淡季不淡"，还呈现出散客多、外地游客多、网上购票增多等现象。

红色文化是当地的资源宝库，新的一年，当地将在全力做好旅游服务保障的同时，持续提升沉浸式红色演艺节目品质，增加游客参与角色体验的剧情，完善场景音效，加强影视实战的立体视觉效果等。红嫂家乡旅游区副总经理闫纪锁介绍，景区还推出了《重走支前路》和《苟队长娶亲》等沉浸式红色演艺项目，鲜活讲述沂蒙故事，"力求让游客深度体验烽火岁月中的军民鱼水情和老区群众无私奉献的精神，用这样的方式传承'沂蒙红'"。

这么多年，李凤德带领南村社区，累计投资7.8亿元，不断完善基础设施，提升服务质量，吸引了众多影视剧剧组前来拍摄。从《沂蒙》到《红高粱》，从《铁道飞虎》到《斗牛》，400多部影视剧在这里留下了精彩的瞬间，也让沂蒙红色影视基地逐渐成为了远近闻名的"红莱坞"。

五

在南村，每天清晨都会上演别开生面的一幕：当第一缕阳光穿透薄雾，照耀在南村社区小公楼前时，村"两委"班子成员与在村里工作的人员便已整装待发，准备迎接新一天的挑战。

上午八点整，伴随着清脆而有力的声音——"李凤德，到！苗德强，到……"点名开始了，这简短而庄重的仪式，如同一曲激昂的进行曲，奏响了南村发展的序章。这不仅仅是一场简单的点名，更是南村人对纪律、对责任、对担当的坚守与传承。

李凤德深知纪律对于一个村庄发展的重要性。没有规矩不成方圆，没有铁的纪律，就难以凝聚人心，更难以带领南村走向繁荣富强。因此，自他上任之日起，便立下了一条特殊的"村规"：无论是村"两委"成员，还是在村里上班的工作人员，都必须按时到办公室前排队点名，风雨无阻，四季不息。

点完名后，众人会在李凤德的带领下，一同前往会议室召开碰头会。在这个小小的会议室里，大家畅所欲言，总结前一日的工作得失，部署新一天工作的任务。这种雷厉风行、务实高效的工作作风，让南村的每一项工作都能够有条不紊地推进。

然而，纪律的严明并非一朝一夕之功。为了确保村"两委"成员及工作人员能够严格遵守上下班工作纪律，李凤德还主持制定了一系列详细且操作性强的规章制度。这些制度不仅明确了迟到早退、工作纪律松弛等现象的处罚措施，还实行了查岗制度，确保每一位工作人员都能够在工作时间内全身心地投入到工作中去。

在李凤德的带领下，南村"两委"班子成员及工作人员逐渐形成了一支钢铁般的队伍。他们纪律严明、作风过硬、勇于担当、甘于奉献，用实际行动赢得了乡亲们的信任与支持。

正是有了这样一支队伍，南村才能够在各项工作中取得优异的成绩，创造出令人瞩目的"南村速度"。

2018年，南村迎来了棚改的大潮。面对这项艰巨的任务，李凤德和他的团队深入群众，耐心细致地做好思想工作，动员乡亲们积极配合棚改工作。

最终，在不到100天的时间里，南村成功拆除了673个院落，创造了沂南棚改的"南村速度"，也为南村的发展翻开了崭新的一页。

2019年，当苹果园坟头搬迁的任务摆在面前时，南村人再次展现出了惊人的凝聚力和执行力。仅用8天时间就完成了1380多个坟头的搬迁工作。这一速度不仅令人惊叹，更成了南村人心中永远的骄傲。

"若没有乡亲们的支持，这两个'南村速度'是不可能创造出来的。"李凤德深情地说道。他深知，是乡亲们的信任与支持给了他前进的动力，也是这份力量让他更加坚定了带领南村走向美好未来的决心。

六

在当今这个物质至上的时代，婚姻似乎与房子紧紧捆绑在了一起，成了许多年轻人及其家庭难以承受之重。高昂的房价像一座大山，压得无数适婚青年喘不过气来，也让许多家庭在筹备婚事时倍感压力。可在南村社区，这样的压力是不存在的。

2009年春天，李凤德作出了一个让所有人震惊的决定——为适婚青年免费发放婚房。消息一出，迅速在社区内掀起了轩然大波。青年们奔走相告，脸上洋溢着难以置信的笑容，他们纷纷表示，这是他们从未敢奢望的福利。

分房时，李凤德说："许多青年在领到钥匙的那一刻，都感动得落泪了。看到那一幕，我也忍不住红了眼圈。这是我们社区应该做的，也是我们必须做的。"

沈贵德，南村社区的一位普通居民。2012年，当第二批楼房分配时，沈贵德的两个双胞胎儿子已经到了法定结婚年龄。对于他来说，这无疑是一个双喜临门的好消息。当他从李凤德手中接过新房钥匙的那一刻，激动得满脸通红，连声说道："天底下哪有这样的好事？若在过去，两个儿子同时结婚，房子问题能把人愁死。现在好了，有了社区的婚房福利，我们再也不用为房子发愁了。"

夏丹丹，一个在南村社区长大的女孩，她的故事同样令人动容。三岁时，她的父母离异，她是在社区邻里们的关爱和帮助下长大的。可以说，南村社区就是她的第二个家。当她到了适婚年龄时，社区为她准备了一套120平方米的婚房。当她从李凤德手中接过新房钥匙的那一刻，她的眼中闪烁着泪光，激动地说："这套房子是社区送给我的最好的嫁妆。村里有李凤德这样的书记是我们的幸运。"夏丹丹的话，不仅是对李凤德的感激，更是对南村社区这个大家庭的热爱和依恋。

婚房福利只是冰山一角。随着村集体经济的不断发展壮大，南村居民充分享受到了发展集体经济带来的诸多好处。除了免费分配婚房外，南村社区还积极为居民提供就业机会，让他们在村集体企业中就业，获得稳定的收入来源。

此外，南村社区还十分关注老年人的生活。他们为60岁以上的老人提供每年每人7000元的生活补贴，为其他居民提供每年每人4000元的补贴。这些补贴虽然不算多，但对于许多家庭来说却是一笔可观的收入。它们可以用于补贴家用、改善生活、支付医疗费用等各个方面。这些补贴的发放，使得南村居民的生活质量得到了进一步提升。走进南村社区，你会被这里幸福和谐的生活氛围所感染。居民脸上洋溢着满足和幸福的笑容，他们无须担心住房问题、就业问题以及医疗费用和生活费用等问题。这种生活状态不仅让他们感到幸福与满足，也让外界对南村社区充满了羡慕和向往。

在南村村史馆里，一张张照片、一段段文字生动地勾勒出南村社区的发展历程和辉煌成就。从昔日的贫穷落后到如今的繁荣富强，南村社区走过了不平凡的历程。在这里，你可以看到南村人勤劳智慧的结晶和无私奉献的精神。而在南村社区荣誉室里，全国、省、市级等诸多荣誉的奖杯和锦旗更是琳琅满目，它们默默地见证着南村社区建设的努力和辉煌成就。李凤德作为南村社区的领航者和带头人，他的荣誉和成就同样令人瞩目。他荣获了全省"担当作为好书记"等众多荣誉称号，并连任山东省人大代表。

李凤德的人生选择说明了财富以外的价值更值得追求。他放下自己的公司，意味着放弃了巨额财富，但他收获了理想信念的价值，收获了另一种成功的喜悦。他赢得了党和人民的肯定，赢得了全社会的尊重。就人生的终极价值来说，这种成功更有力量，更加幸福，更为永恒！

继耕牛岭埠

—

2004 年，48 岁的王继耕当上了沂水县牛岭埠党支部书记。

此时的牛岭埠村内仅有的一口老井，由于地表浅，井水遭到污染，那浑浊的水质散发着刺鼻的异味，严重威胁着村民的健康。王继耕一上任，便将解决村民吃水问题列为首要任务。

王继耕拿出军人的作风，行事果断，迅速与村"两委"携手行动，多次召开党员、村民代表会议。会上，众人各抒己见。经过审慎权衡，他们决定打深井，让村民喝上干净卫生的自来水。然而，投资6.6 万元打的两眼深井，却未能如期望般涌出清泉。

这残酷的现实浇灭了村民心中刚刚燃起的希望之火。刹那间，村民议论纷纷，怨声载道。王继耕心急如焚，但他岂是轻易会被困难击垮之人？他有着一股不达目的誓不罢休的坚韧劲儿，开始四处奔波，怀着诚恳的态度，多次拜访相关领导，终于争取到了优惠条件，那就是与徐家洼村共用一口深井。随后，铺设自来水管道的工程紧锣密鼓地展开。管道从徐家洼村一路延伸，蜿蜒进村入户，长达两公里。当清澈的自来水从水龙头里哗哗流出时，整个村子瞬间沸腾了。老人们笑得合不拢嘴，激动地说道："从今往后，吃水再也不用肩挑人抬手提啦！"

2008 年，沂水县"旧城改造"的大潮席卷而来。在王继耕眼中，这是一项能福泽子孙的工程，新城规划图在他眼前徐徐展开，那是繁荣昌盛的未来图景。

然而，"拔祖坟""拆迁"这两件棘手之事都让他摊上了。于是，王继耕挨家挨户地走访，耐心地阐释迁坟的缘由，将补偿方案细细道来，渴望能获得村民的理解与支持。可事与愿违。因为在老一辈村民心中，祖坟是家族的命根子，是连接古今的纽带。迁坟，对他们而言，无异于将家族的根基连根拔起。刹那间，谣言四起。有人神色惊恐地传言："迁坟会惊扰地下的亡灵，会有大灾难降临。"还有人愤愤不平地嘟囔："那点补偿款，怎能换回祖先的安宁？"王继耕深知，光靠言语无法平息事态，必须拿出切实可行的办法。于是，他精心组织了一场村民大会。

会上，他邀请来的专家，用科学的道理和清晰的逻辑讲解迁坟的必要性，如同一束束光照亮了村民心头被迷信笼罩的阴霾。王继耕趁热打铁，向村民保证，新墓地的风水只会比旧墓地更好。不仅如此，他还和村"两委"共同商议，成立了迁坟小组，挑选了村子里德高望重的老人担任组长。

然而，仍有部分执拗的村民坚守自己的想法。他们坚信祖坟有着神秘

牛岭埠社区全景

的守护力量，绝不允许先祖的遗骨离开这片生于斯、长于斯的土地。王继耕继续讲述自己家族的故事，拉近了与村民的距离；他分享对祖先的深深敬意；他描绘着村庄美好的未来。终于，他用真诚和耐心赢得了大多数村民的理解与支持。

迁坟工作，再度启动运转。过程中，虽满是泪水与不舍，但村民终究还是缓缓接受了现实，开始为新村建设贡献自己的力量。

二

迁坟工作的顺利完成，本应成为村庄迈向新发展的开篇序曲。然而，当动员拆迁工作紧锣密鼓地展开之际，局势却陡然逆转。

拆迁的号角一经吹响，整个村子的氛围便变得压抑而沉重，仿佛被乌

云笼罩。原本应是欢欢喜喜迎接新生活之时，却演变成了一场艰难的拉锯战。村里众多村民，拒绝在拆迁协议上签字。他们的眼神中交织着迷茫、担忧以及对这片土地的深深眷恋。那一间间看似普通的房屋，于村民而言，是祖祖辈辈生活的见证，是童年欢笑的承载之所，是无数个日夜温馨故事的摇篮。每一块斑驳的墙壁，每一片褪色的瓦片，都承载着他们难以割舍的情感。

村头的老大爷坐在自家门槛上，望着院子里那棵枝繁叶茂的老槐树，浑浊的眼中满是不舍。这棵树是他幼时亲手种下，如今如一把大伞庇护着这个家。他颤抖着双手，摩挲着破旧的门框，口中念叨着："拆了这里，俺没了根。"

村西的大婶，一想到要离开居住了几十年的房子，便忍不住潸然泪下。这些村民并非不明白发展的意义，只是在这变迁的浪潮中，惧怕失去太多，那是对熟悉生活的深深依赖。

牛岭埠作为全县首个整体拆迁改造的村庄，一批又一批的拆迁工作人员纷至沓来，他们手持文件，携带着各种补偿方案，试图说服村民。然而，那些冰冷的条款与数据，在村民们炽热的情感面前，显得那般苍白无力。村里的小道上，时常可见村民聚在一起，低声议论，每个人的脸上都写满焦虑。整个村庄被一种不安的情绪笼罩，那拆迁的号角声在风中也仿佛变得凄清。

此时，作为党支部书记的王继耕挺身而出，率先在阳光下，公正透明地测量自家房屋，每一个刻度、每一次记录，仿佛是对村民的郑重承诺。他目光坚毅，毫无迟疑。随后，一阵烟尘扬起，他带头拆除了自家房屋。那轰然倒塌之声在村庄中回荡，这本应是开启新征程的号角，孰料，这仅仅是一场复杂纷争的起始。

沂水县委县政府的办公大楼灯火通明，似乎都在急切地等待着拆迁协议签订结果。大楼内，领导班子成员神色凝重。

另一边，在牛岭埠的签字现场，气氛犹如凝固的冰块般寒冷而沉重。村民聚集一处，无人愿意率先迈出签字那一步。王继耕立于人群之中，内心焦灼。时间一分一秒地流逝，时针慢慢地走向深夜11点方向，整个世界仿佛都在为这僵持的局面而屏气凝神。

王继耕军人的热血在这一刻再也无法抑制。他迈着坚定而略显沉重的步伐，一步一步向前走去，每一步都仿佛踩在村民紧绷的心弦之上。他站定在村民面前，深深地吸了一口气，然后开口说道："老少爷们！今日即便将我吊起来千刀万剐，你们也难消心头之气。"那声音起初有些颤抖，恰似被压抑许久的火山终于找到了喷发的缺口。"这些日子，我过得是何种滋味，你们可知？你们在背后骂我，那些话犹如刀子一般扎在我心上。有人指责我卖庄求荣，甚至有人在我家大门口及村里张贴大字报，用红漆书写我为汉奸。各种难听之语，我都有所耳闻。过去我都忍了，我以为只要事情办妥，你们终有一日会理解我。"他的眼睛里布满血丝，那是被误解与委屈浸泡太久的痕迹。

"今日，我不能再沉默了。即便是再坚固的堡垒也要攻破！"王继耕的声音渐渐高昂，犹如吹响了冲锋的号角，"旧城改造，并非为我王继耕个人，而是为了咱村里的每一位老少爷们。我担任这个书记，图的是啥？难道是图一个骂名吗？我是想为村里实实在在地办点事，让咱们的日子过得更好一些，能够跟上时代的步伐。摸着良心，我上对天，下对地，问心无愧！"他的声音在夜空中回荡，每一个字都重重地敲击着村民的心。这十分钟，他将自己长久以来所承受的委屈、压力，宣泄完毕后，现场陷入一片死寂。

但这死寂并未持续太久。有几个人默默走上前去，拿起笔，在拆迁协议上签下了自己的名字。那些在后面张望犹豫之人，看到这一幕，眼神开始变得动摇。在一阵短暂的沉默之后，他们纷纷放下顾虑，拿起笔，签下了自己的名字。

令人意外的是，拆迁工作中最为难缠的竟是王继耕的一位亲戚。对于拆迁赔偿之事，他有着自己的小盘算。当拆迁工作人员将赔偿方案送至他面前时，他仅看了一眼，眉头便皱成一团，气呼呼地说道："此举不可，如此赔偿，岂不是如同打发叫花子？"、

王继耕得知后，急忙跑到亲戚家做思想工作。

"你要理解，这是政府政策，赔偿标准是统一的，不可因你一人而坏了规矩。"王继耕耐心地解释着。然而，这位亲戚根本听不进去，他瞪着眼睛说道："你不要以政策压我，我不是被吓大的。你身为书记，难道不能为自家亲戚争取点利益？"

王继耕无奈地叹了口气，他非常了解自己这位亲戚的脾气。但拆迁工作不能耽搁，他思前想后，最终决定替亲戚签字。可这一签，却把亲戚惹恼了，他跳着脚骂道："你凭什么给我签字？我要告你。"

王继耕言辞恳切地劝说道："我这么做着实是为了大局着想，你不能仅仅因为个人利益就阻碍整个拆迁工作的推进。"然而，这位亲戚根本听不进去，从此与王继耕断绝了往来。王继耕心中的苦痛，只能默默独自承受。

三

转眼来到了2019 年。王继耕借助棚户区改造的良好政策，将建于20世纪90 年代的东村提报了棚改计划。当王继耕正在热火朝天地开展工作时，妻子的亲大姐对拆迁赔偿方案不满意，想得到位置更好的房子，同时还想多获取一些赔偿。当拆迁工作人员找到她时，她直接将人拒之门

外。"不行，位置不好，赔偿也太低，我坚决不签。"大姨子的态度极为坚决。王继耕得知此事后，脑袋又大了一圈。他赶忙跑到大姨子家，想要再做做思想工作。可大姨子根本不买他的账，"你是书记又能怎样？我告诉你，达不到我的要求，我绝对不签。"王继耕费尽口舌，可大姨子依旧不为所动。

此时，王继耕由于拆迁工作推进不力，面临着被党委停职的局面。这下，大姨子更加得意了。"停职跟我们有什么关系？他不当书记，说不定我们还能分到更好的房子呢。"听到这话，王继耕的妻子一方面为丈夫感到委屈，另一方面又不好跟亲姐姐翻脸。她试着劝说大姐，"姐啊，你得理解继耕，他当书记不是为了咱们家，而是为了村里的乡亲们。你这么做，让他实在是很为难"。可大姐根本不听，她撇着嘴说："哼，他当书记就了不起啊？就能不顾我们亲戚的死活？我告诉你，达不到我的要求，就是不签。"妻子看着丈夫日渐消瘦的面容，心中满是苦涩。拆迁工作已经让丈夫心力交瘁，而亲戚间的矛盾更是让他雪上加霜。她下定决心，无论如何都要帮丈夫解决这个难题。

妻子来到大姐家，可大姐态度强硬，根本不听劝说。就在这时，大姐的儿子也因为拆迁补偿问题闹了起来。妻子一狠心，每天就守在大姐家门口的过道里，铺上被褥打起了地铺，这一守就是七天七夜。她不吃不喝，一直守在那里，和大姐不停地讲着道理。大姐一开始还很强硬，试图劝妹妹回去："你回去吧，你这样做没有用的。"可妹妹只是摇摇头，眼神坚定地说："姐啊，你要是不签字，我就不起。"王继耕心疼自己的妻子，动员了所有能动员的亲戚轮流去做大姐和外甥的工作。最终，大姐和外甥妥协了，在拆迁合同上签了字。但他们心里却憋着一股气，觉得王继耕一家为了工作，完全不顾亲戚情谊。从此，姐妹两家的关系陷入了僵持状态，仿佛有一层厚厚的冰墙隔在中间，难以消融。

王继耕知道，自己为了拆迁工作得罪了不少亲戚，可他们并不理解自己，都认为他应该偏袒自家亲戚。但王继耕心里清楚："要正人，先正己，我不能开这个口子，再亲再近，也得一码归一码，不能丢了原则，乱了分寸，全村都得一样，必须做到一碗水端平。"

四

如今忆起，从动员拆迁，到施工建设，再至居民迁入新居，这一过程看似简单，实则饱含无数艰辛。

那是初夏的一个清晨，王继耕如往常一般早早来到村委会，准备开启忙碌的一天。他腹部突然剧痛，强忍许久，直至实在无法忍受，才奔赴医院。经检查，医生神情严肃地告知他，这是急性阑尾炎，必须立即进行手术。王继耕一听，心头猛地一沉。此刻村里各项工作正处于关键阶段，自己怎能在此时倒下呢？奈何病情危急，容不得丝毫拖延，王继耕最终被推进了手术室。

手术十分顺利，但医生再三嘱咐，术后需好好休养，至少卧床一周方能恢复。王继耕嘴上应着，心里始终放不下村里的工作。

术后次日，王继耕躺在病床上，输着液，脑海中全是村里的事务。此时，他听闻县领导要来村里调研工作。于是，他不顾医生和妻子的阻拦，毅然拔掉针头，换上衣服，骑上自行车便往村里赶去。

一路上，王继耕紧咬着牙，忍着腹部的疼痛，颠簸前行。好不容易达到村里，刚下自行车，他的腰便似被重石死死压住，怎么也直不起来了。村里众人看到他这般模样，都惊慌失措，纷纷上前搀扶。

县委书记付伟一下车，便瞧见王继耕脸色苍白如纸，赶忙关切地问道："老王，你这脸色不好，怎么了？"

"书记，我刚做完阑尾炎手术。"

付伟书记一听，又惊又急："老王，你这简直是不要命了！身体可是革命的本钱，你这般折腾，可不行啊！"

王继耕半开玩笑地回应："哪里断耕，哪里卸牛嘛！村里的事可不能耽搁啊！您看这工地上的变压器都没安上，我哪有心思休息啊！"

付伟听后，深深地看了王继耕一眼，眼中满是钦佩，随后拍了拍他的肩膀，说："老王，你的敬业精神让我十分感动。但是，你保重身体！只有身体康健，才能更好地为群众服务。"

王继耕点了点头，说道："书记，您放心，我会注意的。"

接着，付伟书记拨通县电业局负责人的电话，让他们抓紧时间跟进牛岭埠的电力工程，争取社区建设早日竣工。

王继耕心中充满了感动，也充满了动力。

五

在人们的普遍印象中，一个资产过亿元的社区当家人，其代步工具定是非凡之物。我带着这样的猜测，心中暗自揣测，王继耕的"座驾"应该是奥迪Q5以上的级别。然而，当真正抵达目的地，映入眼帘的却是一辆破旧的"北斗星"，这不禁让我大跌眼镜。

村民对王继耕的评价极高，他们说，王继耕是把经营村庄当成了自家的日子来过。面对我的不解，王继耕只是笑笑，他说上任时社区的家底只有10万元，发展到今天，每一分钱都来之不易。

当被问及为何不买辆好点的车时，王继耕给我算了一笔细账。他说，买车后不仅要聘用驾驶员，还要支付高昂的汽油和修车费用，而且汽车开10年就报废了，这些钱最终都打了水漂。他得出的结论是，换好车完全没必要，因为"钱得给老百姓留着"。

在王继耕看来，许多村改居后的社区都陷入了困境，村民失去了土地，生活难以为继；而旧村改造建起的商业房一旦全部卖掉，虽然短期内能为班子带来丰厚的收入，但长远来看却无异于竭泽而渔。因此，在进行旧村改造前，王继耕就一直在思考牛岭埠社区的未来。王继耕坦诚地说："我不想当'败家子'，更不想给下一届班子留下一个空壳子。钱有花完的时候，我退休了，下一任怎么办？"

要想让社区真正发展起来，就必须从居民的实际需求出发。于是，王继耕巧妙地结合拆迁还建政策，开展了一系列开发工作。18000平方米的沿街楼拔地而起，为村里经济留下"长流水"。3000多平方米的便民农贸市场更是热闹非凡，为居民提供了极大的便利。而最令人瞩目的，莫过于那6栋如雨后春笋般涌现的居民楼，它们不仅解决了社区居民的住房问

牛岭埠社区爱心助学

题，还为社区带来了4000余万元的集体收入，真正实现了经济效益与社会效益的双赢。

王继耕说："社区的发展不能仅停留在物质层面，更要关注居民的精神生活。"于是，他决定投资1000多万元，完成了社区的绿化、亮化、美化工程，让居民生活在一个环境优美、宜居宜业的社区里。更令人感动的是，这里的物业管理费用全免，实实在在地减轻了居民的负担。每年，通过沿街楼租赁收入、资金理财等多元化的方式，社区为集体创收达到了600余万元，这些资金大部分都被用于发放居民福利，让居民切实感受到了发展的红利。

在王继耕的带领下，牛岭埠社区的福利制度不断完善。每年，社区居民每人都能获得1000元的股权分红和每月100元的福利费。而对于60周岁以上的老年人，社区更是给予了特别的关爱。每月发放200—600元的生活补助金，每逢生日送上生日蛋糕和长寿面，让老人感受到社区的温暖和关怀。此外，社区还建立了完善的帮扶救助机制，为低保户、残障家庭户等困难群体提供了有力的支持。牛岭埠社区真正实现了幼有所教、老有所养、困有所济、居有所乐的美好愿景。

这二十年来，在多次的选举中连任，王继耕凭借着出色的工作成绩和深厚的群众基础，一次次赢得了居民的信任和支持。面对未来，他满怀信心地说："无论我在这个岗位上干多少年，我都只有一个信念，那就是要做到问心无愧、活得坦然。我不求什么大的回报，只希望以后村里老少爷们提起我时，能有一句评价'这个人还不错，给村民干了点实事！'那我就觉得这一辈子值了！"

坚守者的心路

———— 一 ————

在莒南县张家岳河村的土地上，岁月镌刻着一位七旬老人的传奇。2024年，70岁的张继利，这位村党支部书记，依旧精神矍铄地坚守在他奉献了大半生的岗位上。

时光回溯到1972年，年轻的张继利怀着满腔热血响应国家号召，踏入军营，成为一名炮兵。军营的日子里，他像一颗坚韧的螺丝钉，在严苛的训练中不断磨砺自己，每一次挥汗如雨，都是对军事技能提升的执着追求。然而，命运的波澜在1973年5月汹涌而至。那是一次执行悬挂炮弹的任务，意外降临，他的左腿遭受重创。因公负伤致残的他，虽被评为二等革命伤残军人，却未曾吐露半句怨言。

1978年4月，退伍的张继利带着党组织关系，回到了阔别已久的家乡。此时的张家岳河村，是相邸乡有名的贫困村。村办企业气息奄奄，濒临倒闭的边缘；村民守着人均不足一亩的贫瘠耕地，在贫困的泥沼中艰难挣扎，每年人均纯收入不过500元。村"两委"班子内部矛盾纠葛，如乱麻般缠绕，村干部各自为政，集体资金被肆意挥霍，整个村子如同陷入无尽的黑暗深渊，混乱与绝望的阴霾笼罩着每一寸土地。

这时，张继利站了出来，他毅然决然地接过这如烫手山芋般的重任。他目光坚定，声音沉稳："我当村党支部书记并非想做惊天动地的大事，只想为全村群众做些实事。"就职那日，面对全村老少，他誓言铮铮："如果我拿集体的一根树枝，你们可以往家扛一架梁；如果我吃集体一斤肉，你们可往家牵一头牛。"他以身作则，精心编织起一张严格的管理制度之网，"四带头四不带头"的铁律，如同一座巍峨的山峰，是他对自己的坚守，更是对全村党员干部的庄严承诺。

土地承包，这一农村大事，如一场严峻的考验风暴席卷而来。当整理好的土地即将承包给村民时，张继利的世界瞬间被亲朋好友的求情声淹没。妻侄、表亲，一个个带着殷切的期盼纷至沓来，妻子也在一旁软语相求，希望他能为家人破例。但张继利宛如一棵苍松，扎根在原则的土地上，毫不动摇。他力排众议，决然采用抽签方式，让土地承包在公开、公平、公正的阳光下进行。那一刻，他承受着巨大的压力，家庭的风暴也随之而来，与妻子的激烈争执，似电闪雷鸣，可他心中装着的是村民的信任与尊重。

为解开班子问题的死结，张继利带领全体党员，捧起党章，逐字逐句地研读。他们一项一项对照检查，不放过任何细微之处，精心制定出村里的各项规章制度，让"三会一课"制度重焕生机，任期目标责任制、"两委"干部岗位目标管理责任制等一系列制度，如同一套精密的齿轮，让每个干部都被上紧了发条，明确了肩负的责任，人人都挑起担子，个个都有任务在身。

规划不是空中楼阁，张继利深知付诸实践才是关键。村子周边的相邸水库，周围的移民村村民往昔饱受苦难。干旱时节，几百亩土地干裂纵横，似一张张干渴的嘴唇，向着苍穹祈求甘霖。收获之际，道路泥泞似沼，村民只能用瘦弱的双肩挑着、简陋的小车推着沉甸甸的庄稼，每一步都似在荆棘中跋涉。张继利振臂高呼，带领村干部与村民齐心协力。他们如同英勇的筑路先锋，修建起20公里的道路，整修村内3条街道。从此，村民告别了往昔的尘土与泥泞，整洁平坦的街道成为村庄新的风景线。继而，他们又似无畏的水利战士，治理改造1座闸谷房，修建5座桥梁，筑起一座蓄水量达20万方的塘坝。这座塘坝宛如坚固的"水长城"，傲然屹立，彻底解决了村内400亩栗园的用水难题。栗园中的板栗树，仿若被唤醒的精灵，喝足了水，结出的板栗硕大饱满，如串串玛瑙挂满枝头。

张继利的目光不止于此，他引领村民向荒地进军，开垦出400亩荒地，在那片新生的土地上，种下3万余棵板栗杂果、5000棵国槐、1000余棵速生林木。荒山仿若被施了魔法，披上郁郁葱葱的绿装，这些树木更成为村民增收的宝藏。他还如一位智慧的领航者，积极培育种植、加工户，让村里产业如繁花绽放，多元发展。组织100多名村民外出务工，为他们打开通往富裕的大门，让大家在广阔天地中追寻致富梦想。在他的带领下，村民的增收渠道如条条溪流汇聚成河，眼界得以开阔，生活也迎来了崭新的曙光。

二

2002年深秋的寒意在这个村子里肆意蔓延，一场不期而至的盗窃风波，如一场阴霾的暴风雨，无情地打破了村庄往昔的宁静。村东头，一位大爷清晨推门，却惊见门户洞开，屋内财物仿若被暗夜的幽灵席卷一空；紧接着，村西老奶奶家也传出噩耗，同样的厄运降临。

恐惧迅速在村民的心间蜿蜒爬行，每至夜晚，黑暗笼罩，人们躺在床上，仿若能听见黑暗中那窸窸窣窣的、令人毛骨悚然的声响，仿佛无数双贪婪的眼睛正隐匿于暗处，窥视着他们的一举一动，每一个梦乡都被不安搅得支离破碎。

案情，如同沉甸甸的巨石，压在张继利的心头。他组织起巡逻力量，如一位警觉的守夜人，每一个夜晚都在村庄的各个角落布下警惕的眼线。然而，他的心却始终高悬，似一只飘摇在风雨中的孤雁。终于，那个夜晚，消息如一道划破黑夜的闪电传来：巡逻组在村北小路发现几个形迹可疑、鬼鬼祟祟的身影。

张继利听闻，毫不犹豫，甚至顾不上披上外衣，便如离弦之箭冲向无尽的夜色中。夜，似一块巨大而沉重的黑色幕布，严严实实地笼罩着整个村庄，他在熟悉却又略显陌生的村中小径上疯狂奔逐，耳边唯有呼呼的风声，心中唯有一个炽热而坚定的信念：抓住盗贼，还村庄安宁！

慌乱中，张继利的脚在村内池塘边一滑，整个人如坠落的流星般跌入冰冷的泥水之中。刹那间，刺骨的寒冷如汹涌的潮水般将他淹没，那冰冷的泥水仿若无数根尖锐的针，无情地扎刺着他的肌肤。但他的目光，始终紧紧锁定盗贼逃窜的方向，那身影，是他眼中唯一的目标。每一次跌倒，他都似一位无畏的勇士，迅速从泥水中爬起，身上的擦伤与磕碰带来的疼痛，被他抛诸脑后；寒冷的侵袭，亦无法阻挡他前行的脚步。他在黑暗中飞奔，泥水飞溅，身影在月光下若隐若现，那是一种怎样坚毅的姿态！终于，在他顽强的坚持与追击下，盗贼被成功擒获。彼时，他的妻子匆匆赶来，映入眼帘的是浑身沾满泥水、多处蹭伤且冻得瑟瑟发抖的张继利，泪水瞬间模糊了她的双眼，那是心疼，是担忧，更是对丈夫深沉而无尽的敬佩。而张继利，只是嘴角微微上扬，露出一抹淡然的微笑，轻声安慰妻子道："没事，只要逮住了小偷，村民便能睡个安稳觉了。"

张继利的奉献之路，恰似一条蜿蜒无尽的长河，流淌着他对村庄的深情与心血。修建岚济公路之时，他毅然决然地将工地视作自己唯一的家，整日吃住在那里，仿佛与家中的一切切断了联系。收获地瓜的季节悄然来临，家中的地瓜地，本应是一家人辛勤劳作后的希望田野，却因他全身心投入村里水库的修建，而被遗忘在岁月的角落。六千多斤地瓜，在寒冷的无情侵蚀下，一颗颗冻坏在地里，那是他家一年的心血与期盼啊，如今却化作了无奈与叹息。

2019 年春天，村庄的土地上似乎涌动着新的希望与生机，经过无数次艰难的努力与奔波，村里终于成功争取到户户通道路硬化项目。

然而，命运却在此刻跟张继利开了一个残酷的玩笑。市县组织部门安排他前往苏州学习一周，就在此时，家中传来犹如晴天霹雳的消息：妻子不慎摔伤，进而引发脑梗。那一刻，他的心被紧紧揪住，妻子最需要他的陪伴与照顾，那是亲情的呼唤，是相伴一生的承诺。但村里的工程，正处于如履薄冰的关键时期，每一个环节都似精密仪器中的齿轮，少了他的监督与把控，便可能功亏一篑。他陷入了痛苦与挣扎的深渊，内心如被暴风雨肆虐的海面，久久无法平静。

最终，无奈与愧疚交织的泪水在眼眶中打转，他只能含着泪将妻子送往日照儿子家，托付儿子陪伴妻子就医。那段日子，他每日都在焦虑与不安中度过，手机紧握在手，时刻等待着妻子的消息。当得知因为自己的忙碌，妻子错过了最佳医治时间，落下残疾时，他的心仿若被重重的铁锤狠狠捶击，愧疚与自责如汹涌的潮水，将他彻底淹没。

"我常常想，我是一名党员，这身份绝非仅仅是一个称谓，而是沉甸甸的责任。我还是一个退伍老兵，军人的本色早已融入我的灵魂，那就是不怕困难、为人民服务。"张继利的话语，坚定而有力，在村庄的上空回荡。每当他漫步于村庄的小径，看着村子一天比一天繁荣昌盛，仿若一位辛勤的园丁看着自己精心培育的树苗茁壮成长，最终成为参天大树，那每一片绿叶的摇曳，每一条道路的硬化，每一户村民脸上洋溢的笑容，都让他觉得，所有的付出与牺牲，都是生命中最值得的坚守。他的身影，在村庄的晨曦与余晖中，被拉得很长很长，那是一种无声却震撼人心的力量，镌刻在这片土地的每一寸记忆之中。

三

在这个不大的村庄里，阳光洒在错落有致的屋舍间，有那么一群特殊的老人，他们就像被岁月遗忘在角落的旧书，虽满是故事，却也饱经沧桑。而张继利就是那个始终心系着这些"旧书"的人，多年如一日，用自己的温暖去擦拭蒙尘的岁月，悉心照料着村里十几位深陷困境的老人。每次提及这些老人，张继利的眼神就像一泓深潭，怜悯之情如潭水的涟漪，一圈圈荡漾开来。他的脑海里仿佛有一本详细的人物志，每一位老人的名字、家庭琐事，甚至是他们心底最隐秘的孤独与无助，都被清晰地记录着。不论是新春的鞭炮声中，还是平常日子的午后暖阳下，张继利总会像一阵及时的春风，轻轻推开老人的家门。他拉过老人粗糙的手，坐在吱呀作响的小板凳上，唠着家常，那些话语就像涓涓细流，滋润着老人干涸的心田；他也会挽起袖子，帮忙修理漏水的屋顶，或是扛起锄头，整理荒芜的小菜园，为老人们解决那些看似琐碎却又无比重要的生活难题。

逢年过节的时候，村里热热闹闹地开展统一的走访慰问活动。而张继利呢，他悄悄回到家中，那是一间并不宽敞且陈设简单的屋子。他打开那个有些破旧的柜子，从层层叠叠的衣物下，摸出一个布包，里面是他省吃俭用积攒下来的钱。他数出2000元，紧紧攥在手中，转身走向集市。集市上熙熙攘攘，他在摆满年货的摊位间穿梭，精心挑选着适合老人的物品。他一边挑选，一边喃喃自语："这些老人啊，年轻时哪一个不是为咱村拼死拼活的，现在该轮到我来照顾他们喽。"

曾有一次，一位生活拮据的老党员在村口的小路上遭遇了车祸。消息像长了翅膀一样，迅速飞到正在田地里忙碌的张继利耳中。手中的锄头"哐当"一声落地，他顾不上擦掉额头的汗水，拔腿就往医院跑。他的身影在乡间小道上飞奔，带起一阵尘土。冲进医院病房的那一刻，他气喘吁吁，头发有些凌乱，汗水湿透了衣衫。

望着在病床上痛苦呻吟的老党员，他毫不犹豫地把手伸进衣兜，掏出皱巴巴的2000元，递到医院收费处，声音坚定地说："先救人，治疗费用算我的。"事后，老党员心怀感恩，拉着他的手非要还钱。张继利的手像钳子一样紧紧握住老党员的手，真挚地说："您老就别见外了，您生活这么难，又是咱村的老党员，我这不过是举手之劳，应该的。"老党员的眼眶瞬间红了，泪水在眼眶里打转。

岁月的长河静静流淌，张继利这些年个人资助失学儿童、困难家庭以及孤寡老人的费用，加起来竟有十多万元。旁人常常满脸疑惑地问他："你这么拼命为别人，到底图个啥呀？"张继利微微抬起头，眼神平静而坚定，他缓缓地说："我啥也不图，我是党员，是村干部，这就是我的责任，我的义务，就是要让村里的人都过上好日子。"

回溯到1996年年底，相邸党委的奖励如同一颗石子，在平静的村庄里激起层层涟漪。村里获得了一万元奖金。按照规定，张继利个人能拿到4000元，这可是他两年辛苦工作的回报啊。

张继利站在村部的院子里，望着那几张写着奖金分配方案的纸，沉思良久。他的心中仿佛有两个小人在打架，一个说拿了这笔钱可以改善家里的生活，另一个却说集体和村民更需要这笔钱去谋求长远发展。最终，他深吸一口气，眼神变得明亮起来："这钱要是分了，我是能得点实惠，可村子咋办？村民咋办？"

于是，他开始谋划起来。他翻出平时卖报纸一分一厘积攒下来的钱，把它们和奖金凑在一起。他站在村子中央，大声招呼着党员和老干部："咱们去平邑九间棚、曲阜、泰山看看，长长见识，不能总窝在咱这小村子里。"他还带着钱找到村里的科技带头户，把《山东省科技报》和法律读本知识塞到他们手里："咱村要发展，就得靠科技，靠懂法，这些你们好好研究。"

时光的车轮滚滚向前，来到2006年。村里的道路硬化工程正在紧张进行，搅拌机的轰鸣声仿佛是村庄发展的号角。然而，突然资金短缺像一只拦路虎，工程被迫停工。工地上一片寂静，只有未干的水泥在角落里散发着无奈。张继利来到停工的路段，看着眼前的景象，眉头紧锁。他转身回家，不多时，又匆匆赶来，手里紧紧握着2000元。他走到施工负责人面前，把钱塞到他手里："先拿着，不能让工程就这么停了。"他的声音不大，却像有一种魔力。村民听闻此事，纷纷自发前来，你五十，我一百，大家的热情如同燃烧的火焰。最终，近6万元募集成功，工程重新启动，机器的轰鸣声再次响起，比之前更加响亮。如今，每当夜幕像一块黑色的绸缎缓缓落下，村民在这条平坦的道路上悠闲地散步，脸上洋溢着幸福的笑容，口中念叨着："这路啊，是张书记带着咱们修起来的，咱可不能忘了他的好。""咱村能有今天，全靠张书记啊！"村民聚在一起，谈论起张继利时，脸上满是崇敬，大拇指高高竖起。

四十多个春秋，张继利就像一棵扎根在村庄的大树，把自己的青春和热情毫无保留地奉献给了这片土地。他收获的荣誉证书和奖杯摆满了家中的角落，这些对他来说，不仅仅是荣耀的象征，更是前行的鞭策。当他被评为"莒南县十佳党组织书记"，那2000元奖金递到他手中时，他没有丝毫犹豫，他来到村委会，庄重地拿出1000元作为特殊党费上交："这是我对新中国成立七十周年的一点心意。"剩下的1000元，他在重阳节前夕，穿梭于各个商店，购买了精美的礼品。重阳节那天，他把礼品一一递到全村70周岁以上老人的手中。看着老人脸上绽放的笑容，他的心中满是欣慰："这比啥都强，这就是我最想看到的。"

这些年岁月就像一把无情的刻刀在张继利的身体上留下了一道道伤

痕。他的身体一直不太好，家人看着他日益憔悴的面容，多次苦口婆心地劝他："自从你当上了这个支部书记，整天没日没夜地忙，家里都快不像个家了！"

的确，张继利的家已不见寻常家庭的模样。在他的精心打造下，这里成了一座"相邸水库移民纪念馆"。往昔村民怀着"舍小家顾大家"的壮烈告别故土，踏上移民搬迁之路，那是怎样刻骨铭心的牺牲与奉献啊！张继利深知先辈的艰辛与努力绝不能被岁月长河淹没。他毅然将自家房子变为纪念馆，那些陈旧的物件、泛黄的照片，都在静静诉说着往昔故事。每一处角落都凝聚着先辈沉甸甸的付出。张继利以这样的方式将历史铭刻，让后人永远缅怀那伟大的奉献精神。

采访结束时，张继利点燃一支烟，在烟雾缭绕中，他感慨地说："我们是个库区移民村啊！当年为了修建水库大家作出了多少牺牲。可党没有忘记我们，一直惦记着我们呢。我们拿着移民补助，政府有什么优惠政策、好项目首先就考虑到我们村。是党让我们过上了这样的好日子啊！我们要知党恩、谢党恩啊！"

田野上的"犟书记"

一

六月，骄阳似火，热烈的阳光毫无保留地洒在沂河新区干沟渊村的广袤田野上。微风拂过，麦浪翻涌，宛如一片金色的海洋，层层叠叠的麦浪中，丰收的气息愈发浓郁。大型收割机在这片3000多亩的土地上有序穿梭，轰鸣声交织成一曲欢快的丰收乐章，而村民的脸上，无一例外地洋溢着喜悦与满足。

在这片充满希望的田野间，皮肤黝黑、声音洪亮的村党总支书记何宗彦，正带领着以村"两委"成员为主力的农机小分队，全身心投入到紧张的收割工作中。双眼中满是对丰收的自豪与欣慰，他高声说道："今年又是一个丰收年呐！亩产可达1010斤，按照市场价格1.55元一斤计算，一亩地就能收入1565元，刨去成本，村民亩均可分红300元，合作社单季可收入60万元！"

可谁能想到，仅仅在几年前，这里还是另一番景象。

1986年，年轻的何宗彦脱下军装，带着军人的坚毅与果敢，回到了家乡干沟渊村。彼时的他，心中满是对家乡发展的热忱与期待。1993年，年仅26岁的他，接过了村党支部书记的重担。

然而，这个初出茅庐的"毛头小子"，面对的是诸多质疑的目光。当时的支部成员大多是50岁左右、经验丰富的长辈，他们在村里任职多届，对于何宗彦这个刚退伍的年轻人，多多少少都有些不服气，认为他挑不起村里发展的大梁。

那时，村里有两个出了名的"硬骨头"优抚对象，对村里的工作极不配合。何宗彦没有丝毫退缩，一趟趟地往这两户人家跑，耐心地劝说，嘴皮子都快磨破了，可两户人家却始终不为所动。但何宗彦骨子里那股军人的"犟脾气"被彻底激发出来，他通过多方寻找人脉调解，又找来他们的亲属劝解，经过无数次的努力，终于成功啃下了这两块"硬骨头"。这件事之后，支部成员对何宗彦的态度发生了180度大转变。一名支部委员私下找到他，感慨道："你刚上来的时候，我根本不信你能撑下来，没想到咱庄里还就得靠你这样有股子犟劲的人！"

何宗彦的"犟"，不仅仅体现在解决难题的执着上，更体现在他凡事冲在前、干在先的行动中。1993年，为了不耽误耕地，确保农事顺利进行，他带领着一行人，连夜往返1400多公里，开着农用车奔赴洛阳购买农机配件。一路上，他们争分夺秒，40多个小时未曾合眼，守在市场门口等待开门，连打盹的时间都不敢有。1997年冬天，村电灌站叶轮突发故障，情况紧急。何宗彦毫不犹豫，带头跳进冰冷的水里进行维修，刺骨的寒冷让他的膝盖落下了后遗症。

1999年，在一次维修任务中，他的手臂不幸被电伤，至今胳膊上还留着一道醒目的伤疤，那是他为村子付出的见证。

二

时光匆匆，到了2017年前后，村里的情况又发生了新的变化。越来越多的村民向村"两委"干部反映，种地不仅不挣钱，还常常赔钱，种地的收入远不如出去打工。于是，大量的年轻人选择外出务工，村子逐渐陷入空心化、老龄化的困境，"谁来种地""怎么种地"成了摆在何宗彦面前的两座大山，时刻困扰着他。

何宗彦深知，党支部必须站出来，带领大家走出困境。经过深思熟虑，他决定领办一个合作社，帮助村民把地种好，实现规模化经营。然而，这个想法在一开始就遭遇了重重阻碍。

2018年，当他第一次组织召开党员大会，提出开展农村土地股份制改革时，很多党员并不认可。有的党员忧心忡忡地说："何书记，不是我们不信任你，土地流转之后我们就没地了，万一经营不好，我们拿不到钱又没了地，这可怎么活啊！"面对党员的担忧与质疑，何宗彦没有放弃。他深知，只有让大家亲眼看到改革的优势，才能真正打消顾虑。于是，他带领村"两委"成员以及全体党员、村民代表，奔赴3省6市10个县，进行实地取经学习。

一路上，他们认真聆听经验介绍，仔细参观成功案例，目睹了"股田制"改革给当地农村带来的巨大变化。学习归来后，何宗彦马不停蹄，带领村"两委"成员走街串巷，挨家挨户地做工作。

他们苦口婆心地摆事实、讲道理，耐心解答村民的每一个疑问。何宗彦坚定地向村民表态："如果说亏了，我们自己掏钱也要把每亩800块的保底钱给你，只有亏村委，不会亏个人！"这句掷地有声的承诺，如同给村民吃下了一颗定心丸。

在第一个农民丰收节，干沟渊村召开全体村民会议，正式通过了"股田制"改革方案。令人惊叹的是，仅仅3天时间，就成功托管了全村566户1961亩土地，托管率高达98%。至此，干沟渊村实现了全村共种一块田的梦想，开启了规模化发展的新篇章。

三

走进如今的干沟渊村农田，时常能看到何宗彦忙碌的身影。他正在仔细检修农机故障，每当机械出现问题，他总是第一时间赶到现场。这些农机在他眼中，就如同宝贝一般珍贵。

自从村里的合作社成立，党支部便建起了农机大院，购置了40余台农机具和节水灌溉设备。何宗彦思路清晰，他深知，既然要实现土地的规模化经营，农机的作用至关重要。他带领村"两委"成员组建农机小分队，大家齐心协力，推小车、垒大渠、下井盘，既是技术娴熟的农机手，又是经验丰富的维修工。

何宗彦不仅是大家伙的主心骨，更是干活的一把好手。在他的带领下，干沟渊村规模化经营的优势逐渐凸显，乡亲们看在眼里，记在心里。渐渐地，越来越多的村民主动找到合作社，要求托管土地。目前，合作社已经辐射到周边村居，托管土地面积达到3000多亩，真正实现了土地的规模化发展、集约化管理和机械化生产。

合作社的蓬勃发展，带来了显著的成效。劳动力得到了极大的解放，2000余人从繁重的土地劳作中解脱出来，其中800余人实现了劳动力转移，从事其他行业。村民的腰包越来越鼓，2021年，全村人均年收入达到了3万多元。村民富起来了，何宗彦又将目光投向了基础设施的改善。他领着大家修道路，让村庄的交通更加便捷；挖水渠，确保农田灌溉无忧；建广场，丰富村民的精神文化生活。

四

提起"干沟渊模式"，何宗彦的脸上总是洋溢着自豪的笑容。然而，在这成功的背后，是他超出常人的付出与牺牲，这些却鲜为人知。

2021年，干沟渊村迎来了一个重大项目——投资1050多万元的旱田改水田工程。这个项目承载着全村发展的新希望，也让何宗彦忙得不可开交。他几乎每天都"泡"在工地上，从项目的规划设计，到施工进度的督促，再到质量的严格把控，每一个环节他都亲力亲为，一干就是一整天。

"原先咱这儿种的是小麦和玉米，遇到自然灾害以后不抗涝，现在改成水稻能增收20%。"何宗彦满心都是对村子发展的规划，可他的身体却在这时亮起了红灯。

一天中午，他突然感到腰痛难忍，豆大的汗珠从额头滚落。被紧急送往医院后，诊断结果为肾结石，当天便进行了手术。然而，谁也没有想到，第二天一大早，本该在家安心休养的他，又出现在了工地现场。他倔强地说："不到现场不放心啊！"

不仅如此，5年前，何宗彦的妻子因车祸丧失了自理能力。这对于他来说，无疑是沉重的打击。但他没有被生活的压力打倒，白天，他全身心投入到集体的事务中，为村子的发展奔波忙碌；晚上，回到家中，他悉心照料妻子。每天，他的睡眠时间只有四五个小时，可他从未有过一句怨言。在他心中，"大家"和"小家"都同样重要，只有守护"大家"，才能换来"小家"的安宁。

令人欣慰的是，在他的精心照料下，妻子的状况一天天好转，而村子也在他的带领下，发展得越来越好。

何宗彦，这位田野上的"犟书记"，用他的执着、担当与奉献，书写了干沟渊村从落后到繁荣的华丽篇章。

第三章

亮剑出鞘势如虹

一部电视剧《亮剑》以其深刻的"亮剑精神"，成为一代人心中的经典。它如同一曲激昂的战歌，深深铭刻进一代人的灵魂深处。那是怎样一种令人热血沸腾的力量啊！当强敌如乌云般压境，勇士们毫无惧色，眼眸中唯有坚定与果敢，他们毅然决然地拔剑出鞘，寒光闪烁间，哪怕死亡的阴影已悄然笼罩，也决不退缩半步。他们的身姿，似巍峨山川，屹立不倒，那坚毅、决绝、豪迈且非凡的气魄，仿若能冲破屏幕，震撼着每一个观者的心灵。

而这种精神，并未被岁月的长河所冲淡，它如同一把永不熄灭的火炬，被退役军人紧紧握在手中，成为他们人生航程中最为明亮的灯塔。当他们告别那充满热血与硝烟的战场，卸下军装，转身踏入乡村建设这片充满希望与挑战的广袤天地，成为村党组织书记时，"亮剑精神"便如同播撒在田野间的种子，生根发芽，苗壮成长。

看，在乡村这片新的战场上，他们告别了往昔冲锋陷阵的作战模式，摇身一变，成为脱贫攻坚与乡村振兴道路上的无畏领航者，承载着党组织扎根基层的神圣使命与殷切期望。

此刻，像赵祥卿、任玉勇、侯民、高希块、徐止群等一批"70后""80后"的"兵支书"热血正汩汩地流淌在乡村的每一寸泥土之中。他们不仅为乡村带来了军人特有的纪律严明与超强执行力，更是将"亮剑精神"以一种全新的、震撼人心的方式，生动地展现在众人眼前。

瞧，在加强党对农村工作领导的这条布满荆棘的道路上，他们身姿挺拔，信念如磐。每一项党的方针政策传来，他们都如同训练有素的战士听到冲锋号角一般，迅速而高效地行动起来。他们以军人对党和人民的绝对忠诚，以无畏的担当，披荆斩棘，让政令如畅行无阻的溪流，在乡村的每一个角落流淌，使得党的声音，那充满力量与希望的声音，在乡村的上空久久回荡，似洪钟大吕，唤醒着沉睡的土地。

再看，他们深入田间地头的身影，在巩固党的执政与群众基础的阵地上，这些"兵支书"身先士卒，以身作则。他们弯下腰，倾听着百姓的每一声叹息，每一句诉求，用那如暖阳般真诚的态度，实实在在、看得见摸得着的行动，一点一点地融化了百姓心中曾经的冷漠坚冰。在他们的不懈努力下，百姓们的眼神中开始闪烁起信任的光芒，紧紧跟随着"兵支书"的脚步，党的形象在这片土地上愈发高大伟岸，如同一座不朽的丰碑。党的凝聚力与战斗力，也在这一过程中如同得到了魔力的加持，愈发强大，坚不可摧。

面对农村改革发展稳定的重重艰难险阻，这些"兵支书"恰似勇往直前的先锋勇士。他们毫不畏惧，如古代侠客般，以"亮剑"的傲然姿态，向着陈规旧制的黑暗堡垒发起猛烈冲锋。他们在未知中勇敢地探寻，在困境中执着地创新，凭借着对这片土地的热爱与了解，努力挖掘出一条又一条适合本土发展的光明大道。在他们的拼搏之下，曾经那些如乱麻般棘手的矛盾纠纷，被一一解开；那些如巨石般沉重的发展难题，被逐个击破。乡村的大地上，逐渐呈现出稳定和谐的美好景象，仿佛一幅绚丽多彩的画卷，在他们的手中徐徐展开。

跳出大山进新城

一

八百里沂蒙，钟灵毓秀，人杰地灵。战争年代英雄辈出，和平时期典型闪耀。20世纪50年代，莒南县厉家寨改天换地、发展生产的经验，王家坊前解决生产资金困难的经验，高家柳沟创办记工学习班的经验，引起毛泽东的高度重视，分别作出大段批示，在全国进行推广。改革开放以来，又涌现出平邑县九间棚村党支部书记刘嘉坤、沂南县后峪子村党支部书记梁兆利、沂水县西朱家庄党支部书记刘文玲、费县明石塘村党支部书记王红旗、兰陵县代村党支部书记王传喜等大批优秀基层党组织带头人。在这个璀璨的典型群体中，莒南县朱芦镇辛庄村党支部书记赵祥卿靠着脚踏实地的韧劲和敢想敢干的冲劲，移开了压在村头的"大山"，实现了整村搬迁，成为临港经济开发区带领群众跳出大山进新城的第一人，被称为新时代"愚公"。

生于斯长于斯，一个基层党支部书记没有惊天动地的业绩，为何在群众中赢得很好的口碑呢？人们常说，金杯银杯，不如群众的口碑。口碑之赞，可晓赵祥卿的秉性。他从小受到红色熏陶，长大立志为民，就笃定了他的人生价值取向。他从小养成好品德，尊老爱幼，乐于帮忙，善解人意，睦待邻居，都说他是一个好娃娃。

1990年3月，18岁的赵祥卿受父亲影响，也投身军旅，奔赴新疆的部队。在那里，他经历了严格的军事训练，每一次挑战都锤炼着他的意志，每一次考验都铸就着他的坚韧。1991年9月，他光荣地加入了中国共产党，成为莒南县同批兵中首位入党的战士。在部队期间，赵祥卿从一名普通战士逐步成长为班长，他所带领的班集体更是凭借卓越表现荣立三等功一次。这些荣誉的背后，是他无数个日夜的付出与努力，是他对党和人民的忠诚与奉献。

退伍后，赵祥卿并没有停下脚步，而是选择了新的战场——胜利油田。1993年，他踏入胜利油田，成为滨南采油场巡逻二大队的一名班长。这里的物资引得一些不法分子垂涎三尺，治安巡查工作面临着前所未有的严峻挑战。赵祥卿深知自己的责任重大，每天他都深入这片危机四伏的"战场"，展开细致入微的排查摸底工作，紧紧盯着那些心怀不轨的偷盗分子。

在一次看似平常的例行巡查任务中，危险悄然降临。赵祥卿率领仅有的两名巡查队员，与一个多达8人的集团偷盗团伙狭路相逢。面对人数悬殊的困境，他们并没有退缩，而是勇敢地与不法分子展开了搏斗。然而，寡不敌众的他们终究难以抵挡这凶猛的攻势，被打成重伤，送进了医院救治。

医院的病房洁白而宁静，阳光透过窗户洒在病床上。然而，对于赵祥卿来说，他无心享受这片刻的安宁。他的心中始终牵挂着油田的安危，那些不法分子是否会趁机再次作案？这份深深的责任感驱使着他悄悄起身，避开医生和护士的视线，偷偷跑回油田。据统计，在赵祥卿任职期间，抓获的不法分子有2000多人。这个数字，绝非简单的统计，而是他守护油田的坚实勋章，是他对党和人民忠诚的见证。胜利油田电视台以"舍得一身苦，甘做护油神"为题对赵祥卿进行了专访。他的故事逐渐在社会上传播开来，成了人们口中的英雄和榜样。

在胜利油田工作，赵祥卿每月能拿700元的稳定工资。在当时的社会背景下，无疑是一笔可观的收入。然而，对于赵祥卿来说，这份收入虽丰，却难以填补他心中那份对家乡的深深眷恋。

辛庄村，一个群山环抱的小村落，是赵祥卿魂牵梦绕的地方。那时，村党支部书记的月工资仅仅100元。每当赵祥卿探亲归乡，村里的老党员总是满怀期待地与他长谈："祥卿啊，你是咱村里走出去的好苗子，现在村里就盼着你能回来，带着大伙好好寻个出路。"

于是，1998年，赵祥卿作出了一个令人震惊的决定：辞去胜利油田的工作，回到辛庄村，与乡亲们共同奋斗。

二

回乡后的赵祥卿，先是担任民兵连长，后来又成为村民委员会主任。

2004年3月，他正式挑起了村党支部书记的重任。面对负债累累的村集体，他迎难而上。通过走访调查、设立举报箱等方式，深入探寻村庄问题的根源，力求找到解决问题的关键。在与80多名党员群众的耐心交流中，赵祥卿凭借真诚与执着，赢得了大家的信任与支持。他逐一解决了私占土地的问题，让16户村民心甘情愿地将多占的土地交回集体。这一步，不仅为村庄的整顿奠定了坚实的基础，更让村民看到了希望与未来。

辛庄村的地形复杂，村与村之间隔着蜿蜒曲折的山路。每当雨季来临，汹涌的水流总是阻断村民的出行之路。2006年夏天的一日，天空飘着细雨，赵祥卿在村中巡查时，目睹了令人揪心的一幕：一位母亲紧紧牵着孩子的手，站在水沟旁，无助与焦虑写满了她们的脸庞。那一刻，赵祥卿的心被深深地刺痛了。他暗下决心，一定要在这里架一座桥，让孩子能安全上学，让村民能够便捷出行。

资金短缺成了摆在他面前的一道难题。负债累累的村子，早已拿不出多余的钱来用于架桥工程。面对困境，赵祥卿没有放弃，而是陷入了沉思。突然，他灵机一动，想到了一个因地制宜的妙策：就地取材。他计划直接从河里挖取河沙，将村里废弃的渠道、破旧桥梁以及那些摇摇欲坠的破屋拆除后的废料重新利用起来，作为架桥的石料。同时，发动群众义务出工，共同建设这座希望之桥。施工的日子正值酷暑，骄阳似火，大地被烤得滚烫。但赵祥卿却毫不畏惧炎热，每天清晨，总是第一个到达工地，带领着"两委"成员集合待命。他带头拿起工具，与群众们并肩奋战。在他的带领下，村里的老少爷们也被他的热情与决心感染，纷纷积极参与。年轻力壮的小伙子光着膀子，喊着号子，奋力挖沙、推动沉重的石头；年长一些的村民则熟练地搅拌着水泥。村里的老人得知架桥的消息后，激动地合不拢嘴。他们虽不能参与繁重的体力劳动，但每天都会颤颤巍巍地来到工地，为大家送上清甜的茶水。在众人齐心协力的努力下，奇迹出现了。仅仅7天的时间，一座坚固的桥便横跨在水沟之上。而整个工程仅花费了6000多元，这无疑是一个令人惊叹的奇迹。这座桥，不仅仅是连接水沟两边的通道，更是一座凝聚着村民心血与希望的连心桥。它见证了赵祥卿与乡亲们共同奋斗的岁月，也见证了辛庄村从贫穷走向富裕的历程。

桥建好了，但赵祥卿并没有停下脚步。要想让村庄真正实现蜕变，修路迫在眉睫。于是，他转身说服了妻子，将家中多年的积蓄毫不犹豫地拿出来垫资修路。同时，他向那些在外工作的辛庄村游子们发出了饱含深情的倡议书和邀请函，诚恳地寻求社会各界的帮助。在他的带动下，村民也纷纷捐沙捐石子，一场轰轰烈烈的"人民道路人民建"的战役就此打响。

很快，一条条宽阔平坦的道路如丝带般在村庄中蜿蜒伸展。六纵四横的道路网络逐渐形成，完善的排水设施也同步建成。这些道路不仅方便了村民的出行，更为辛庄村的经济发展注入了新的活力。

桥建好了，路修好了，村民最挂心的两件事情解决了。

三

辛庄村，山高地薄，土地贫瘠，种地对于村民来说，是一项异常艰巨的任务。尽管他们日复一日地在这片土地上挥洒汗水，但生活的困苦却如同大山一般，沉重地压在每个人的心头。

赵祥卿站在贫瘠的山顶，眺望着远方，心中燃烧着不屈的火焰。他知道，若不改变，辛庄村将永远陷入贫困的泥潭，无法自拔。

2012年，临港区新型农村社区建设的号角吹响。按照规划，辛庄村将整体搬迁至新城区人民路南侧那片广阔平坦的土地上，这无疑是村民摆脱贫困、迈向新生活的绝佳机会。

然而，搬迁并非易事。当搬迁的协议摆在村民面前时，他们的心中充满了忧虑与不舍。"老伴常年卧病在床，搬到楼上，行动不便怎么办？"70多岁的赵汝积老人忧心忡忡地说。他的话语，道出了许多村民的心声。在这片山脚下，他们生活了大半辈子，每一寸土地都承载着他们的回忆与情感。突然要离开，心中怎能不泛起涟漪？

更让村民担忧的是，搬迁后他们的生计将如何维系？"社区离原来的村庄那么远，地咋种？没了地，我们又去哪儿挣钱呢？"这些疑虑，如同乌云般笼罩在辛庄村的上空，使得搬迁计划的推进困难重重。

只有想方设法消除村民的疑虑，搬迁工作才能顺利进行。于是，赵祥卿立即行动起来，组织全村35名党员奔赴日照莒县枳沟社区、临沂经济开发区月亮湾社区参观学习。这一路上，党员看到了新型社区的美好与便利，心中的憧憬之门悄然开启。

学习归来后，党员成为了搬迁的宣传员。他们逐户走访，耐心地向村民讲解新型社区的优势与好处。赵祥海是"两委"成员之一，他感慨地说："我们看到别的社区，居住环境美丽，孩子上学便利了，真是让人羡慕。我们得赶紧回来给大家伙讲讲，住社区真是好处多多。"

在赵祥卿和全体党员的共同努力下，仅仅3天时间，辛庄村的签约率就迅猛达到了99%。这一成果，让赵祥卿看到了希望，也更加坚定了他带领村民走向新生活的决心。

楼房施工建设等各项工作，每一项都如同一座需要攻克的小山丘。资金短缺、工程进度、施工质量……这些问题接踵而至，赵祥卿带领"两委"成员、党员亲自监督工程进度与质量，从建筑材料的选择到施工工艺的把控，都严谨细致、一丝不苟。由于资金短缺，工程先后停工七次。每次停工后，赵祥卿都会四处奔波筹集资金，然后接着继续施工。夏天炎热的阳光下，他汗流浃背地穿梭在施工现场，不放过任何一个细节；冬日凛冽的寒风中，他裹紧棉衣，与施工人员商讨解决工程中遇到的难题。终于，历经近两年的时间，10栋五层高的崭新楼房傲然矗立在人们眼前。

四

房子建好了，但新的难题又接踵而至——分房。

分房，这可不是一件简单的事，其中的门道和讲究可多着呢。赵祥卿心里清楚得很，分房工作必须像天平一样，做到公平、公正、公开，绝不能有一丝偏袒。于是，他带着村"两委"成员，开启了一场深入民心的走访之旅。他们穿梭在辛庄村的大街小巷，逐家逐户地发放问卷，每到一户，赵祥卿都亲切地询问："您心里最中意哪个楼层呀？"眼神里满是关切与认真。

经过一番细致的调查，结果很快就出来了。原来，大部分村民都对二楼和三楼情有独钟，而一楼和五楼却像被遗忘的角落，无人问津。村民赵帅挠了挠头，道出了大家的心声："一楼靠近地面，灰尘多不说，采光也不好；五楼那么高，咱村里上了年纪的老人，爬一趟楼得歇好几回，太费劲了。"与此同时，村里也悄悄流传着一些风言风语："哼，村干部肯定会先把好楼层挑走，哪轮得到咱老百姓。"

为了彻底驱散村民心头的疑云，在收回调查问卷的那个晚上，赵祥卿紧急召集全体村干部开会。会议室里灯火通明，气氛略显凝重。赵祥卿目光坚定地站起身来，声音洪亮而有力："咱们当干部的，就是要为群众服务。这次分房，咱们都只选一楼和五楼，把好楼层让给群众！"这一句话瞬间让在场的村干部惊愕得面面相觑。

起初，有一名村干部面露难色，小声地说："赵书记，这事儿我得先回家和老婆商量商量。"回到家后，这名村干部刚一开口，他老婆就瞪大了眼睛，满心不情愿地说道："你可别犯糊涂！新房一住那就是几十年的事儿，等咱老了爬不上去五楼，你让我咋办？"

接下来的几天里，这名村干部天天耐着性子，苦口婆心地给老婆讲道理："咱是村干部，得给大家做榜样。这时候咱要是先顾自己，以后还咋在村里服众？"在他连日的劝导下，老婆终于无奈地松了口："行吧，村干部的家属得有点觉悟，老了爬不上去咱就住车库。"

分房的日子终于到了，现场热闹非凡却又秩序井然。赵祥卿和村会计早早地来到现场，表情严肃而认真，他们要在这里主持这场关乎全村人幸福的"大考"。令人欣慰的是，整个抓阄分房的流程全部由村民推举的代表负责操作，真正做到了让村民自己当家作主。

就在选房进入白热化阶段的关键时刻，赵祥卿的手机突然响了起来。电话那头，母亲急切的声音传来："儿啊，你给娘留个二楼，妈年纪大了，爬不动高楼层。"赵祥卿眉头微微一皱，毫不犹豫地一口回绝："娘，选楼方案都是公开透明的，咱不能为了自家的利益破坏了分房的规则啊。"说完，他便挂断了电话，继续专注地投入到分房工作中。

第一轮抓阄开始了，村民怀揣着激动与期待，依次走上前，小心翼翼地抽取阄签。当看到有人顺利抽到心仪的二楼或三楼时，人群中爆发出阵阵欢呼声和掌声。第二轮抓阄，上一轮未选上房的村民也没有气馁，他们带着满满的希望，再次走上前，这一轮，四楼的房子被他们一一选定。直至第三轮，10名村干部才与剩余的村民一道，平静地参与到一楼和五楼的选房当中。随着最后一个阄签被抽出，整个分房过程顺利结束，现场的每一个人脸上都洋溢着满意的笑容。

分房结束后，辛庄村的搬迁工作也如同即将落幕的大戏，进入了尾声。仅仅用了20天的时间，全体村民便如同欢快的鸟儿，喜气洋洋地入住了气脉山社区。他们也因此成了全区首个跨镇、远距离搬迁入住社区的村庄，开启了辛庄村崭新的幸福生活篇章。

五

辛庄村村民满心欢喜地踏入新居，但赵祥卿内心丝毫未曾有过松懈的念头。村民告别了熟悉的农家小院，住进了宽敞明亮的楼房。然而，旧有的生活习惯悄然徘徊在这崭新的社区之中。楼前楼后的空地，常常被摊晒的粮食所占据，那本应是整洁有序、供人休闲漫步的区域；绿化带里，葱苗和韭菜也肆意生长起来，嫩绿的叶片在风中摇曳，似乎在宣示着这是旧习的领地。这些看似不值一提的琐碎之事，实则像一面镜子，清晰映照出村民在新生活面前的迷茫与不适。他们的心灵深处，仍眷恋着往昔的田间地头、庭院内外的自在生活模式，对于这突如其来的居住与生活方式的转变，显得有些不知所措。

赵祥卿目睹此景，没有丝毫地抱怨与指责，而是迅速行动起来，开启了一场旨在重塑社区秩序与引领村民适应新生活的深刻变革。他精心谋划"网格化"管理模式，为每一栋楼都选派了一名党性强、有担当的党员管理员，这些管理员默默扎根在居民身边。他们的联系电话被醒目地公示出来，无论何时何地，只要居民遇到问题，都能在第一时间找到可以依靠的力量。

与此同时，赵祥卿还发挥他的创新思维，亲手打造了一份份社区简报。这些简报虽薄，却蕴含着无尽的温暖与关怀。上面详细刊登着各类生活常识，从日常的家居小窍门到健康养生知识；村干部的联系电话也清晰在列，方便居民随时沟通反馈；还有水电暖维修服务电话，这对于刚刚住进楼房、对现代化设施还不太熟悉的村民来说，无疑是雪中送炭。每当居民翻阅这些简报时，就被潜移默化地引导着逐渐熟悉并适应新的生活规则与节奏。

但赵祥卿深知，要想彻底改变村民多年的旧有习惯，绝非一朝一夕能够达成。这需要耐心、恒心与决心的三重考验。于是，他与村"两委"成员齐聚一堂，共同商讨应对之策。经过深思熟虑，八条村规民约应运而生。这些村规民约犹如一把把规范行为的标尺，涵盖了社区生活的方方面面。随后，赵祥卿和班子成员不辞辛劳，深入到每一户村民家中，宣传入住社区的注意事项。他们的声音在每一个角落回荡，对于那些不识字的村民，更是展现出了无比的耐心，逐字逐句地为他们念读村规民约，用通俗易懂的语言解释其中的含义，直到村民的眼神中流露出理解与认同，直到这些规则真正走进他们的心里，成为他们自觉遵守的行为准则。不仅如此，为了进一步强化宣传效果，他们还精心设计并印刷了色彩鲜艳的宣传彩页。彩页上，天然气的正确使用方法被详细图解，防火防盗的重要提示也格外醒目，这些都是村民在社区生活中必须掌握的基本技能。通过这些彩页的广泛发放与讲解，村民如同拿到了开启新生活大门的钥匙，能够更加自信、从容地融入这个全新的环境之中。

就业问题，如同一块沉甸甸的巨石，横亘在村民通往新生活的道路上。曾经，土地是他们的衣食父母，种地是他们祖祖辈辈赖以生存的方式。如今，住进了楼房，离开了熟悉的农田，他们的双手仿佛失去了方向，不知该如何去创造价值、维持生计。

赵祥卿看在眼里，急在心头。他迅速行动起来，以一种近乎执着的态度，将全村的劳动力逐一登记造册，详细记录下每个人的年龄、性别、技能特长等信息。随后，他亲自率领村"两委"成员为村民寻觅就业机会。他们的足迹遍布周边的工厂、学校、宾馆等各个角落。在工厂里，他们与企业负责人耐心洽谈，推荐合适的村民就业；在学校，他们探寻后勤服务岗位；在宾馆，则争取服务员、保洁员等工作机会。在他们的不懈努力下，奇迹逐渐发生。许多村民成功地迈出了从传统农耕到现代务工的关键一步。

对于村里的妇女和老人这两个特殊群体，赵祥卿更是倾注了无尽的心血与温情。他深知，妇女有着细腻的心思和灵巧的双手，蕴含着巨大的潜力。于是，他四处奔波，邀请各类手工艺师傅来到村里授课。一时间，村里的小教室热闹非凡，妇女围坐在一起，认真学习开办各类小生意的手艺。从精美的手工艺品到特色的小吃制作，她们在学习中不断挖掘自己的才能，为未来的自主创业或副业增收奠定了坚实的基础。而对于那些有劳动能力的老人，赵祥卿也没有忽视。他专门租用了面包车，每天清晨，当第一缕阳光洒在村庄时，面包车便载着老人们缓缓出发，前往周边地区打零工。老人在建筑工地上帮忙搬运物料，在绿化区域从事一些简单的劳作，虽然工作辛苦，但他们的眼神中却充满了对生活的热爱和对未来的希望。他们用自己的行动证明，年龄不是障碍，只要有机会，他们依然能够为家庭、为社区贡献自己的力量。这些贴心的举措，如同冬日里的暖阳，让村民深切感受到了社区这个大家庭的温暖与关怀，也让他们更加坚定了在新环境中努力生活的信心。

为了让群众在社区生活得更加安心踏实，赵祥卿还积极推动老村土地流转工作，发展高效农业和特色旅游项目。他利用腾空的土地打造苗圃、果园和农家乐休闲项目，不仅美化了环境，还带动了新型农业的发展。同时，他还依托区位优势和人口密度优势，建设精品商铺和综合商业中心，发展电商产业，为村民提供了更多的就业机会和创业平台。

在赵祥卿的不懈努力与全体村民的共同奋斗下，气脉山社区发生了翻天覆地的变化。如今，这里人人都有了稳定的工作，户户都不再有闲人。2023 年的数据便是最好的见证：村民人均纯收入近 3 万元，与搬迁前相比，整整翻了 3 倍。曾经那遥远而模糊的宜居宜业小康梦，如今已真切地呈现在每一位村民的眼前。社区里，孩子们在整洁的广场上嬉笑玩耍，年轻人在工作岗位上拼搏奋进，老年人在休闲区域里悠然自得。一幅和谐、繁荣、幸福的乡村画卷在这片土地上徐徐展开，而赵祥卿的身影，如同画卷中的点睛之笔，铭刻在村民的心中，成为他们走向美好生活的引路人与守护者。

<h2 style="text-align:center">六</h2>

农村基层工作，是政策落实的"最后一公里"，也是民生冷暖的"最先一公里"。正如众人所言，仅凭一时的满腔热忱，如同杯水车薪，难以支撑起基层工作的千头万绪和繁重复杂。赵祥卿说："基层工作仅靠一己之力远远不够，必须掌握科学的工作方法。"

在党组织建设中，赵祥卿坚决摒弃了"一言堂"的独断作风。一个团结、民主、高效的党组织是社区发展的基石。因此，每逢要事，赵祥卿都会召集众人，集体研究探讨，让每一位党员都能参与到决策中来。这种开放、包容的作风，极大地激发了党员的积极性和创造力。同时，他还推出了"委员传帮带"机制，每位委员如同一位耐心的导师，悉心引领2至3名年轻党员或积极分子，帮助他们逐步熟悉党务村务的繁杂工作，鼓励他们积极投身社区日常管理之中。

这一机制的实施，不仅提升了党组织的凝聚力和战斗力，还为社区培养了一批批优秀的后备干部。如今，"一套班子开会，两支队伍执行"的高效管理模式在社区内有条不紊地运转着，各项工作都取得了显著成效。

对于无职党员，赵祥卿同样没有忽视。每一位党员都是党组织的宝贵财富，都应该找到自己的角色，发挥应有的作用。于是，他在社区内广泛开展了设岗定责工作，让每一位党员都能根据自己的特长和兴趣选岗领岗，立足岗位发光发热。为了激励党员更加积极地投身到社区建设中来，他还推出了党员"逛超市"量化奖励政策。每年只有表现优秀、逛过两次"超市"的党员才有资格参加优秀党员评选。

瞧，那位77岁的老党员赵汝积，虽已年逾古稀，却依然精神矍铄。他主动认领环卫岗，寒来暑往，数年如一日，用自己的行动诠释着党员的坚守与奉献。

在这样的良好氛围熏陶下，一支如钢铁般团结向上、敢于担当、乐于奉献的党员干部队伍逐渐成长起来，成为社区发展的中流砥柱。

当谈起自己带出来的班子为何有攻无不克的战斗力时，赵祥卿说："其身正，不令则行；其身不正，虽令不行。我自己的作风就是社区的导向标。"他立下"两不一低"的铁规矩：不准吃拿卡要，坚决斩断利益纠葛；不准推三阻四，以高效的执行力回应群众诉求；以低姿态为群众办事，将自己的身段放低，贴近群众心声。这些规矩不仅约束了他自己，也影响了整个班子成员和广大党员干部。

"要带好一支队伍，打铁必须自身硬。"赵祥卿说，"在社区建设启动之初，一些人曾担心我过不了廉洁关，认为社区建完我也就'完'了。我不能因为这些蝇头小利毁了共产党员的名声。"

由于在社区建设中表现突出，赵祥卿荣获了2015年临港功勋奖一等奖。他将6000元奖金为党员干部和群众代表交了水费。这一举动深深打动了每一个人，也让他在社区内的威信更加牢固。

在学习教育的道路上，赵祥卿同样没有停下脚步。他坚持高标准定位、高质量推进，将学习教育融入日常工作的点滴之中。他要求每一位党员都要学得深入、做得扎实、改得到位，时刻不忘初心、牢记使命。在他的带领下，社区内的学习教育氛围日益浓厚，党员干部的综合素质和业务能力也得到了显著提升。

就这样，"祥卿工作法"在他的精心雕琢下不断完善和推广。通过践行这一工作法，支部班子如虎添翼，党员队伍活力四射，干部作风焕然一新，党建基础坚如磐石。更令人欣喜的是，社区劳动力就业率也奇迹般地达到了100%，成为全市乃至全省的典范。这一工作法很快吸引了中央及省市众多媒体的关注，纷纷对赵祥卿和他的"祥卿工作法"进行了深入报道，也获得了上级领导的重视和肯定。

2019年7月，赵祥卿被破格提拔担任朱芦镇副镇长。从"兵支书"到"兵镇长"，他的身份发生了变化，但初心和使命从未改变。

担任了21年的党支部书记，为群众服务了21年。赵祥卿最大的感受就是老百姓都是淳朴善良的。他说："只要掏心窝子为老百姓办实事、办好事，真心实意地为老百姓服务，清正廉洁、一身正气，老百姓就会从心底里感恩、敬畏。村里安排什么事，大家都会支持拥护。"

这，或许就是一位党支部书记所能收获的最珍贵、最纯粹的幸福吧。它无关名利，只关乎民心。在赵祥卿看来，能够为老百姓做点实事、解决点困难，就是他最大的幸福和满足。

采访结束之际，赵祥卿言简意赅地说道："不管几重身份，作为一名党员，中心工作就是为服务群众。"那话语掷地有声，仿佛是对这片土地和人民的庄严承诺。语落，他未作丝毫停留，转身又匆忙奔赴村镇事务之中。那渐行渐远的背影，在阳光的映照下，每一步都似乎在诉说着他对这片土地深沉的责任与炽热的深情……

"十里"繁花路

一

在临沂市城南的这片土地上，有一个宛如历史长卷般徐徐展开的古老村落——十里堡。它静静地坐落于此，承载着足足六百年的沧桑变迁，每一寸土地都似乎在低吟着往昔的故事。据那本厚重的《临沂市地名志》记载，时光的指针拨回到明建文元年，因它恰好处于城南十里的独特地理位置，"十里堡"这个名字便应运而生，从此开启了它漫长的历史篇章。岁月悠悠而过，这座古老的村庄就像一棵繁茂的大树，逐渐繁衍出后楼、任家圩子、徐家圩子、孙家圩子和吕家圩子五个别具风情的自然村。然而，无论时光如何流转，岁月如何更迭，十里堡这个充满历史韵味的名字，始终如一地作为这片土地的总称，在一代又一代村民的口中传颂，仿佛是一首永恒的歌谣，传唱着这片土地的传奇。

十里堡的历史，绝非仅仅是简单的岁月刻痕，它与那充满故事的驿站文化紧紧地交织在一起，编织出一幅绚丽多彩的历史画卷。

很久以前，村东头曾有一条热闹非凡的古驿道。这条驿道如同一根坚韧的纽带，呈南北走向，有力地串联起朝廷与地方。它可是当年传递公文的重要通道，那些加急的公文在信使的快马加鞭下，沿着这条驿道疾驰而过；同时，它也是运输物资的交通命脉，无数的物资在这条道路上川流不息，见证着当年的繁华与忙碌。而在村北约一里之外的驿道西侧，那座古老而神秘的驿站，静静地散发着它的光芒。曾经，这里是疲惫旅人歇脚的温馨港湾，他们拖着满身的疲惫，走进驿站，喝上一口热茶，吃上一口热饭，舒缓着旅途的劳累；这里也是信使换马的地方，一匹匹骏马在这里交替，马蹄声在驿道上回荡，奏响一曲曲历史的乐章。如今，随着时光的无情冲刷，驿站与驿道早已渐渐消失在历史的长河深处，化作了尘埃与记忆。但是，在当地那些白发苍苍、满脸皱纹的老人心中，它们的轮廓却依然清晰可见。老人们坐在村口的大树下，眼神中透着一丝悠远，用那略带沙哑却充满故事的声音，讲述着那些古老而迷人的传说，仿佛将人们带回到了那个遥远的年代。

姚倩倩，这位嫁到十里堡已经十几年的女子，如今早已与这片土地融为一体。她不仅仅是这个社区普通的一员，更肩负着一份特殊的使命——

十里堡乡村记忆博物馆馆长。

当我第一次怀着满心的好奇与期待来到这里参观时，她满脸笑容，热情地迎接了我。我缓缓走进这座占地1400多平方米的乡村记忆博物馆，刹那间，将我拽进了一条时光的隧道。这里，就像是一座桥梁，稳稳地连接着过去与现在。从"衣、食、住、行、用、艺"这六个独特的视角出发，淋漓尽致地再现了源远流长的乡村民俗和民风。馆内，那些静静陈列着的木犁、提步犁、铁剪等生活用品和农具，仿佛被赋予了生命一般。它们微微泛着岁月的光泽，似乎在轻声诉说着上一辈人辛勤耕耘、艰苦创业的动人故事。每一个到访者，只要踏入这片充满历史气息的空间，都能真切地感受到扑面而来的历史厚重感，仿佛能听到历史的心跳声，在耳边缓缓回响。

姚倩倩微笑着告诉我："十里堡如今可是有着7000多居民呢，党员就有256名，还下设了12个党支部。"作为一名党员，姚倩倩经常参与社区党总支部精心组织的各类丰富多彩的活动，亲身投入到村庄的建设与发展浪潮之中。她见证了十里堡一步步从破旧落后的农村模样，逐渐蜕变成为如今与城市生活无异的崭新面貌的全过程。她的眼中闪烁着感激与赞叹的光芒，感慨地说道："这些年啊，任书记带着大家，一门心思地往前闯，脚踏实地地干了许多实实在在、惠及百姓的大事儿。十几年前，这里到处都是破旧的房屋、泥泞的道路，一片衰败的农村景象。可如今，高楼大厦拔地而起，道路宽敞平坦，现代化的设施一应俱全，已与城市生活毫无二致。为了让大家能留住那份浓浓的乡情，让后代清楚地知道自己的根在何处，任书记带领'两委'班子成员精心策划、不辞辛劳地特地兴建了这个乡村记忆博物馆。"

姚倩倩口中满是敬意提到的"任书记"，名叫任玉勇，他可是罗庄区盛庄街道十里堡社区党委书记兼居委会主任，正是他的智慧与担当，引领着十里堡走向了新的辉煌。

二

1990 年寒冬，凛冽的风如刀割般刮过大地，18 岁的任玉勇，心中却燃烧着一团炽热的火焰。他瞒着家人，偷偷地在参军入伍的报名表上写下

十里堡社区

自己的名字。家人见他那坚定决绝的神情，心中虽有担忧，却也被他的决心打动，最终默许了他的选择。

　　踏入部队的那一刻，任玉勇就开始绽放出属于他的光芒。在那个寒冷刺骨的冬日，部队附近突发矿难。警报声划破寂静的天空，任玉勇仿若听到了战斗的号角，毫不犹豫地挺身而出，如离弦之箭冲向那黑暗幽深的矿井。他的身影在矿井口迅速消失，向着30米深处奋勇进发。矿井内，

黑暗如浓稠的墨汁，寒冷的气息似能穿透骨髓，但任玉勇的眼神却炽热如炬。他仅凭双手，在危险重重的井下摸索着、挖掘着，每一寸移动都饱含着坚定的信念与顽强不屈的毅力。时间仿佛凝固，终于，他的身影再次出现在井口，怀里紧紧抱着被困人员。此时的他，双手已被石块磨得血肉模糊，那殷红的鲜血与他坚毅的面容形成了鲜明的对比，宛如一尊从战场归来的战神。

这一次英勇无畏的救援行动，让任玉勇的名字在部队中熠熠生辉，荣立三等功，而仅仅8个月后，他火速入党，成为当时整个部队中独一无二在一年内就踏入党组织大门的新兵。他的事迹在军营中被传颂，激励着每一位战友。

1993年，退伍的钟声敲响，任玉勇站在人生的岔路口。离别之际，连队指导员的话语在他耳畔回荡："在部队你是一名优秀的战士，在另一个战场上，我相信，你一定会不辱使命，再立新功！"这声音，如同烙印，深深地刻在他的心中，成为他前行路上永不熄灭的灯塔。

回到家乡，一份令人艳羡的罗庄公安分局巡警大队的工作摆在他面前，那是多少人梦寐以求的安稳归宿。然而，任玉勇心中那颗不安分的"野心"，如同困在笼中的猛兽，岂是这份安稳工作能够束缚得住的？他毅然决然地辞去工作，一头扎进临沂批发城那片充满机遇与挑战的商海之中，开启了自主创业的惊险旅程。凭借着如鹰隼般敏锐的商业嗅觉，以及像老黄牛般不懈地努力，任玉勇在商海中乘风破浪，生意做得如日中天，红红火火的景象羡煞旁人。

但每当他回到十里堡，那一幕幕景象却如同一把把锐利的剑，刺痛他的心。这里是由五个自然村拼凑而成的行政村，仿佛是一个先天不足的孩子。村基础薄弱得如同摇摇欲坠的危房，人均耕地稀少得可怜，集体经济更是一贫如洗，还背负着300多万元的沉重债务。此时的十里堡，班子瘫痪，队伍混乱，人心离散。整个村子乱成了一锅粥，寻衅滋事者如恶狼般横行，打架斗殴的事件时有发生，偷鸡摸狗之人像老鼠般乱窜，聚众赌博的喧嚣声不绝于耳，群体上访的风波一波未平一波又起……十里堡的糟糕状况，让区委眉头紧皱，满脸不满，街道办事处也是焦头烂额，头疼不已。

1999年，任玉勇经过无数个日夜的深思熟虑，仿若一位即将踏上征程的勇士，决定参加村委换届选举。从担任"两委"成员开始，他就像一块海绵，吸收着农村工作的经验，逐渐将民情、村情谙熟于心，处理农村党务、政务时也变得游刃有余。更重要的是，他对十里堡的未来发展有着清醒的认识。2003年，任玉勇正式接任党支部书记，他站在村子中央，目光坚定，声音洪亮且斩钉截铁地说道："当兵的不怕上刀山，下火海。要干咱就干出名堂来！"

就在此时，临沂市针对沂河沿线村居的统一规划建设指令如同一颗重磅炸弹，在十里堡社区炸开了锅。停止宅基地审批与普通民房建设的消息迅速蔓延开来，村民有的惊愕地张大了嘴巴，仿佛听到了无情的宣判；有的满脸不解，眉头拧成了麻花；有的则忧心忡忡，眼神中充满了对未来的迷茫。原来，村民长期被住房拥挤的问题所困扰，那些大龄青年的婚姻大事更是因为房子而被死死卡住。

在此之前，十里堡已批出283个宅基地，这些村民原本满心欢喜地憧憬着能早日建起新房，可如今政策突变，他们瞬间如迷失在浓雾中的船只，陷入了深深的迷茫与不解之中。

面对村民如潮水般涌来的质疑和抱怨，任玉勇深知稳定民心、化解矛盾就如同扑灭熊熊燃烧的大火，刻不容缓。他紧急召集"两委"班子成员，会议室里弥漫着凝重的气息。大家围坐在一起，你一言我一语，反复商量对策。最终，他们达成了共识：只要对全村群众有利的事，哪怕比登天还难，也要勇往直前。就算天上下起刀子，也绝不能退缩半步；哪怕前面是布满地雷的危险阵地，也要义无反顾地踏平。

说干就干，他们开始挨家挨户地走访。每到一户村民家门前，任玉勇都深吸一口气，然后敲响大门。门开的那一刻，各种表情和反应扑面而来。有的村民满脸抵触，像一只刺猬般竖起全身的刺，有的村民甚至闭门不见。任玉勇和"两委"班子成员并没有气馁，他们就像坚守阵地的士兵，静静地站在门口，苦口婆心地劝说着，话语如涓涓细流，试图慢慢渗透进村民的心间。而当遇到情绪激动、如爆雷般大声质问的村民时，他们则像耐心的心理咨询师，静静地倾听着村民的愤怒与不满，不打断、不反驳，只是用眼神传递着理解与包容。待村民情绪逐渐平复后，再有条不紊地继续解释政策的深意。那段日子里，任玉勇和"两委"班子成员的生活仿佛只剩下了工作，白天黑夜连轴转，他们的身影穿梭在十里堡的大街小巷，鞋底都磨薄了一层又一层。

功夫不负有心人。经过无数次深入灵魂的交流，283户村民的态度开始如冰雪消融般逐渐转变，从最初的愤怒、不理解，到慢慢地接受，最终给予了谅解和支持。宅基地顺利收回，违章建筑也被一一拆除，十里堡的这场危机，在任玉勇和他的团队的努力下，成功地被化解于无形之中。

紧接着，任玉勇带领着他的团队精心规划着十里堡的未来。在他们的努力下，30栋居民楼如雨后春笋般拔地而起，800户居民欢天喜地地搬进了新家。那一张张幸福的笑脸，如同春日里盛开的花朵，灿烂而动人。这场可能引发巨大危机的风波，就这样被任玉勇巧妙地化解，同时，也为社区"改旧村腾空地、建市场富群众"的总体发展思路奠定了坚如磐石的基础，十里堡社区发展的大幕，也在这一刻被缓缓拉开，向着充满希望的未来大步迈进。

三

踏出乡村记忆博物馆的大门，阳光洒在身上，姚倩倩早已发动好汽车，沿着沂河西路，风驰电掣般向南驶去。

我坐在车内，心情既兴奋又期待，不多时，便被引领着踏入了那令人心驰神往的"中国（临沂）花木博览城"。

刚一迈入博览城，我瞬间被眼前的景象震撼得呆立当场。繁花似海，层层叠叠的花朵如天边的云霞般簇拥在一起，红的似火，粉的像霞，白的若雪；绿树成荫，那浓郁的绿意仿佛要流淌出来，将整个世界都染成生机勃勃的模样。我仿佛误闯了仙境，踏入了一个只存在于童话中的梦幻植物王国。空气中弥漫着各种花卉交织的馥郁香气，丝丝缕缕钻进鼻腔，令我沉醉得几乎不能自拔，脚步也变得轻飘飘起来，只想在这花海中无尽地漫游。

然而，又有谁能料到，这一片繁花似锦背后，竟潜藏着一段波澜壮阔、充满艰辛与奋斗的发展历程呢？

任玉勇，这位极具主见的领路人，一旦在心中认准了方向，就如同一位无畏的航海家确定了目标，无论前方有多少惊涛骇浪，都绝不轻易转向。2005年春节的余韵尚未消散，正月初二，当大多数人还慵懒地沉浸在团圆热闹的节日氛围中，与家人围坐在一起共享天伦之乐时，任玉勇却已脚步匆匆，带领着"两委"成员踏上了征程。他们的目的地是北京，那个充满机遇与挑战的大都市。

在整整一个月的时间里，他们像一群不知疲倦的探险家，穿梭于北京的大街小巷、各个角落。每到一处与花卉市场建设相关的地方，他们就立刻开启"钻研模式"。任玉勇蹲下身子，眼睛紧紧盯着一块砖，仔细地琢磨着它的摆放角度，嘴里还念念有词，仿佛这块砖里藏着整个市场成功的密码；他又走到正在挖掘的沟渠旁，目不转睛地看着工人施工，从沟的深度到宽度，从坡度的大小到泥土的夯实程度，任何一个细微之处都不肯放过。其他"两委"成员也同样专注，他们拿着本子，不停地记录着各种数据和细节，时而相互交流几句，时而向当地的专业人士请教问题。这些看似琐碎微小、不足挂齿的努力，如同涓涓细流汇聚成海，为鲁南花卉市场的成功打下了无比坚实的根基。

经过紧张忙碌得如同一场激烈战役般的筹备与施工，仅仅6个月后，一座宏伟壮观的鲁南花卉市场如奇迹般在临沂大地上拔地而起。它骄傲地宣称自己是全国单体面积最大的花卉市场，占地6万余平方米的广阔场地，仿佛在向世人展示着十里堡人的壮志雄心。

鲁南花卉市场建成后，宛如一颗强力的磁石，吸引了众多求职者，当地居民纷纷前来，脸上洋溢着希望与喜悦，在这里找到了实现自我价值的舞台，成功解决了就业难题。同时，它也像一台强大的经济引擎，带动了周边区域的经济飞速发展，成为了十里堡社区崛起征程中一座耀眼夺目的里程碑。

时光荏苒，岁月如梭，鲁南花卉市场在时代的浪潮中不断砥砺前行，发展壮大。终于，在2019年，这个对于鲁南花卉市场而言意义非凡、足以载入史册的年份，它迎来了自己生命中的高光时刻，如同一只在黑暗中默默蛰伏许久的蝴蝶，积攒了足够的力量，在这一刻破茧成蝶。它成功搬迁升级为"中国(临沂)花木博览城"。新的博览城规模宏大得令人咋舌，建筑面积一下子扩展到26万平方米，各种设施也更加先进完善，瞬间成了花卉行业的核心枢纽，更是南北花卉中转的关键要塞。在最热闹的交易日，那高达2200万元的日交易额，就像一声声激昂的号角，向世界宣告着它的繁荣昌盛与无限活力，这一数字无疑是十里堡社区强势崛起的最有力见证。

随着博览城的蓬勃发展，它如同一个永不干涸的财富源泉，源源不断地为村集体注入强大的经济活力，每年增收近千万元，稳稳地扛起了十里堡社区经济发展的大梁，成了整个社区经济发展的中流砥柱。

但任玉勇并未就此停歇，他的心中始终怀揣着一个更为宏伟壮丽、如同星辰般璀璨的目标——全力打造"美丽经济"，精心建设美丽乡村，让连绵不绝的村庄都能被共同富裕的光辉温柔笼罩。于是，在2020年，一个充满希望与无限潜力的全新项目——"中国花谷"，如一颗悄然播下的种子，在十里堡社区这片肥沃的土地上生根发芽，苗壮成长。这个令人瞩目的项目，是十里堡社区与清华大学携手并肩、共同打造的智慧结晶。它北起沂河路，沿着陷泥河两岸如两条绿色的丝带般东西向尽情拓展，一路向南延伸至黄山镇、武河湿地，全长26.5公里。它以高科技研发为强大的源泉，全力构建一个涵盖花木贸易、展会举办、文化旅游、健康养生、科技研发、苗木培育等多元领域的繁荣生态圈。在这里，花木贸易区人来人往，热闹非凡，一盆盆精美的花卉绿植被装上货车，运往全国各地；会展中心里，一场场盛大的花卉展览吸引着无数游客和业内人士前来观赏交流；文旅区域内，游客漫步在花海小径，呼吸着清新的空气，感受着大自然的美妙与宁静；康养区域则为人们提供了放松身心、调养身体的好去处；研发中心里，科研人员日夜钻研，不断探索着花卉培育的新技术、新方法；苗木培育基地中，嫩绿的幼苗在人们的精心呵护下苗壮成长。

"中国花谷"项目的落地实施，其意义远不止于十里堡社区本身。它像一条坚韧无比的纽带，将罗庄区4个乡镇、22个村居紧密地联系在一起。5万多群众仿佛听到了幸福的召唤，纷纷汇聚到这条充满希望的产业链上，如同搭上了一列高速行驶的发展快车，满怀信心地朝着共同富裕的美好未来奋勇前行。

同年6月，江北地区首家水生植物研究院在武河湿地公园盛大举行开工仪式。这一具有开创性意义的合作项目，是任玉勇与中国科学院植物研究所强强联合的智慧成果。武河湿地公园成了广阔无垠的研发基地，计划引进200多个水生植物品种。想象一下，在不久的将来，这里将呈现出一幅怎样奇妙的景象：清澈的水面上，各种水生植物摇曳生姿，有的叶片宽大翠绿，像一把把小扇子；有的花朵娇艳欲滴，如少女羞涩的脸庞。水中鱼儿欢快地游动，时而穿梭于水草之间，时而跃出水面，溅起一串串晶莹的水花；天空中鸟儿自由翱翔，它们时而俯冲入水捕食，时而停歇在岸边的树枝上鸣唱。一幅"天上有鸟、水中有鱼、河面有花"的独特江北水生植物景观带将完美地展现在世人眼前，这不仅将极大地改善武河湿地的生态环境，还能有效地净化流域水质，为整个地区的生态平衡作出巨大的贡献。

如今，沿着沂河西线向南延伸20公里，一个乡村振兴的隆起带——百花新区已崭露头角，初露峥嵘。花木博览城、天猫来青云仓、花木生态谷、国际百花城……这些项目镶嵌在这片充满希望与生机的土地上。它们相互辉映，相互促进，共同编织出一幅视野超前、亮点纷呈的"中国花谷"美丽画卷。这幅画卷正以惊人的速度在临沂南端的大地上徐徐展开，它所描绘的不仅仅是十里堡社区的辉煌未来，更是整个区域乡村振兴的壮丽篇章，吸引着无数人的目光，让人们对这片土地充满了无限的憧憬与期待。

四

走出中国花木博览城的大门，我和姚倩倩犹如两只欢快的蜜蜂，收获满满，心中对花卉与园艺的那份热爱，恰似春日里肆意绽放的繁花，浓烈而炽热。回到居委会办公室，脚跟还未站稳，门"吱呀"一声被轻轻推开，任玉勇带着一身的征尘匆匆走进来。

"来得正好，你们回来了，咱们接着前几天采访的社区建设话题好好聊聊。"任玉勇一边说着，一边大步迈向他的办公桌，同时抬手示意我们就座。他微微仰头，深吸一口气，仿佛要将那一身的疲惫像抖落灰尘一般暂时甩去，而后缓缓说："建完鲁南花卉市场后，拆迁工作就成了十里堡社区发展历程中一场至关重要的战役。这一战啊，我们足足打了十几个春秋。"

我们心里明白，其中的艰难险阻与默默付出，绝不是三言两语能够轻易诉说清楚的。村民对于旧村改造的态度那可是千差万别，有的满心期待，眼睛里闪烁着对新生活的憧憬；有的却眉头紧锁，满心疑虑，犹如在黑暗中摸索的行者，找不到方向。这些不同的声音，就好似天平上左右摇摆的砝码，只要稍微有个风吹草动，就极有可能让整场战役的天平失去平衡，向未知的深渊倾斜。

任玉勇对此洞若观火，心里明镜似地知道，这场战役的输赢，将如同命运的骰子，直接决定十里堡社区未来的走向是光明坦途还是荆棘满布。为了冲破村民思想观念滞后这道坚固的枷锁，他积极组织党员与居民代表踏上远行的征程，前往华西村、上海、南京等地参观学习。在华西村，那一排排整齐气派的别墅群与蓬勃发展的企业，在村民眼前徐徐展开，让他们真切地看到了农村发展蕴含的无限潜力，心中不禁泛起波澜；来到上海现代化社区，那高耸入云的高楼大厦与一应俱全的配套设施，让村民目瞪口呆，眼神里满是向往，心底暗暗渴望自己的家园有朝一日也能如此摩登时尚；而南京新型城镇的智能管理模式与和谐浓郁的文化氛围，拓宽了他们的视野边界，让他们开始静下心来认真思考如何更好地建设自己的家园。这些宝贵的见闻，好似一阵强劲的春风，成功地吹散了村民思想的阴霾，打破了禁锢他们的枷锁。他们开始盼望着能早日入住宽敞明亮的楼房，开始理解并全力支持旧村改造这项伟大的工作。这一意义非凡的转变，为十里堡社区的拆迁与建设稳稳地奠定了坚如磐石的基础。

在旧村改造这场漫长而复杂的进程中，十里堡社区始终秉持拆迁与建设同步推进、还建与安置一体规划的原则。任玉勇带领"两委"成员对每一个环节都进行反复推敲、精心谋划，力求做到毫无瑕疵、尽善尽美。制订拆迁补偿方案时，他们字斟句酌，反复权衡，力求做到公平公正，让每一位村民都能心满意足，毫无怨言；把控建设质量时，他们细致入微得如同显微镜下的观察者，任何一个微小的细节都逃不过他们的眼睛，坚决不放过任何一个可能影响楼房质量的隐患，确保每一栋楼房都能傲然屹立，经得起岁月长河的无情考验；设计还建楼户型时，他们设身处地为村民着想，充分考量村民多年来形成的生活习惯，力求打造出一个个温馨舒适、充满人情味的家园；安排安置工作时，他们更是关怀备至，事无巨细，每一个环节都考虑周全，让每一位村民都能真切地感受到家的温暖与安心。

历经无数的艰辛与不懈的努力，任玉勇带领班子成员如同英勇的战士攻克堡垒一般，共拆迁民房2300户，拆迁的面积达48万平方米之巨。一座高标准的临沂滨河花苑如同一颗璀璨的明珠，傲然矗立在社区的土地上。这座宏伟的还建楼由4个气势恢宏的组团、103栋拔地而起的楼房组成，配套商业面积更是达到了5.8万平方米。这里不仅有现代化便捷的生活设施，让村民尽情享受现代生活的舒适与便利，还有充满浓厚文化底蕴的村史博物馆，静静地诉说着十里堡社区的往昔岁月；温馨舒适的老年活动中心则是老人们的欢乐天地，他们在这里下棋、聊天、晒太阳，安享幸福的晚年时光。

然而，在社区建设的道路上并非一帆风顺。当时，任玉勇提出筹建孔子文化广场的构想时，遭到了部分村民的强烈反对。他们心里打着小算盘，认为那一大片宝贵的土地若用于建房，将会带来源源不断的可观经济收益。而任玉勇却目光坚定，寸步不让，他坚信"百善孝为先"，在他心中，绝不能因为一时的物质利益而抛弃传承千年的孝善文化。

村中曾经发生的一件事，更是如同一把利刃，深深地刺痛了他的心，也让他坚定传播孝善文化的决心坚如磐石。那是一位饱经风霜的古稀老人，她的一生就像一首充满苦难的悲歌。年轻时，丈夫因不堪生活的重压，绝望地选择了轻生，只留下她独自在这冰冷的世界里挣扎。她在无尽的悲痛中哭瞎了双眼，从此陷入了黑暗的深渊。但她并未被命运彻底打倒，而是在黑暗中顽强地独自拉扯大五个儿子。她不分昼夜地劳作，种地、砍柴、打零工……自己常常食不果腹，衣衫褴褛，却拼尽全力将五个儿子抚养成人，看着他们一个个成家立业。

五个儿子成家后，竟全然忘却了母亲的养育之恩。没有一个人愿意主动承担起照顾老人的责任，任由她在孤独与贫困中苦苦挣扎，仿佛老人是一个被世界遗弃的陌生人。任玉勇得知老人的悲惨遭遇后，心中满是同情与怜惜。为了能让老人有一个安稳的晚年，在分房时，他不辞辛劳，费尽周折为老人争取到一套带车库的小房子。本以为这会是老人幸福晚年的美好开端，却不想被贪婪的小儿媳搅得天翻地覆。

小儿媳妇被利益蒙蔽了双眼，妄图将房子据为己有拿去出租，甚至丧心病狂地对老人大打出手。老人在绝望中无奈地来到村委，向任玉勇发出求救的呼喊。任玉勇望着被打得满脸满身淤青、瘦弱不堪的老人，心中的怒火瞬间如火山喷发般不可遏制。他迅速拿起电话，果断致电老人的小儿媳："你不是惦记房子吗？那就来村委一趟。"女人听闻房子之事，心急火燎地赶来。她身材高大却一脸傲慢，眼神里透着不屑，仿佛她才是这个世界的主宰，根本不把任何人放在眼里。

任玉勇起初强压怒火，好言相劝，和声说道："让老人先住进去吧，等老人百年之后，这房子再由兄弟五人平分。"可女人却如顽石一般，油盐不进，根本听不进去半句劝。女人的这番无理行为顿时惹恼了任玉勇，他双眼圆睁，怒声吼道："今天我把话撂在这里！你再敢打骂老人、抢占房子，就等着进派出所吧！"女人深知任玉勇在村里一言九鼎，他的话绝非儿戏。虽然嘴上仍在逞强，但内心已开始害怕，双腿也不自觉地微微颤抖。在众人的劝解下，女人的嚣张气焰渐渐消散，如同被戳破的气球。她羞愧地起身离去，从此再也不敢胡作非为。老人顺利地住回了房子，脸上重新绽放出久违的笑容，而那儿媳再见到任书记时，总是毕恭毕敬，眼神闪躲，不敢直视。

这件事像一道深深的刻痕，留在了任玉勇的心中，让他更加坚定了传播孝善文化的决心。他看着如今村民物质生活日益富足，可精神世界却如荒芜的沙漠，渐趋荒芜。在他眼里，孝善文化是家庭和睦与社会和谐的基石，绝不能让物质的繁华掩盖精神的贫瘠，让金钱的铜臭腐蚀人性的善良。因此，他力排众议，坚持筹建孔子广场。希望通过这个广场打造一个传承孝善文化的圣地，让大家重拾对长辈的敬重、对家庭的担当，让孝善的火种在十里堡社区永不熄灭，代代传承。

如今，孔子广场已经成为十里堡社区一道亮丽夺目的风景线。每当夜幕像一块黑色的绸缎缓缓落下，广场上便灯火辉煌、人声鼎沸。村民在这里尽情地跳舞、欢快地唱歌、愉快地聊天……享受着属于自己的幸福美好时光。而孝善文化也在这样欢乐祥和的氛围中，如同一颗颗嫩绿的种子，悄然生根发芽，茁壮成长，渐渐充满整个社区的每一个角落。

五

任玉勇说："若要从根本上实现强村富民，打造真正的'幸福社区'，就必须踏上一条可持续发展的道路。"

于是，他带领着一班人，开拓出了一条"强社区、扩经济、兴市场、富群众"的发展探索之路。他们一件一件地干，一步一步地走，一个坎一个坎地过，一个坡一个坡地爬。

鲁南国际粮油物流城的建成，开启了十里堡商业多元化的大门，物流的汇聚带来了无限的商机与活力。紧接着，深莞城的破土动工，更是吹响了十里堡向着更广阔商业领域进军的号角。在这样的背景下，金谷泉集团公司应运而生。这个涵盖房地产开发、市场物管等多领域发展的集体经济实体，如同一股强劲的风，推动着十里堡经济的飞速发展。而"十里坊商业街"的成功招商，更是让十里堡的商业氛围达到了前所未有的高度。2013年，随着怡和国际房地产项目的顺利实施，一栋栋高楼大厦如春笋般在十里堡的土地上拔地而起。这些高楼大厦不仅改善了居民的居住环境，更提升了十里堡的整体形象，让它成为人们心目中的宜居之地。而沂河路南投资开发项目的稳步推进，则为十里堡的未来注入了新的活力与希望。2016年，十里堡自主开发的十里洋房盛大开盘，热销的场景见证了十里堡房地产项目的高品质与吸引力。

曾几何时，十里堡人面朝黄土背朝天，日出而作，日落而息，为解决温饱而挣扎。如今变了，环境美了，口袋富了。20年的时间，十里堡由穷到富，由乱到治，由衰到兴，实现了从脱贫到振兴的华丽转身。这一转，转出了中国农村的自信，转出了中国农民的精神，转出了中国农业的希望。十里堡走过的路，清晰地诠释了一个简单的道理，无论脱贫攻坚还是乡村振兴，具有决定性作用的是配好村级领导班子和选好带头人。从某种意义上讲，选对人比干对事更重要。任玉勇有头脑、有思路、有办法、有担当，有了问题不躲着，遇到矛盾不缩着，逢山开路，遇水架桥，踏平坎坷成大道，把一个个不可能变为现实。

为了梦想，任玉勇20多年如一日，专心致志、心无旁骛，敢于担当、负重前行，爬坡过坎、攻坚克难，永不懈怠、一往无前。他把梦想的种子植入沃土，开成鲜艳的花朵。他的梦想之花，绽放在新时代的大地上，绽放在飘扬百年的党旗上，绽放在父老乡亲的心坎上，那样绚丽，那样灿烂……

"铁肩"担使命

在临沂市退役军人事务局的一间办公室里，阳光透过窗户洒在地上，形成一片片光影。我第一次见到侯民书记，他中等身材，眼神中透着一种坚毅与热情。

"来，我给你看个视频。"侯民一边说着，一边迅速地从口袋里掏出手机，动作干脆利落，带着军人特有的雷厉风行。随着他的手指轻点，屏幕上瞬间弹跳出一段视频，画面中是他与战友们重返新疆部队的场景。"瞧，这就是我曾经当兵的地方，天山脚下，那荒漠戈壁，风沙能把天给遮了。"侯民的声音微微有些低沉，却充满了力量，仿佛把我也一同带入了那片遥远而又充满回忆的土地。视频里的他，身着已经褪色的迷彩服，身姿笔挺地站在天山脚下，那片广袤无垠的荒漠戈壁在他身后延伸，风沙呼啸而过，天地间一片混沌，唯有他的身影如同一棵苍松，坚定地扎根在那里。

时间的指针拨回到1990年，年轻的侯民热血沸腾，毅然响应国家的号召，踏上了应征入伍的征程。他的第一站是西藏阿里地区，那个中印边界、离天空最近的神秘土地。在那里，他开始了自己的军营初体验，高原的稀薄空气、恶劣的自然环境，都成了他成长路上的磨砺。后来，侯民被调往新疆军区某野战团，凭借着自身的优秀品质，他担任起班长一职，这一干就是四年。

在这四年里，他带兵严格，训练场上的他总是以身作则，每一个动作都要求精准到位，每一次训练都充满激情与汗水。他的努力与付出得到了认可，两次荣立三等功，还担任了代理排长，他的名字在部队里渐渐传开，成为战友们学习的榜样。

侯民的从军之路，深受父亲侯德宝的影响。每当提及父亲，侯民的眼中总会不由自主地闪烁起自豪的光芒。侯德宝，那可是一位参加过徐蚌会战、渡江战役的英雄老兵。在激烈战场上，他英勇无畏，冲锋陷阵，不幸光荣负伤。新中国成立后，他带着满身的荣耀复员回到家乡。他的那些英勇事迹，照亮了侯民兄弟年少时的梦想天空。在他们心中，父亲就是无所不能的英雄。侯家，这个充满传奇色彩的家族，祖孙三代共有11人当过兵，这样的家族荣耀，在当地乃至全国，都是极为罕见的。这种对国家的忠诚与热爱，就像一根无形的接力棒，在侯家一代又一代的手中稳稳传递，从未间断。

二

1993年，侯民告别了熟悉的军旅生活，回到了阔别已久的家乡。此时的临沂，已经发生了翻天覆地的变化，高楼大厦如雨后春笋般拔地而起，大街小巷充满了生机与活力。侯民没有丝毫的犹豫与退缩，他凭借着在军营中千锤百炼出的果敢与担当，拿出了自己多年的积蓄，一头扎进了波涛汹涌的商海浪潮，创办了属于自己的公司。

而此时的三合屯社区，却陷入了深深的困境之中，居民生活在迷茫与不安之中，他们期盼着、呼唤着有一位有能力、有担当的人挺身而出，为他们撑起一片希望的蓝天。

2007 年的一个阳光明媚的下午，三合屯社区党支部书记竞选的现场热闹非凡，气氛紧张而又充满期待。此时，一个年轻而充满活力的身影大步流星地走上了竞选的讲台，那就是侯民。他站在台上，眼神坚定如炬，仿佛能穿透一切困难与挑战，声音铿锵有力，每一个字都饱含着他对三合屯社区的热情和信念，所有的情感都在这一刻凝聚成一股强大的力量。台下的党员静静地看着他，从他的身上，仿佛看到了三合屯的未来和希望，那是一种久违的曙光。

于是，他们纷纷将手中神圣庄严的选票投向了侯民。最终，侯民以第一名的高票，在众多竞选者中脱颖而出。那一刻，侯民的心中涌起一股难以抑制的激动，他觉得自己离改变三合屯的目标又近了一大步，那是他心中的梦想，也是他对三合屯居民的承诺。

然而，三合屯社区的形势错综复杂，如同一张巨大而混乱的蜘蛛网。街道负责人为此事考虑再三，决定找侯民谈话。

在一间安静的办公室里，负责人面色凝重，眼神中透着关切与担忧："侯民啊！三合屯的情况远比你想象的复杂。"这话语如同一盆冷水，"哗啦"一声浇在了侯民那炽热的心头，让他心中一凛。

"你还年轻，需要再历练一段时间。"负责人的话语再次响起，每一个字都如同一记重锤，重重地打在侯民的身上。侯民的眉头瞬间紧皱起来，他微微抬起头，语气坚定地说："只有担任一把手，才能改变三合屯，我有这个信心，也有这个决心！"他的声音在办公室里回荡，充满了不屈与执着。

"这里面的水很深，不是仅凭你那满腔热血就能解决问题的。"街道办事处、区里的有关负责人也纷纷出面，大家都试图让侯民明白其中的利害关系。街道党工委书记更是推心置腹地说："侯民，你是一块好钢，这我们都知道。可你要明白，好钢得用在刀刃上。这次虽然你得票最多，但三合屯的局势错综复杂，犹如一团乱麻。我们是在保护你，如果现在就让你担任一把手，我们怕你这把好钢在这团乱麻里折了。"

这些话让侯民陷入了沉思。他缓缓走到窗前，望着窗外的街景，心中五味杂陈。他知道这是为他好，他们的担忧并非毫无道理，可他对三合屯的牵挂就像一根无形的绳索，紧紧地系在他的心头，而改变它的决心，又怎能轻易放下呢？未来的路在他眼前变得模糊起来，充满了未知的挑战，就像一片迷雾笼罩的森林，让人看不清方向。

虽然侯民嘴上倔强得像一头不肯低头的小牛犊，但内心深处，对组织的安排其实已经默默接受了。就像那奔腾的河流，遇到巨石阻拦时，虽会激起高高的水花，但终究还是会顺着河道继续前行。于是，他俯下身子，心甘情愿地担任起支部委员这一角色。他知道，这是他成长路上的又一次磨砺，也是他走向成功的必经之路。

三合屯社区开展"我与国旗"合张影活动

三

时光荏苒，如白驹过隙，转眼间七年过去了。2014 年，三合屯社区迎来了"两委"换届的重要时刻。此时的侯民，已经不再是当年那个初出茅庐的年轻人，他经过七年的沉淀与积累，像一只历经磨炼、羽翼丰满的雄鹰。他再次站在了竞选的舞台上，此时的他，眼神中多了一份成熟与稳重，姿态更加从容自信。他的演讲简洁而有力，将自己对三合屯社区的规划与展望一一阐述。台下的选民静静地听着，他们被侯民的真诚与能力打动。最终，侯民再次以第一名的高票当选为党总支书记。这一刻，他知道，自己肩负的责任更加重大，而他也已经做好了充分的准备，去迎接新的挑战。

上任之初，侯民深知要想真正为社区谋发展，必须深入了解每一户村民的生活现状与需求。"从群众中来，就要到百姓家去。"这是他一直秉持的信念。于是，侯民开启了一场大规模的走访之旅。他从村东头出发，沿着狭窄的小巷，一家一户地走访着。每到一户村民家，他都会轻轻敲门，然后面带微笑地走进屋内。他的目光仔细地打量着家中的每一处摆设，从破旧的家具到墙上的照片，他都一一留意。他用心去感受村民的生活状态，坐在简陋的板凳上，亲切地询问着家庭收入情况、生活中遭遇的难题以及对社区发展的期望与建议。村民面对侯民的到访反应各异。有的村民十分惊讶，他们从未想过新任书记会如此深入基层，亲自走进他们的家中；有的老人则感激涕零，眼中闪烁着泪花，仿佛在侯民的身上看到了村庄未来的希望，那是一种对美好生活的向往与期待。

侯民就这样先后走访了600多户，与5000多位村民进行了面对面的交流沟通。在走访的过程中，他的手中始终紧握着一本笔记本，那是他的

"宝藏"。他认真地记录着每一个重要的信息，无论是村民的一句抱怨，还是一个小小的建议，他都不放过。这些笔记在他的手中逐渐变得厚重起来，而它们也成了他日后制订发展规划的重要依据，是他带领三合屯社区走向繁荣的"导航图"。

随着走访的深入，侯民逐渐发现了社区存在的问题和困难。其中最为严重的就是村集体资产流失的问题。当他了解到这一情况时，不禁痛心疾首。在这个偌大的社区里，他发现能够达到小康水平的富裕家庭几乎如凤毛麟角。绝大多数村民都在贫困线以下苦苦挣扎，他们的生活充满了艰辛与不确定性。而那些原本应该属于全体村民的集体资产，却在某些人的暗中操纵下，流失殆尽。这一发现，让侯民深刻地意识到，自己面临的挑战远比想象中更加艰巨，但他的眼神中没有丝毫的畏惧，只有更加坚定的决心，去追回流失的资产，带领三合屯社区走向富裕与繁荣。

四

三合屯的陈年旧账，是历史遗留问题与现实管理不善共同作用的产物。据不完全统计，全社区范围内拖欠的集体资金竟然高达784万元，这一数字如同一道冰冷的铁链，紧紧束缚着三合屯迈向繁荣的脚步。更令人震惊的是，这些欠款中，有的竟已拖欠了长达30年之久，如同被岁月遗忘的角落，静静地躺在账本上。一些沿街商铺的租赁合同，不仅条款不合理，更是严重违反了相关规定，导致集体资产悄然流失。村民对此怨声载道，不满情绪如同野火燎原，愈演愈烈。而集体账目上看似充裕的资金，如同海市蜃楼，可望而不可即，让为村民办实事、谋福祉变得举步维艰。

为解开这一死结，侯民踏上了清收清欠的征程。这条路将充满荆棘与坎坷，但他更清楚，这是为了社区的未来，为了村民的幸福生活。

侯民首先精心组建了一支清收清欠小组，这支队伍由两位资深律师、数位秉持正义的工作人员以及群众代表共同组成。侯民是那位坚毅果敢的掌舵者，他亲自担任清欠小组组长，誓要打破这层厚重的迷雾，让三合屯重见光明。

此时，家人非常担忧侯民的处境。因为以往类似的事情发生过。曾经一位村干部就因清欠遭遇了惨烈的报复。但侯民却一脸坚定地说："我所做的一切都是为了村里的老百姓，哪怕粉身碎骨，我也不能眼睁睁看着集体的资产就这样流失。如果因为清欠，牺牲了，我就是烈士。"的确，清收清欠需要像侯民这样有壮士断腕、刮骨疗毒的决心和毅力，才能打赢这场硬仗。

清欠之路的第一步就是摸清底数。那些陈旧的账本，如同历史的见证者，静静地躺在村委会的办公室里。侯民带领清欠小组，一坐就是一整天，他们像考古学家一样，仔细地翻阅着每一页账本，试图从那些模糊的字迹和凌乱的数据中还原出当年的真相。有时候，为了核对一笔账目，侯民要在村里来回奔波好几趟，找那些可能知晓情况的老人询问。哪怕只是一点点的线索，他都如获至宝，因为这关乎着社区的公平与正义。

在这个过程中，侯民遭遇了不少阻力。有的村民对他的工作不理解，认为这是在翻旧账、找麻烦。但他说："这不是揪着不放，这是为了咱村的公平。村里的老少爷们都不容易，不能让守规矩的人吃亏啊！"

面对那些故意拖欠集体款项的居民，侯民更是毫不退让，严格按照规定办事，通过法律途径向那些违规者施压。清收清欠行动一视同仁，一户不漏、分文不少、合同无缺。短短一年间，逾700万元的集体财产如失而复得的珍宝重回社区怀抱，被非法侵占的1.5万余平方米沿街商铺也物归原主。社区集体收入实现了质的飞跃，从侯民上任之初的不足200万元到如今已突破600万元大关。

在清收清欠的同时，三合屯社区也积极推动村级财务管理的规范化、标准化。他们建立了完善的财务管理制度，加强了对集体资产的监管力度，让公平正义在社区生根发芽，温暖着每一个人的心田。

五

在侯民的心中，始终萦绕着一抹难以割舍的"军队情结"。这份情结，如同一条无形的纽带，将他与那段峥嵘岁月紧紧相连。

每当夜深人静，他总会陷入沉思，思索着如何为社区里的797位退役军人做点事，如何让他们在这片熟悉的土地上，重新找回那份属于军人的荣耀与归属感。

2019年的冬天，三合屯社区的"退役军人服务站"正式挂牌成立，如同一座温暖的灯塔，照亮了每一位退役军人的心房。当他们踏入服务站的大门，首先映入眼帘的便是那句充满温情的话语——"欢迎老兵回家"。这简单的几个字却唤醒了那段深埋心底的军旅记忆。

服务站内，一切都被安排得井井有条。宽敞的活动场所，让战友们得以尽情挥洒汗水，释放那份压抑已久的激情与活力。便捷的沟通渠道，让每个人都能分享自己的故事，交流彼此的心得，仿佛又回到了那个并肩作战的年代。而设备齐全的学习课堂，更是满足了他们对知识的渴求，让他们在退役后依然能够保持学习的热情，不断提升自我。

在这里，健身室、书画室、电子阅览室、退役军人之家、大礼堂等设施一应俱全，为退役军人提供了一个温馨舒适的新家园。健身室里，他们挥汗如雨，用强健的体魄诠释着军人的坚韧与不屈；书画室中，他们挥毫泼墨，用笔墨纸砚抒发着对艺术的热爱与追求；电子阅览室里，他们轻点鼠标，用智慧的眼睛探索着信息世界的奥秘。

　　为了提升基层党组织的引领力，三合屯社区依托党建馆、村史馆、退役军人服务站，精心打造了"军耀三合"党建品牌。在这里，"两馆一站"将社区的发展历程、党史、党章、党规与红色主题巧妙融合，让广大党员群众在回望历史中汲取力量，在传承红色基因中坚定信念。同时，社区还以"六心工作法"为核心，将军人本色融入其中，通过党建+队伍、党建+服务、党建+监督等切入点，实现了党群关系的快连接和焦点问题的快解决，为"军耀三合"品牌注入了新的内涵与活力。

　　更为暖心的是，三合屯社区为每一位退役军人建立了独一无二的特别档案。这些档案详细记录了他们的军旅生涯，仿佛是一部部时光的刻录机，将他们曾经的辉煌与荣耀永远镌刻在历史的长河中。而每年的军属座谈会，更是让退役军人和他们的家人感受到了社区的关怀与温暖。在座谈会上，大家欢声笑语，分享着作为军人亲属的骄傲与自豪，也倾诉着生活

侯民在三合屯社区"退役军人服务站"

中的点滴与不易。

八一建军节之际，三合屯社区更是热闹非凡。在第一届退役军人座谈会上，社区成立了"退役军人志愿服务队"，并举行了庄严而神圣的授旗仪式。那一刻，每一位退役军人的眼中都闪烁着坚定的光芒，他们誓言要用自己的力量为社区、为社会继续贡献力量。

如今，在三合屯社区的40名工作人员中，退役军人就有17名。他们在新的岗位上发光发热，用军人的纪律和素养为社区建设添砖加瓦，续写着属于他们的新篇章。

一头白发，一腔热血

一

"兵支书"高希块是我地地道道的临沭老乡。

一个阳光明媚的日子，我来到高希块所在的兴隆社区办公室。

眼前的高希块，身形清瘦，一头过早出现的白发在阳光下格外显眼。我按捺不住心中的好奇与关切，忍不住开口问道："高书记，您年纪轻轻，为何头发都白了呢？"高希块闻言，爽朗一笑，云淡风轻地说："前两年社区搞拆迁，那可真是一场硬仗，可把我累得够呛！在基层工作，咱不怕累，不怕苦，就怕有时候工作做了，却不被群众理解，心里也不是滋味啊！"他的这一番话也道出了许多基层干部和一些"兵支书"的心声。

随后，高希块打开了话匣子，与我分享起了他的过往："我从小就羡慕别人那身帅气的军装，一直怀揣着参军梦。想着有一天，我也能身穿军装，保家卫国，那该是多么荣耀的事情啊！后来，我真的参军了，在南海舰队当兵。"

入伍不久后的一天，连长询问新兵入伍的目的，问到他时，高希块说："我除了想保家卫国、尽服役的义务外，主要的是在部队这个大学校里能锻炼自己，无论留在部队还是退伍回到家乡，我都要坚持一个理念，就是全心全意为人民服务。" 说到为人民服务时，新兵战友都笑了，部队是人民吗？在部队谈什么为人民服务呢？曲解他初心的战友都说他不分场合地乱谈什么为人民服务，他的高谈阔论，十分好笑。当时高希块被战友笑得不好意思，红着脸低下头，一时沉默不语。在部队，他服从命令，听从指挥，勤学苦练，吃苦耐劳，乐于助人，善于帮忙，反应敏捷，行动伶俐，受到首长和战友的夸赞。

退伍后，高希块放弃了安稳的转业安置机会，回到了临沭街道兴隆社区。人退心不退，在家乡他仍然发挥了部队的优良作风，除了积极完成"两委"安排的任务外，群众有什么困难他都协同"两委"解决，遇到哪家有事需要帮忙，他都身先士卒，毫不推辞，并尽量做到尽善尽美，受到大家的赞扬。

由于高希块工作踏实，积极肯干，经常义务为群众办实事、做好事，从2011年被群众推选为居委主任，到2014年挑起党支部书记的重担，再到2021年党支部书记、居委主任"一肩挑"，党群干部为什么这么信任他呢？这是和他坚定不移地全心全意为人民服务的宗旨意识分不开的。

高希块说："我是党员，又是退役军人。组织信任我，居民需要我，我就要站出来，肩扛使命，带领村民走上致富之路。"

俗话说得好，"没有调查，没有发言权"。早在高希块担任"两委"成员时，多次与社区历任包村干部、老干部、"两委"干部、党员以及群众代表进行深入交流。通过实地走访、座谈交流等方式，他不仅摸清了社区的"家底",还把一些村干部沾亲带故的关系、家庭住址、子女信息等,详细记录在案。这些宝贵的资料,成了他日后开展群众工作的"秘密武器"。

经过一番梳理,社区的问题逐渐浮出水面。曾经的"兴隆商场"虽然辉煌一时,但如今却因商铺承包欠账问题陷入困境。近几年又未能找到新的发展突破口,导致社区账户资金日益减少,居民福利一降再降。要解决这些棘手问题,无疑是要触动社区老干部和部分居民的利益,其难度可想而知。

2014年,高希块当选党支部书记后,迅速采取行动。他召集"两委"会议,与老干部围坐在一起,分析探讨社区的困境,集中开会研究对策,让村集体重新焕发生机、保障正常运转、提升居民待遇成为当务之急。面对村里产业结构单一、土地资源闲置的现状,高希块多方奔走,通过土地流转、违建拆除等一系列举措,平整出了38亩宝贵的土地。这些土地,成了社区发展的"金疙瘩"。

高希块说:"行军作战讲究根据形势变化顺势而为、乘势而上,社区发展也一样。不能一味走老路,要敢于突破,创新工作方法,这样才能开辟工作新局面。"

经过党支部审慎研判,高希块决定在这片土地上打造一座烧烤城。这一决策起初并未得到居民的理解。因为他们仍然坚守着传统批发行业,对于烧烤城这一新事物持怀疑态度。但高希块决心已定,每天穿梭于社区的大街小巷,逐一给居民做思想工作,耐心讲解烧烤城的发展前景。兴隆烧烤开业那天,已有44户商户纷至沓来,就像过年一样热闹非凡。同年,烧烤城就为村集体创造了50万元的丰厚收益。这一数字如同破晓的曙光,让社区居民看到了希望,也让高希块在社区发展的道路上迈出了坚实而有力的第一步。

二

2017年的居民代表会议，对于高希块来说，是一场硬仗的序幕。会上，关于兴隆商场商户拖欠承包费的问题被提上了日程。社区的老干部们情绪激动，商户们更是拍桌而起，扬言要将这个高希块"小年轻"赶出社区。

当晚，沉着冷静的高希块与"两委"成员紧急召开会议，商讨应对策略。他先从党员入手，开展思想工作，用智慧耐心地化解矛盾。两个星期后，党员们的反对声渐渐少了，态度也转变了。

随后，高希块又动员党员干部，深入家族长、威信较高的商户等关键群体家中，讲清政策、说明利弊。他们的诚恳和决心打动了不少人，多数商户开始主动交清拖欠的承包费。但仍有极少数"顽固分子"坚决不配合。对此，高希块灵活结合扫黑除恶活动，对其进行教育引导。最终，这些商户也自愿交清了费用。历时一个多月，这场"战役"共催回拖欠承包费450万元，自来水水费120多万元，为社区带来了实实在在的经济收入。

烧烤城的成功开业和批发市场的清欠工作，是高希块在社区工作中的两大亮点。这两场"硬仗"都遭遇了重重阻力，但他凭借坚定的决心和过人的智慧，一一克服了困难。他说："其中的共性问题便是触动了少部分人的利益，我在工作中也因此得罪了不少人，甚至连部分亲戚的感情也受到了影响。"

在社区运转的"大事"初见成效后，高希块又将目光投向了党员队伍建设这个更为深远的领域。党员是社区发展的先锋军，如果连正常的组织生活都无法保证，党员的先进性和纯洁性就如无本之木。

曾经的党员大会纪律松散，会场秩序混乱不堪。为了改变这一局面，高希块想出了一个妙招——抓实民主议事制度。每次开党员大会时，他都会专门抽出30分钟开展民主议事环节，公开征求对社区的意见或建议。这个环节如同一块磁石，吸引着党员积极参与。他们提出的问题大多围绕集体发展、民生项目、基础设施等方面，而高希块和"两委"班子也会认真听取并逐一解决。这一举措不仅提高了党员们的参与热情，还起到了矛盾梳理的作用，效果立竿见影。

在高希块的带领下，社区的各项工作逐步走上正轨。党员队伍的建设得到了加强，党员的凝聚力和战斗力也得到了显著提升。高希块用自己的实际行动诠释了什么是真正的为民服务，什么是真正的担当作为。

三

2022年，根据临沭县委、县政府的指示，社区整体建设进入了关键时期。拆迁工作成了一块难啃的"硬骨头"。涉及1045户居民的拆迁协商，其难度可想而知。但高希块并没有被吓倒，迅速组建了一支精干的拆迁工作小组，白天晚上连轴转，深入到每一户居民家中，倾听他们的心声与诉求，耐心地解答他们的疑虑与困惑。

同样，高希块也面临着来自家庭内部的巨大压力。他的亲姐姐因自家房子属于违建，在拆迁补偿问题上与社区产生了分歧。社区办公室里常常回荡着姐姐的吵闹声，高希块的内心久久不能平静。一边是亲情的羁绊，一边是社区公正公平的原则，他陷入了两难的境地。但他深知，自己作为党支部书记，必须坚守原则，不能因私情而破坏社区的规则。他无数次地与姐姐耐心沟通，试图让她理解社区的政策和难处。然而，姐姐一时难以接受这个事实，情绪十分激动。

就在僵持不下的时刻，大哥站了出来。他主动将自己的房子让出来给姐姐住，化解了这场家庭内部的矛盾。高希块望着大哥，眼中满是感激与愧疚。他感激大哥的理解与支持，愧疚因自己的工作给家庭带来的困扰。而他的三哥，同样在赔偿问题上多次与社区产生纠葛。高希块始终坚守自己的底线，不偏不倚地处理问题。尽管内心痛苦万分，但他明白，只有自己以身作则，才能为社区的长远发展树立榜样。

最终，仅用了七天的时间，高希块就奇迹般地完成了1045户的拆迁协商工作。这一速度在全市的拆迁工作中都堪称壮举，社区的建设也因此得以顺利推进。

在高希块的带领下，社区焕发出了新的生机与活力。居民的生活条件得到了显著改善，社区的各项事业也取得了长足进步。居民的脸上洋溢出敬佩和感激之情。一位居民说："当过兵的人做事就是有魄力！他胆子大、敢于尝试新东西。不论是利用村中的闲置土地还是改善村民生活环境，只要对村子有好处，他就毫不犹豫地干！"

面对居民的赞扬和肯定，高希块总是谦虚地说："退伍不褪色，换装不换心。从军人到干部，转变的是角色，不变的是为民服务的初心。"

采访渐近尾声时，高希块抬腕看了一眼时间，神色微微一紧。他说："我要去赶高铁了，北京有个项目等着我去洽谈。"说罢，他匆匆整理好自己的物品，起身与我们握手道别。他转身离去的瞬间，只见他"兵"姿笔挺、脚步匆匆，带着一种独特的坚定和从容……

守望田野，筑梦宋园

—

2006年，郯城重坊镇宋园村被阴云笼罩，党支部书记遭罢免，整个村庄仿佛失去方向的小船，飘摇不定，困境与迷茫如浓重的迷雾，弥漫在每一个角落。此时，重坊镇组织部门肩负起寻找领航人的重任，他们目光如炬，在全面深入考察后，锁定了徐止群。他既是一名党员，又是一名退伍老兵，军旅生涯铸就的坚毅，仿佛藏着无尽的力量，足以引领宋园村冲破迷雾，重归光明坦途。

在我有幸接触采访的众多"兵支书"里，徐止群的兵龄格外引人注目。自1991年起，他便投身海军后勤部，开启了长达14年的军旅征程。那是一段写满荣耀与担当的岁月，每一个重要的历史节点，都有他挺拔坚毅的身影。

1997年，香港回归，天安门广场成为全球瞩目的核心。彼时广场人山人海，欢呼声浪如潮涌。徐止群置身其中，身着笔挺的军装，表情严肃而庄重。他虽不是舞台中央的表演者，却如同稳固的基石，默默坚守在自己的岗位上。周围是喧嚣的狂欢，而他的世界里只有对任务的专注，确保庆典活动的每一个环节都如精密齿轮般顺畅运转，他是那幕后的忠诚卫士，用无声的行动捍卫着盛大庆典的荣耀。

次年，江西九江遭受洪水的凶猛侵袭。徐止群毫不犹豫地主动请缨，奔赴抗洪一线。当他抵达九江，眼前是一片汪洋，浊浪排空，似乎要吞噬一切。他与战友们迅速投入战斗，在滔滔洪水中，他的身姿如同一座坚固的堡垒。满身的泥水，是他英勇无畏的勋章；沉重的沙袋，背负在他肩头，身影快速地穿梭于风雨之中。每一次奋力投掷沙袋，都是在与死神抢夺九江人民的生命财产安全，那坚定的眼神仿佛在向洪水宣告：绝不后退！

1999年，新中国成立50周年的天安门广场阅兵式，盛大的场面震撼世界。徐止群再次肩负重任，站在荣耀与责任交织的后勤保障舞台。当阅兵方阵整齐划一地行进，那震耳欲聋的脚步声仿佛踏在他的心尖，他全神贯注，确保每一项后勤保障工作都精确无误。从物资调配到设备维护，每一个细节都在他的精心照料下完美呈现，他的心中满是对祖国强大的自豪与身为军人的荣耀。

2003 年，"非典"疫情如阴霾般笼罩全国，小汤山医院成为抗疫的关键战场。徐止群临危受命，没有丝毫犹豫与畏惧，毅然投身其中。在那充满危险与未知的环境里，他忙碌的身影在病房、物资仓库之间穿梭不停。他不顾个人安危，全力保障医疗物资的供应及时充足，设备的运转稳定高效，为抗疫战斗筑牢坚实的后勤防线。

2004 年，对于徐止群而言，是人生的重大转折点。当他告别那片倾注了十四年青春热血的部队时，心中五味杂陈。曾经作为祖国忠诚卫士的他，并未选择安逸的机关岗位，而是凭借部队锤炼出的钢铁般坚毅意志，一头扎进波涛汹涌的商海。他怀揣着梦想与勇气，创立了"郯城县志存苗木基地"。

宋园村建设的知青馆

创业初期，苗木市场竞争激烈如战场，毫无经验的他如在黑暗中摸索前行，困难重重。基地经营风雨飘摇。然而，徐止群骨子里的军人血性让他决不言败。他像一名敏锐的侦察兵，全力搜集市场信息，细致考察市场动态，深入剖析客户需求与本地市场走势，精心谋划发展方向。为了扭转颓势，他大胆践行"走出去，请进来"战略。他的足迹遍布各地，四处奔波拓展业务，积极引入先进的理念与资源，诚挚邀请专家和客户前来交流指导。他始终坚守以质取胜的销售原则，用高品质的苗木产品敲开市场大门，一步一步，稳扎稳打，终于使基地逐步走上正轨。

徐止群的目光并未仅仅局限于自身事业的成功。他的心中装着部队、家乡与整个社会。他积极支援双拥建设，为部队的绿化工程添砖加瓦；在奥运场馆建设的重要时刻，他踊跃助力，用实际行动赢得各方赞誉。在家乡郯城，他捐资修桥铺路，为改善家乡的基础设施默默奉献；他亲切慰问五保户、孤寡老人与复退军人，给他们送去温暖与关怀，还主动安排他们到自己的企业就业，给予生活的保障。他更是联合商业伙伴，为家乡养老院建设引入资金，让家乡的老人能够安享晚年。徐止群在不同的领域散发着光和热，用自己的担当与奉献，书写着不平凡的人生篇章。

二

在宋园村的历史转折点上，徐止群站在了命运抉择的十字路口。面前，是组织充满信任的目光，背后，则是全体村民满怀期待的灼灼眼神。他的身姿挺拔如松，面容坚毅，没有丝毫犹豫与退缩的痕迹。

彼时，他一手创立的苗木事业正处在高速攀升的关键航道，前景无限。然而，村庄沉重而又充满希望的长远发展使命，如洪钟大吕般在他心中敲响。在这历史性的瞬间，他毅然决然地搁置下个人蒸蒸日上的事业利益，如一名无畏的勇士，勇挑村支部书记的千钧重担。

当着全体村民那一双双饱含希望与疑虑的眼睛，徐止群昂首挺胸，以坚定而洪亮的声音许下"三年打好翻身仗"的庄严承诺。那声音，如同在村庄上空炸响的春雷，激荡在每一个村民的心间，唤醒了他们沉睡已久的对美好生活的憧憬。

徐止群将部队的优良作风深深地烙印在灵魂深处，从此开启了"白加黑、五加二"的拼搏奋进模式，全身心地扑进村庄建设的滚滚洪流之中。白天，阳光洒在宋园村的每一寸土地上，田野里生机勃勃，村办企业内机器轰鸣。徐止群的身影无处不在，他像是一位不知疲倦的指挥家，带领着村民奋战在生产建设的第一线。在田间地头，他弯腰与村民一同耕种劳作，汗水湿透了他的衣衫，却浇不灭他眼中的热情；在村办企业内部，他穿梭于各个车间，仔细检查生产运营的每一个环节，与工人亲切交流，共同探讨提高生产效率的方法。他那忙碌奔波的身影，成了村庄里一道独特而又令人安心的风景线。

当夜幕如黑色的绸缎缓缓落下，繁星点点，整个村庄都被静谧的氛围温柔地包裹。徐止群手持手电筒，那一束明亮的光，如同希望的灯塔，划破黑夜。他穿梭于村庄的大街小巷，脚步轻盈而又坚定。每到一户村民家门前，他都会轻轻叩响那扇门，仿佛在叩开村民的心扉。门开了，他带着温和的笑容，走进屋内，坐在村民中间，倾听他们的心声与诉求。无论是日常生活琐事的琐碎抱怨，还是关乎村庄未来长远发展的建设性意见与建议，他都全神贯注地聆听，手中的笔在本子上不停地记录着，每一个字都倾注着他对村民的尊重与关怀。每一位村民所面临的困难与问题，都如同沉甸甸的石块，压在他的心头，让他寝食难安。他苦苦思索着切实可行的解决办法与应对策略，脑海中如同一台高速运转的机器，只为能够尽快为村民排忧解难，让村庄走向繁荣富强的康庄大道。

当然，村庄的发展之路并非一帆风顺，平静的水面下暗潮涌动。

村里有个村民杨某，臭名昭著，恶行累累，犹如一颗毒瘤，深深地扎根在村民的心中。他对父母的不孝之举，更是令人发指。当他的母亲离世，那本应是悲痛欲绝、送母亲最后一程的时刻，他却冷酷地不出面送殡，这等凉薄行径，让村民在背后纷纷摇头叹息，对他的鄙夷之情溢于言表。平日里，杨某就像一头失去理智的恶狼，在村子里肆意妄为。村民对他畏惧有加，私下里都称他为村霸，敢怒而不敢言。有一次，杨某喝得酩酊大醉，如同一头发狂的野兽，竟丧心病狂地对邻居家的树举起了斧头。一下又一下，那"哐哐"的砍树声，在寂静的村庄里显得格外刺耳，犹如砸在村民心上的重锤。十几棵树在他的恶行下纷纷倒下，那可是邻居多年的心血啊，这一砍，让邻居损失了将近两三万元。邻居心疼得直掉眼泪，站在一旁，身体因愤怒和无奈而颤抖，却对这个恶霸无可奈何。

徐止群听闻此事，第一时间赶到现场。他的眼神冷静而坚定，耐心地与杨某沟通，试图商议解决办法，化解这场一触即发的危机。他的声音沉稳有力，每一句话都透着公正与威严。杨某在他的面前，渐渐收起了嚣张的气焰。大家都以为这场风波就此平息，可谁能想到，这个杨某不知悔改，竟在抖音上大放厥词，写下"祝徐止群早日升棺发财"。这恶毒的咒骂，如同一支冷箭，射向徐止群。

徐止群看到这条信息时，眉头紧锁，眼神中闪过一丝愤怒。他深知，若任由杨某继续这般胡作非为，这个村子将永无宁日。于是，他果断地拿起电话，手指坚定地按下报警号码。很快，警笛声划破村庄的宁静，警察迅速赶到，将杨某依法拘留。即便如此，徐止群的心里依然牵挂着此事。他匆匆赶到派出所，与警察耐心地交流，眼神中满是担忧与期望，他希望在拘留所里杨某能被好好教育引导，改过自新，不再在错误的道路上越走越远，重新回归正道，成为村庄里的一分子，而不是一颗破坏安宁的毒瘤。

15 天的拘留期过去了。令人欣慰的是，经过这段时间的思想教育，杨某仿佛经历了一场灵魂的洗礼，脱胎换骨。他走出拘留所的那一刻，眼神里不再有往日的凶狠与戾气，取而代之的是满满的悔意。

当杨某主动提出邀请徐书记吃饭时，徐止群慷慨地说："吃饭可以，但这饭菜我包了。今天这顿饭，就当是我们握手言和。希望你从此以后能做一个好人，不再欺负村里人，做一个文明守礼的好村民。"

杨某听到这话，羞愧地低下了头，脸上泛起一层红晕，那是对自己过去错误行为的深深忏悔。

三

在广袤的中华大地之上，乡村振兴的宏伟蓝图正徐徐展开，如同一幅绚丽多彩的画卷，涵盖着产业振兴、人才振兴、文化振兴、生态振兴、组织振兴五大壮丽篇章。而其中，产业振兴无疑是浓墨重彩的开篇之笔。毕竟，我国作为农业大国，土地与农业生产恰是国富民强的深厚根基。唯有紧紧抓住产业振兴这把关键钥匙，方能开启民众增收致富的大门，引领他们稳步迈向小康的康庄大道。

在宋园村这片充满希望与挑战的土地上，徐止群宛如一颗璀璨的启明星，带领着"两委"班子，在乡村振兴的征程中探寻前行的方向。

经过深思熟虑与反复研究，他们毅然决定将产业振兴作为首要攻坚堡垒，并且巧妙地在其中融入人才、文化与生态振兴的多元元素，高举党建引领的伟大旗帜，全方位推进乡村振兴战略，奏响一曲激昂奋进的田园交响曲。

为了让村集体经济如破土春笋般茁壮成长，徐止群不辞辛劳，踏上了四处奔走的筹资之路。他的足迹遍布城市的大街小巷，与各方人士洽谈交流，凭借着坚定的信念与不懈的努力，成功筹措资金300余万元。这笔凝聚着希望与汗水的资金，如同及时雨般洒落在村内公路两旁。很快，50间崭新的商用铺位拔地而起，如同一排排整齐的卫士，守护着宋园村的繁荣梦想。当这些铺位通过对外出租开始运营，村集体经济的年收入如芝麻开花节节高，一举达到70余万元，这一数字背后，是宋园村走向富裕的坚实步伐。

目光转向农业领域，村里那片曾经承载着无限希望却因管理不善而略显衰败的银杏园，成了徐止群眼中亟待雕琢的璞玉。他挽起裤脚，深入银杏园的每一寸土地，亲自参与到改良工作的第一线。他求贤若渴邀请农业专家前来为银杏园会诊把脉，引进先进的种植技术与优良品种。在他的精心呵护下，银杏园逐渐焕发出勃勃生机。

党支部顺势领办了知青缘合作社，一场关于特色农产品的创新革命在这里悄然打响。银杏果、银杏酒、银杏酱、银杏茶等一系列独具魅力的产品应运而生。为了让这些优质产品走出宋园村的深闺，走向更为广阔的市场天地，他们大胆创新，采用实体店与电商相结合的双轨经营模式。一时间，宋园村的银杏产品搭乘着现代商业的快车，畅销各地。每年，合作社都为村集体收入注入14万余元的新鲜血液，同时为村民带来12万余元的增收红利，村民的腰包渐渐鼓了起来，脸上洋溢着幸福的笑容。

而银杏园，在这场乡村振兴的盛大演出中，不仅仅是农业生产的基地，更是华丽转身成为银杏产业链上一颗璀璨夺目的明珠。秉持着"园区景区化、农旅一体化"的先进发展理念，徐止群和他的团队精心打造了一个集休闲娱乐、文化研学、旅游观光为一体的旅游胜地。当游客踏入这片充满魅力的土地，仿佛进入了一个与世隔绝的世外桃源。在这里，他们既能品尝到美味可口的银杏产品，让味蕾沉浸在独特的风味之中，又能领略

宋园村的"中华银杏园"

知青文化的深厚底蕴与独特魅力，感受那段激情燃烧岁月留下的珍贵记忆，还能尽情享受乡村生活的惬意与美好，心灵得到一次前所未有的洗礼与放松。

初冬时节，寒意渐浓，我应徐止群书记的热情邀请，踏入了宋园村充满故事的知青馆。馆内，徐止群书记的声音低沉而富有磁性，仿佛穿越时空的隧道，将40多年前的那段历史娓娓道来。他告诉我，在那个特殊的年代，先后有344名知青怀着满腔热血来到这片土地插队落户，他们在这里挥洒青春汗水，铸就了伟大的知青精神。

"如今，我们党支部以党建为引领，借助知青文化的独特魅力，精心打造了党性教育基地与文化馆。馆内设置了知青精神展馆等多个特色区域，旨在传承和弘扬这一宝贵的精神财富。你看，那新知青初心讲堂，正成为党员汲取精神力量的神圣殿堂，让他们在一堂堂生动的党课中领悟初心使命，勇担时代重任，确保知青精神永远熠熠生辉，永不落幕。"党支部的关怀与温暖并未止步于此，他们还成立了重坊镇"一路同行"志愿服务队。这支队伍如同冬日里的暖阳，将困难留守儿童家庭紧紧地拥抱在怀中，作为重点服务对象，开展以"五个一"为主题的常态化志愿服务活动。志愿者怀揣着满满的爱心，为孩子们送去了丰富多样的书籍，这些书籍如同一把把智慧的钥匙，开启孩子们求知的大门。他们陪伴孩子们学习、玩耍，在孩子们的心田里播撒下爱的种子，让每一个孩子都能在关爱的阳光下茁壮成长，绽放出纯真无邪的笑容。

一个村庄的振兴，不仅需要政策的扶持，更需要像徐止群这样愿意扎根基层的守望者和筑梦者。

第四章

为有源头活水来

八十余载光阴悠悠而过，历史的长河中，毛泽东曾以高瞻远瞩的战略眼光断言："谁赢得了农民，谁就会赢得了中国。"这句掷地有声的话语，如同一座巍峨的灯塔，在岁月的风雨中始终闪耀着智慧的光芒，照亮了中国革命与建设的前行道路。

斗转星移，时光的车轮滚滚驶入 2020 年。站在民族复兴战略全局的宏伟高度，习近平总书记以铿锵有力的声音阐述共产党人的农政视野："民族要复兴，乡村必振兴。"这不仅仅是一句口号，更是向全党全国各族人民发出的伟大号召，是新时代乡村发展的嘹亮号角。

党中央精心绘制出一幅清晰而宏伟的蓝图：至 2035 年，乡村振兴要取得决定性进展，农业农村现代化宛如初升的朝阳，喷薄欲出；到 2050 年，乡村全面振兴的壮丽画卷将在华夏大地全面铺展，农业强如钢铁脊梁，撑起国家根基；农村美若世外桃源，成为人们心灵的栖息之所；农民富似金秋硕果，洋溢着幸福与满足。

"产业兴旺，生态宜居，乡风文明，治理有效，生活富裕"，这二十字箴言，恰似璀璨星辰，高悬于乡村振兴的漫漫征途之上，照亮了前行的方向。乡村振兴之路，绝非康庄大道，亦非一蹴而就之功。它宛如一场跨越世纪的超级长跑，目标仿若远方天际的绚丽彩虹，遥远而伟大。它需要在岁月的长河中栉风沐雨，却依然历久弥新；需要持之以恒的坚守，如滴水穿石般久久为功。而抓好乡村振兴的核心密码，在于人。关键之关键，是要精心打造一支能担当重任、善作为实干的高素质头雁队伍，引领群雁高飞，共赴繁荣。

2018 年，在脱贫攻坚这场没有硝烟的伟大战役背景之下，沂蒙"兵支书"应运而生。脱贫攻坚的战场，恰似烈火熊熊的熔炉，最渴望的是一支能征善战、吃苦耐劳、坚决执行中央和省委决策的钢铁之师。退役军人，这群经过军旅生涯千锤百炼的勇士，恰恰契合这一严苛要求。他们身上流淌着作风硬朗的热血，心中铭刻着纪律严明的信条，骨子里蕴含着敢打硬仗的无畏勇气。

问渠那得清如许？为有源头活水来。

如何让这些兵支书、兵主任、兵委员扎根乡村、倾心建设家乡，如何激励广大"兵支书"人才在农村这片广阔无垠的天地里大施所能、大展才华、大显身手，成为摆在眼前的一道深刻而关键的课题。

临沂市委组织部、市退役军人事务局等相关部门，以求真务实的工作作风，在"精选、优育、严管、活用"的全链条工作机制上精耕细作，做足了文章，书写出沂蒙大地乡村振兴的时代答卷……

千军易得，一将难求

乡村振兴，关键在人，干部队伍的素质与能力直接关乎乡村发展的成效与未来。"千军易得，一将难求"，在广袤乡村大地上，需要那些有责任、有想法、有担当、有闯劲、有魄力的干部脱颖而出，成为引领乡村走向繁荣的带头人。

临沂市在乡村振兴战略推进过程中，聚焦村党支部书记这一关键角色，尤其重视从退役军人中选拔优秀的"兵支书"，探索出一条坚实且富有成效的人才选拔之路。沂水县院东头镇西墙峪村的"90后"党支部书记王成成，便是"兵支书"队伍中的优秀代表。初到村庄时，质疑与不信任如重重山峦横亘在她面前。但这位退役军人没有丝毫退缩，她以军人的坚毅和果敢，身先士卒投入到战台风、抗疫情的战斗中，在风雨与困难面前，她用行动书写担当，让村民逐渐看到她的责任与力量。而在村庄发展的关键路径上，王成成更是展现出非凡的眼光与智慧。她紧紧抓住当地的红色资源优势，大胆探索，勇于创新，精心谋划出一条红色乡村旅游的发展之路。在她的带领下，曾经寂静的西墙峪村如今游客纷至沓来，生机与活力在这片土地上蓬勃涌动。

王成成的成功并非偶然，背后是临沂市对"兵支书"选拔工作的高度重视与精心布局。他们秉持"从好人中选能人"的先进理念，在村"两委"换届工作中精准发力。一方面，通过广泛发布通告、积极动员报名等方式，对退役军人进行定向动员，如同吹响了集结号，吸引众多退役军人怀揣热情与梦想奔赴乡村振兴的新战场，极大地拓宽了选人用人的视野范围，为退役军人搭建起一座施展才华、服务乡村的广阔舞台。另一方面，在选拔环节严格把关，全面考察退役军人的政治素质、领导能力、群众基础等核心要素。面试环节中，深入了解他们的思维与见解；考察过程里，仔细探寻他们在过往经历中的实际表现与能力沉淀；公示阶段，接受群众监督，确保选拔的公正与透明。如此环环相扣、严谨科学的选拔机制，确保脱颖而出的"兵支书"个个政治过硬、能力突出、群众拥护，他们带着强烈的责任感与使命感踏上乡村振兴的征程。

数据是最好的证明，在 2021 年村"两委"换届中，临沂市 10319 名退役军人自荐报名参选，6194 人成功当选"两委"成员，全市 4097 个村（社区）中，"兵支书"数量达 1140 名，占比 27.8%，远超全省平均水平 10.7 个百分点。这些数字如同一串串坚实的脚印，清晰地印刻出临沂市在"兵支书"选拔工作上的坚定步伐与斐然成效。

授人以鱼，不如授人以渔

沂蒙"兵支书"蓬勃发展，离不开临沂市委、市政府的高度重视。市委精心组建了以主要领导挂帅的领导小组，一任又一任领导宛如坚毅的火炬手，在乡村振兴的跑道上，一棒紧接一棒，接力奋进。他们目光如炬，脚步铿锵，以不懈的努力和执着的信念，为"兵支书"清扫障碍，铺就一条通往希望与光明的康庄大道，这才使得沂蒙大地如今呈现出乡村振兴的大好局面。

市委书记任刚，庄重地传达中央、省市会议精神，表情严肃而坚定，声音沉稳且有力。他始终将"兵支书"的政治站位、发展方向与职业操守，视作如同钢铁般不可撼动的"硬杠杠"。"'兵支书'是稳固地方基层的关键基石。"他话语掷地有声，绝非浮于表面的政治口号，而是在对基层治理的复杂性与重要性，进行深刻洞察、精准剖析之后，所发出的郑重论断。那眼神中透露出的，是对乡村发展的深切期望与对"兵支书"群体的高度信任。

2022年12月13日，"沂蒙兵支书"专题培训班盛大开幕。这不仅彰显出对基层干部培育的极度重视，更是沂蒙地区对红色基因传承与创新发扬的一次鲜活生动的实践。市委、市政府对此次培训倾注了大量心血，关注度极高。

"授人以鱼，不如授人以渔。"培训班内，经验丰富的讲师站在讲台上，精神抖擞，他们以一个个鲜活如在眼前的案例为素材，用通俗易懂、深入浅出的语言，为"兵支书"徐徐展开乡村振兴的宏伟画卷，讲述农村基层治理的宝贵经验，以及现代农业如星辰般璀璨的前沿发展趋势。台下，"兵支书"身姿端正，目光紧紧聚焦在讲师身上，全神贯注，听得如痴如醉。他们时而微微点头，表示对精彩观点的认同与赞赏，时而迅速从包中拿出笔记本，眼神中带着急切与渴望，认真记录下那些闪烁着智慧光芒的观点与方法，仿佛在收集珍贵的宝物，那笔尖在纸上划过的沙沙声，似是他们追求进步的坚定誓言。

"这样的培训真解渴！"沂南县马牧池乡辛庄村党支部书记杜中信，在参加全市"兵支书"专题培训班研讨时，满脸兴奋，难掩内心的激动与感慨。他双颊微微泛红，眼神明亮，满怀信心地告诉笔者："通过此次培训，就像迷雾中突然出现了一盏明灯，我的发展思路瞬间清晰明了，工作方向也更加明确坚定。"那话语中带着一种豁然开朗后的畅快与对未来大展拳脚的期待。

为了全方位雕琢"兵支书"这一块块璞玉，提升他们的综合素质，临沂市重磅推出提质赋能计划，用心良苦地精心搭建培育平台，创新培育制度。瞧，那依托沂蒙乡村振兴学堂、新农人培训中心等优质资源而开展的"三个一"活动，每年都如时钟般准时进行。一次进党校专题培训，"兵支书"们满怀崇敬地踏入党校的大门，校园里静谧的学习氛围仿佛能让他们浮躁的心瞬间沉静。他们坐在宽敞明亮的教室里，如同渴望知识的海绵，尽情汲取着智慧的养分，系统地学习党的理论，深刻的思想如春风化雨般滋润心田；深入钻研乡村治理策略，在知识的海洋里遨游，探寻乡村发展的密码。

一期到省内外先进地区实地见学，"兵支书"脚步匆匆，眼神中充满好奇与探索欲。他们穿梭在先进地区的乡村田野间、企业工厂里，看着人家的成功经验与创新模式，心中满是震撼与思考。那一片片繁荣的景象，如同一把把钥匙，打开了他们思维的新大门，让他们的视野豁然开朗，思路也如脱缰的骏马般肆意驰骋。

一轮先进党组织书记巡回宣讲，当那些身边的榜样走上讲台，分享着自己的奋斗历程与成功经验时，台下的"兵支书"眼中满是敬佩与向往。那一个个真实生动的故事，如同一股股暖流，激励着他们奋勇向前，心中暗暗发誓要以这些榜样为标杆，创造属于自己村庄的辉煌。

此外，还有那贴心的"2＋1"联系制度。2名乡镇党委成员与1名"兵支书"紧密相连，他们常常围坐在一起，在温馨的办公室里，或是在村庄的小道旁，乡镇党委成员耐心倾听"兵支书"的困惑与难题，然后如智慧的长者，给予全方位的重点指导，为他们答疑解惑、出谋划策。每村还有1个县区直部门结对帮包，"镇村吹哨、部门报到"不再是一句空话，而是实实在在的生动实践。当村庄遇到亟待办理的民生实事，相关部门迅速响应，那忙碌的身影，那解决问题的决心，都成为乡村发展路上的有力助推。

市县两级分工协作，那定期开展的"兵支书"再进军营活动，更是别具意义。"兵支书"再次踏入熟悉的军营，那熟悉的军号声、操练声，瞬间勾起他们往昔的回忆。他们身着迷彩服，身姿挺拔，在军营的训练场上，接受着严格规范的军事训练。汗水湿透衣衫，却浇不灭他们眼中的斗志，那坚韧不拔的意志品质在一次次训练中被重新磨砺。同时，他们还深入系统地学习党的先进理论知识与国家政策法规，在安静的教室里，他们专注认真，时而皱眉思考，时而奋笔疾书，进一步坚定了理想信念，提升了政治素养与理论水平。

临沂市还全面整合退役军人就业创业促进会、临沂大学乡村振兴学院等丰富的教学平台资源，开设了党组织领办合作社、电子商务等一系列贴合实际需求的培训班次。教室里，"兵支书"根据自身需求与村庄发展实际，有针对性地选择学习内容。他们在课堂上积极发言，与讲师互动交流，分享自己村庄的情况，探讨如何将所学知识更好地应用到实际中，那热烈的讨论声，是他们追求成长与进步的最强音。

在人才培养的战略版图上，临沂市同样全力以赴，不遗余力。他们依托临沂驻京、驻沪等流动党员党组织的桥梁纽带作用，向在外拼搏奋斗且事业有成的退役军人发出诚挚的回归邀请。那些退役军人怀着对家乡的思念与热爱，纷纷踏上归乡之路。他们带着先进的理念、前沿的技术以及丰富的资源回到故乡，那自信的步伐、坚定的眼神，如同一股股清泉，为乡村发展注入了全新的活力与动力，也进一步充实壮大了乡村振兴的后备人才"蓄水池",为沂蒙乡村的持续繁荣发展奠定了坚如磐石的人才基础。

"严"与"爱"的交织

在乡村治理的往昔历程中,曾晕染着重重困难与挑战。

"兵支书",这些心怀壮志的乡村领路人,虽胸有热忱似火,却仿若在迷雾中摸索前行。缺乏专业管理与指导的他们,面对乡村发展的复杂棋局,常常陷入力不从心的泥沼。经济发展规划的筹谋、村民矛盾纠纷的化解、乡村资源的统筹调配……桩桩件件,皆如棘手谜题,让他们在工作中不时碰壁,那份初始的炽热激情,也在一次次的挫折中备受消磨。与此同时,待遇与保障的枷锁,也紧紧束缚着他们的手脚。微薄的薪酬难以润泽生活的干涸;保障的缺失让他们在为乡村拼搏时心怀忐忑。这些难题,成为制约"兵支书"实现理想和抱负的羁绊。

困境之中,临沂市精准洞察,果断施策。"严"为其骨,临沂市高悬工作标准与规范管理的利刃,督促"兵支书"以专业之姿、专注之心投身乡村振兴。实绩纪实,点滴记录他们在乡村建设中的辛劳汗水与斐然成果;履职评估,似精准天平,称量出他们工作的成效优劣;年度考核,若公正明镜,全面映照他们一年来的耕耘付出与担当作为。这一整套科学严谨的量化评估体系,将考核结果与补贴报酬、评先树优紧密相连。于是,"兵支书"深知,他们的每一分努力皆有回报,每一次担当都被铭记。为了乡村的繁荣发展,他们奋勇冲锋,毫不退缩。

"爱"则为其魂,临沂市以温情关怀,强化待遇保障,为"兵支书"构筑温暖港湾。看呐,如今"兵支书"人均月报酬攀升至4500元;养老保险依照现行最高标准5000元缴纳。这些实实在在的暖心举措,让他们抛却后顾之忧,可以心无旁骛地扎根乡村,将全部的心血与智慧,倾洒在沂蒙大地上。

临沂市退役军人事务局匠心独具地打造"沂蒙兵支书"品牌塑造工程。通过在市级主流媒体重磅推出《沂蒙精神沂蒙兵》《沂蒙军号》《行走的沂蒙红》等特色栏目，为这些默默奉献的英雄搭建起荣耀的高台与梦想的天梯。这些栏目一经问世，恰似春雷乍响，在社会各界引发强烈共鸣与热烈回响。

截至目前，《沂蒙军号》栏目已播放234期，评选"沂蒙优秀兵支书"60人，"沂蒙最美退役军人"40人，为退役军人树立了良好示范。同时，村民对"兵支书"的敬意油然而生，那信任与支持的目光，如温暖阳光，洒在"兵支书"前行的道路上；各地基层干部从沂蒙"兵支书"的故事中汲取智慧与力量，如获至宝，开启了乡村治理的崭新思路与创新模式；而更多的"兵支书"，在这荣耀的光辉与榜样的激励下，砥砺前行，在沂蒙大地奏响了一曲曲乡村振兴的激昂交响乐，也为全国的乡村治理与发展，贡献了一份独具魅力的沂蒙样本。

扶上马，送一程

作为退役军人，视野开阔、素质过硬，是群众眼里的"能人"，注重发挥他们的示范作用，聚焦村强民富，带动群众奔小康，在"扶上马、送一程"上下功夫。临沂市精准发力，充分发挥他们的示范引领作用，锚定村强民富的宏伟目标，在"扶上马、送一程"上精心谋划、真抓实干，以一系列务实管用的得力举措，全力扶持他们在乡村振兴的舞台上大显身手、建功立业。

2022年，临沂市退役军人事务局与金融机构的携手合作堪称典范。"退役军人"系列贷政策精准发力，贷款发放精确无误，成效卓著。这不仅彰显了政策的科学性，更体现了对退役军人需求的深刻理解与尊重。各级部门积极响应，聚焦退役军人尤其是"兵支书"群体。深入剖析其发展需求后，精心雕琢政策细节。专项资金的设立、贷款贴息的开展、税费减免的施行，如同为退役军人创新创业、带动乡村致富精心打造的"政策套餐"，满含着对他们的支持与信任，强力助推他们在新征程上扬帆远航，书写辉煌新篇。

在临沂市的大力扶持与引导下，"兵支书"积极探索多元致富途径，如今"兵支书"村（行政村）的集体收入均已超过10万元，一幅村强民富的壮美画卷正徐徐展开。他们领办合作社，凭借所在村党支部的坚强堡垒作用，深度挖掘村庄产业优势，巧妙整合村集体资产，一个个充满活力的合作社如雨后春笋般蓬勃兴起。莒南县东兰墩村的石学东，这位2019年回村任职的党支部书记，以其敏锐的市场洞察力和卓越的领导才能，通过党支部领办"雨辰"茶叶合作社，精心耕耘330多亩茶叶种植基地，合作社年收益如芝麻开花节节高，达到30多万，让村民的腰包逐渐鼓了起来。他们创办好项目，以脱贫攻坚为使命担当，将目光聚焦于任务较重的村和建档立卡贫困户，农产品加工、乡村旅游、农村电商、光伏发电等多元化项目如璀璨明珠镶嵌在乡村大地。罗庄区十里堡社区任玉勇，以军人特有的坚韧不拔作风披荆斩棘，先后成功发展鲁南花卉市场等10多个项目，村集体积累如滚雪球般迅速增长，达到十个多亿，创造了乡村发展的奇迹。他们还积极开展结对联建，依托规模以上军创企业和部分"兵支书"带领的强村富村，强强联合、结对帮扶的模式发挥出"1+1>2"的叠加效应。沂南县南村社区"兵支书"李凤德，联合周边5个村庄，斥资7.8亿元精心打造沂蒙红色影视基地，创新性地引导村民"土地入园当社员、景区务工当职员、摇身一变当演员、售卖产品当店员"，让村民在多元角色转换中实现了增收致富，生动诠释了先富带后富的美好愿景，在乡村振兴的康庄大道上踏出了坚实有力的奋进步伐。

这些看似硬邦邦的管理制度、灵活机制以及扶持政策，却给出了思路和方法，让人感觉温暖，也让沂蒙"兵支书"干劲越来越大，名声越来越响……

第五章

故乡最是情浓处

孟良崮下兵支书

2024年初冬，踏入蒙阴县马子石村的那一刻，一种质朴而深沉的气息扑面而来。我与"山东省优秀兵支书"闫士照的交流，宛如轻轻推开了一扇通往蒙阴县"兵支书"传奇世界的大门，门后是无数动人的故事与坚实的奋斗足迹。蒙阴县退役军人事务局的王少敏科长就站在一旁，他的眼神明亮而炽热，自豪与专业的光芒在其中交相辉映，热情地为我层层剖析蒙阴县"兵支书"的选配情况。

蒙阴，是沂蒙精神重要发源地，也是著名孟良崮战役的发生地。这里人口仅有58万，但退役军人及优抚对象却多达2.6万人。

2018年11月，蒙阴县开启了从退役军人、机关干部和回乡创业企业家中选配村党组织书记。次年元月，首批9名退役军人荣耀地担任村党组织书记，他们身姿挺拔，眼神坚定，带着军人的使命感与责任感，踏入了乡村建设的新战场。随后，又通过严格的考选方式，11名退役军人脱颖而出，担任村党组织书记（副书记）。自此，这项工作逐渐进入常态化，主要由乡镇精心组织开展。

令人惊叹的是，当时在短短一年间，全县366个村庄中，多达115名"兵支书"主动担当，占比达31%，成效斐然。这些数字，不仅仅是简单的统计，更像是一个个坚实的脚印，见证着"兵支书"在蒙阴乡村大地上的崛起与壮大。

还记得2019年3月，蒙阴县面向全县优秀退役军人公开选拔农村党组织书记（副书记）的消息一经传出，瞬间在这片土地上引起了不小的轰动。蒙阴县退役军人事务局局长李红伟回忆起当时的情景，仍难掩激动之色。考选公告公布的当天，网站的点击量就如同火箭般飙升，迅速突破了

1万大关。最终，共有227名退役军人怀着满腔的热血与抱负报名参与。高都镇石星沟村党支部书记赵明，便是这场选拔中的幸运儿与奋斗者。那时的他，在蒙阴县邮政局车队担任队长，日子过得平稳而有序。当报考消息传来，他毅然决然地选择了自己老家常路镇所在的A片区参加考试。考选的形式是紧张而严格的面试，考场内，十三四位考官神情专注，认真聆听着每一位考生的回答，现场打分，成绩当场公布，摄像机全程记录着这一场公平公正的选拔盛会。赵明至今仍清晰地记得其中两道考题，一道是"村里修路钱不够，你怎么办"，另一道是"你如何看待'三农'工作"。他沉着冷静地应对，凭借着自己的经验与智慧，最终在组内排名第三。按照排名先后选岗的规则，他坚定地选择了高都镇石星沟村，开启了自己的"兵支书"之旅。

我漫步在蒙阴县的乡镇、街道，走访了三个由"兵支书"主持工作的村庄。一路上，入眼之处皆是生机勃勃的景象，村庄仿佛被注入了一股全新的活力。村"两委"成员个个精神抖擞，干劲十足，他们忙碌的身影在村庄的各个角落穿梭。谁能想到，就在四五年前，这些村庄中有不少还深陷困境，村党组织力量薄弱，集体收入寥寥无几，宛如被遗忘在角落的明珠，黯淡无光。而如今，在"兵支书"的带领下，村民齐心协力，修路、治水、架电、整田、扮美村庄，一项项工程如同一颗颗希望的种子，在这片土地上生根发芽、茁壮成长。

令人惊叹的是，这些看似艰巨的任务，居然在短短两三年之内就顺利完成，这背后凝聚着"兵支书"多少个日夜的辛勤付出与不懈努力。更难能可贵的是，沿途遇到的村民，无一不对村班子竖起大拇指，他们脸上洋溢着的满意笑容，便是对"兵支书"工作最大的肯定与赞扬。

在深入的采访过程中，我欣喜地发现，随着"兵支书"选配工作的持续推进，越来越多退役军人的目光被吸引到这个充满希望与挑战的新舞台。2020年12月，刚刚选配到蒙阴街道黄土山村担任党支部书记的高磊，便是被这股热潮所感染的典型代表。2009年退役回乡的他，经历颇为丰富，干过安保、后勤，还勇敢地踏上创业之路，搞起了装修。虽然收入还算可观，但他的心中始终怀揣着一个更大的梦想，渴望能为家乡、为社会作出更多有意义的事情。高磊的战友秦健成功担任蒙阴街道北关社区党支部书记，看着战友在岗位上干得风生水起，高磊的内心再也无法平静，那颗为家乡奉献的种子在心底迅速发芽。他毅然放弃了原有的工作，毫不犹豫地回村参加了"兵支书"选配工作，决心在这片熟悉的土地上，书写属于自己的辉煌篇章。

蒙阴县在开展"兵支书"选配工作时，始终坚持党建引领，照亮前行的道路。同时，深挖潜力，"选、管、育、备、扶"五条路径齐头并进，如同五根坚实的支柱，共同撑起了"兵支书"发展的广阔天空。

2019年"兵支书"考选工作落下帷幕后，联城镇李家北山村退役军人孔令鑫虽然遗憾地未能进入选岗行列，但他并未被遗忘，而是被纳入村党组织书记后备人才库精心管理。2020年5月，经过一段时间的沉淀与磨砺，孔令鑫作为后备人才，被异地选配到联城镇许家沟村任党支部书记。到任后的他，深知责任重大，不辞辛劳地抽出大量时间深入走访村庄的每一个角落，用心去倾听村民的心声与诉求。他还积极参加镇里组织的各种"兵支书"学习培训，不断充实自己，提升自己的能力与素养。在孔令鑫的带领下，许家沟村如同一只破茧而出的蝴蝶，发生了翻天覆地的变化，最终被评为省级文明村，这一荣誉的背后，是孔令鑫无数个日夜的默默付出与坚守。

选拔优秀退役军人担任村党组织书记，这一举措在退役军人的群体中引起了强烈的反响。40岁的高都镇退役军人孙良云，在河北度过了18年的军旅生涯，2019年退役后，被安置到县城一家国企从事管理工作。他对"兵支书"的政策了如指掌，还清楚地知道县里为扶持"兵支书"提供30万元工作经费。他满怀感慨地说，若不是自己已经有了稳定的工作，他必定会毫不犹豫地报名参加，在他心中，农村这片广阔的天地大有可为，是能够让退役军人充分施展才华与抱负的新舞台。32岁的桃墟镇退役军人崔庭，12年的军旅时光锻造了他坚毅的品质。2019年退役后，他也被安置到县城的国企。他听闻过"兵支书"的政策，认为这是一件意义非凡的好事，这充分表明了政府对退役军人的信任与关心，为他们提供了一个回报家乡、服务社会的绝佳机会。24岁的王刚，2020年9月刚刚退役回到老家岱崮镇大崮村，当听我讲述"兵支书"的故事后，他那年轻而充满朝气的脸上露出了认同的笑容，认为这确实是一件值得称赞的好事。虽然他深知自己阅历尚浅，暂时还无法参与到乡村治理的大军中，但他坚信，对于那些有着丰富社会经验的战友来说，这无疑是一个可以大展身手、实现人生价值的崭新舞台。

蒙阴的基层党组织中，既有党委政府摸排选配的"兵支书"，又有通过严格笔试面试公开选配的"兵支书"，还有挂职镇街党委和部门党组的升级版"兵支书"。他们中间，群众信任度高的重点化解矛盾纠纷，熟悉党务工作的重点解决村党组织软弱涣散问题，熟悉经济工作的重点发展集体经济。正是坚持因村配人，人村相适，综合考虑村情村况和选配人员的特点，多渠道选拔培养"兵支书"，蒙阴县不仅提高了选人用人精准度，实现了人才效能最大化，也为退伍军人提供了反哺乡村、干事创业的广阔天地。这种因地制宜、精准有效的工作机制，为以组织振兴统领推动乡村全面振兴提供了有益借鉴。

蒙阴"兵支书"的成功实践赢得了广泛认可与赞誉。2020年12月底，王沪宁、孙春兰同志对蒙阴"兵支书"工作经验给予了高度批示肯定，这无疑是对蒙阴县创新实践的权威背书。次年7月，全国第1期退役军人村干部（"兵支书"）能力提升培训示范班选址蒙阴，各地代表纷至沓来，现场观摩学习，蒙阴经验由此走向全国，成为各地借鉴的典范。

进入2022年，蒙阴县乘胜追击，持续深化"兵支书"工程，将其列为县委书记抓党建突破项目，彰显了对这一工作的高度重视与坚定决心。随后出台的《实施扩面提质创优行动推动"兵支书"建功乡村振兴主战场的实施方案》进一步明确了工作方向与重点。在巩固农村基层党组织"兵支书"选聘成果的基础上，蒙阴县以高瞻远瞩的战略眼光，将视野拓展至城市社区、机关、两新组织等多元领域，全力打造"孟良崮下兵支书"品牌，致力于放大"兵支书"工作的综合效应。4月份，退役军人事务部推荐蒙阴为"高素质农民（退役军人村支书）培育工作试点县"，这既是对蒙阴过往成绩的肯定，更是对其未来发展潜力的看好。

蒙阴县委书记王丽云深情地说："作为孟良崮战役的发生地和沂蒙精神的重要发源地，蒙阴人民始终铭记着爱党爱军的革命传统。如今，越来越多的'兵支书'正带着满腔的热情和激情，投身到乡村振兴的'新战场'上。他们以实际行动诠释着沂蒙精神的深刻内涵和时代价值，为乡村振兴注入了不竭的动力和活力。"

蒙阴县的"兵支书"选配是临沂市的一个经典缩影。

"货车司机"变身记

一

2019年3月，蒙阴县县委书记先后召开了三次会议，研究从退役军人等群体中选调基层党组织负责人。当时，蒙阴县第一批拿出27个村庄作为试点，对每个村的党员、退役军人、企业家进行摸排，寻找合适的村支部书记人选。巧合的是，这27个村的书记人选中，有9位退役军人，刚好三分之一。

刘元华就是9位退役军人中的一位。

古泉村所在的孟良崮片区全力打造乡村振兴示范片区，然而村里却陷入困境，仅仅一年半的时间就换了三任党支部书记。此时，蒙阴县退役军人事务局和垛庄镇党委求贤若渴，"三顾茅庐"，将希望寄托在刘元华身上。

古泉村

在湖南当兵8年的刘元华，退役后开过理发店，后来又当货车司机。走南闯北，车轮滚滚中，刘元华的见识与阅历不断增长。致富后，他并未忘记生他养他的古泉村，谁家有急事难事，他总是伸出援手。

3月下旬的一天，刘元华正在擦车，垛庄镇党委副书记赵增健与党委组织委员杨慧来到他家中，详细询问了他当兵与入党的时间。

赵增健问道："元华，若是让你担任村支书，能否胜任？"

"不行！我一直在外奔波，村里的人我都认不全了。"刘元华当即否定，两位只能悻悻而归。

接着，县退役军人事务局局长李红伟找到刘元华，语重心长地说："元华，现在需要你这位老兵带领村庄共同发展致富！你自己富裕不算富，共同致富才是真本事。若有战，召必回，那才是真正的军人，真正的党员！"

刘元华忧心地说："干好了还行，干不好，多丢人。说心里话，看到村里30年来，没有改变，我心中也不是滋味。"

最终，刘元华答应先担任村党支部书记助理试一试。起初，他还存有"小心思"，想着兼顾生意。在最初的几个月里，刘元华每天清晨四点起床，开车前往临沂送鞋，八点赶回村里上班。他还有一辆九米六的新货车，他心想等村里事务不忙时，抽空跑一两趟长途。但没想到，拥有2350人口的大村每天都有事情要处理，他一趟长途也没跑成。

到了5月份，村党支部老书记辞职。刘元华正式被任命为村党支部书记，这下他更无法抽身了。"村里的事情，既然已经开始，就必须做好，否则会丢人现眼。"刘元华说道。他深知一心不可二用，尽管心中有万般不舍，但还是卖掉了最后一辆仅使用了九个月的新车。当红色的六米二货车启动，渐渐消失在寒冷的夜色中时，刘元华回到院内的停车位，默默地坐了半个小时。空气中还残留着爱车淡淡的柴油味，手中待注销的营运证还带着驾驶室的余温。至此，这条奔跑了12年的"创业线""致富线"彻底中断。

二

刚当书记时，刘元华连村里的人都认不全，甚至不清楚本村土地的边界在哪里。他整天夹着本子在村里转悠，一边认识村民、熟悉村里的设施，一边倾听群众的诉求。遇到难题时，他就去请教村里的老书记、老党员，或者到镇上询问乡镇干部该如何处理，有时他还会担心自己把别人问烦了。

古泉村由两个村子合并而成，村子大，道路遥远。穿村的主干道仅有四米宽，有些地方更窄，只有两米，会车十分困难，村民经常因为车辆剐蹭而产生矛盾。

87岁的贫困户刘乃法，其老宅正好位于古泉村的南北主干道上。四米宽的路到这里突然收窄成两米，东边的胡同也在此处中断，只能从屋东北角绕行。拉木头的三轮车经过这里时，把刘家房角的石头都刮掉了。刘乃法无力搬动掉落的石头，只能四处寻找年轻人帮忙将石头放回原处。此次修路，刘元华找到刘乃法，劝说他借助危房改造的机会，把房子挪个位置，给道路让行。刘乃法始终不肯答应。曾经村子为了修路，多次与老人协商，都没有成功。

当然，刘元华每次都带着满满的诚意，耐心地坐在老人身旁，轻言细语地和老人交谈。起初，刘乃法面对刘元华的劝说，不为所动。终于，在刘元华30多趟的劝说下，他扔下一句："你爱咋弄就咋弄了吧！"头脑灵活的刘元华听出老人语气里有了一丝微妙的松动。他赶紧许下了承诺："大爷，您放心，房子我们帮您盖，不用您出一分钱，保证您住上新房子。"这承诺打消了老人所有的顾虑。

随后，刘元华帮刘乃法申请了危房改造补助1.8万元，又为他争取到了镇上的扶持资金5000元。新房建成时，刘元华还帮老人搬了家。

当笔者走进刘乃法新家时，看到新屋温暖舒适，炉上的小锅正蒸着馒头。刘乃法听力不佳，见到我们，只是不停地夸赞："这小子是个干事的料。"

古泉村原来没有地方停车，村子又临近205国道。每逢年节，年轻人开车回家，老人们担心车辆丢失，晚上甚至会去车上睡觉。

刘元华得知此事后，心里很不是滋味。借助修路的契机，他专门开辟出地方，打算建四个停车场，这样能停放几十辆车。其中一处停车场，原本是一处废弃宅院。早年，村里为这户人家另划了宅基地，但这处老宅基地却一直未交还，一拖就是二十多年。刘元华劝说这家人拆掉房子，腾出地方建停车场。对方不愿意。刘元华说："你找找手续。如果有合法依据，村里该补偿就补偿。"

过了几天，这家人仍未出示手续，刘元华再次上门确认，这家人便不再多说什么，房子就这样顺利拆除了。四个停车场建成了，安装了监控。村民再也不用守在车里睡觉了。

三

说话温和，甚至略带几分腼腆的刘元华，一旦投入工作十分忘我。

2020年8月13日，临沂遭受特大暴雨袭击。第二天清晨，刘元华接到上级紧急通知，古泉村上游的黄仁水库已逼近警戒水位，将于半小时后开闸泄洪。他立即安排村"两委"成员及网格员组织沿河住户迅速撤离，自己则沿着河道进行巡查。当巡查至师古庄桥时，他看到河边停放着一台

古泉村千亩种植基地

挖掘机。此时，挖掘机车身大半已被淹没，仅驾驶室露在外面。彼时河流已然漫溢，在车旁形成湍急水流，倘若周边泥土被冲走，挖掘机一旦倾倒，极有可能被水流卷走。

刘元华急忙找人联系挖掘机主人，自己则转身回村寻找绳子。挖掘机车主匆匆赶到后，见此情形直呼危险："算了，这挖掘机咱不要了！"刘元华却道："我参加过98年长江抗洪，有经验，把钥匙给我！"

说完，他手持长绳，将一头系于自己腰间，另一头拴在电线杆上，奋力向挖掘机游去。车边水深达2米多，驾驶室已进水，所幸发动机尚未进水。刘元华果断打火，艰难地将挖掘机开到远离河道的巷子里。就这样，价值上百万元的挖掘机总算保住了。

在古泉村进行采访时，笔者偶遇吃完晚饭出来散步的村民韩兴本老两口。67岁的韩兴本说道："刘元华当过兵，特别能吃苦，整日坚守在村里。"村委委员、妇女主任高红莲说，"有一回，刘元华摔坏了腿，在家中躺了一个多月。刚能勉强行走，他便迫不及待地拄着双拐，一步一挪地来到村里，继续为村里的事务忙碌起来"。

村里第一条沥青路面铺油的那一天，正巧赶上刘元华的生日，然而，他却毫不在意，一直坚守岗位到凌晨1点多钟才拖着疲惫的身躯回家。

这些事儿，村里人都看在眼里，记在心上。

四

古泉村临近孟良崮工业园，村里年轻人都在工业园打工。全村5000多亩土地，一半以上种着杨树，村集体500多亩地也种着杨树。

刘元华与村"两委"召集村民商议，打算整合土地发展高效农业，增加村民和村集体收入。土地流转困难重重，村集体300多亩地分散承包给

200多户人家，剩下600多亩地分散在300多户人家手中。

对于犹豫不决的人家，刘元华带领村"两委"成员挨家挨户做工作。有一户人家，刘元华前后跑了20多趟，这半亩地成了土地流转计划的关键"拦路虎"。这户村民态度坚决要自己种，可这半亩地影响重大，处理不好可能使整个计划功亏一篑。

村里工作人员多次劝说无果，刘元华站了出来。他带着精心准备的方案上门沟通，提出三个灵活方案。

一是把半亩地流转给村里，村里按每年500元标准给予流转费用，这体现了公平合理的补偿。二是若村民想继续种地，刘元华帮他用500元租金租一亩半地，让村民有更多耕种空间。三是若村民实在不想流转，可自己想办法修路解决土地进出问题。

刘元华耐心讲解每个方案细节。村民原本坚定的心逐渐动摇，这就像一场无声的心灵拔河。最终，村民在土地流转合同上签字，这不仅是半亩地的胜利，更是古泉村土地流转工作的重大突破。

"仅仅用了一个半月时间，1000亩土地顺利流转完成。金葵农业的1000亩土地上，蜜桃全部栽种完毕，并且与山东农业大学深度合作，除种桃外，还将发展研学旅游项目。"看到古泉村办事高效，雅库特农业公司主动前来洽谈合作，古泉村再次流转1400亩土地给雅库特农业公司。如今，项目土地上已种植苹果、樱桃、梨等多种果树。

刘元华："五年的时光过去了，能带领乡亲们干些实事，看着村庄在我们努力下发生翻天覆地的变化，现在我的心里踏实多了。"

2021年春天，刘元华因为表现出色，被纳入蒙阴县村党支部书记专业化管理，工资还涨到每月4500多元。他说："当兵的时候，经常讲要么就不干，要干就干到最好。老百姓能认可，就是最好的反馈。"

一片"兵"心为乡亲

———— 一 ————

　　王启生是大山寺村的"兵支书",他所在村离刘元华的村庄不远。当王启生听说刘元华在村庄大刀阔斧地进行环境整治,拆除违建,拓宽道路,铺设沥青,安装路灯,还栽上了绿化苗木,整个村庄焕然一新,他心中充满了敬佩与好奇。

　　他决定前往古泉村一探究竟。漫步在古泉村的大街小巷,他目睹了古泉村的巨变,心中涌动着无限的感慨与向往。他觉得,这样的改变,大山寺村也能做到!于是,有了他第二次的造访。这一次,王启生带着全村47名党员一同前往,他们要亲眼看看,亲耳听听,亲身感受那份变革的力量。

　　回到大山寺村,王启生没有片刻迟疑,立即行动起来。他先是建起了两处宽敞整洁的停车场,解决了村民停车难的问题。

　　接着,他又别出心裁地推行了环境卫生党员分包制,让每名党员都成为村庄环境卫生的守护者,负责周边7至9户村民的卫生情况。这一举措,极大地激发了党员的责任心和积极性,也带动了村民参与环境整治的热情。

　　在大家的共同努力下,大山寺村发生了翻天覆地的变化。原本脏乱差的村容村貌,如今变得整洁有序,绿树成荫,花香四溢。

　　王启生说:"我和刘元华都是当兵的,心与心之间似乎有着天然的纽带,一见如故,总有聊不完的话题,说不尽的往事。一句'你是哪一年的兵?''在哪里当的兵?'就像打开了话匣子的钥匙,瞬间拉近了彼此的距离。"

"兵支书"的出色表现，让其他村子的党支部书记感受到了前所未有的压力。垛庄镇开源村的党支部书记杨庆军，虽然自己不是"兵支书"，但他对"兵支书"的成就赞不绝口："这些'兵支书'真是了不起！他们干的项目一个接一个，资金也源源不断，村子发展得红红火火。我们看着真是眼馋，也经常去他们那里取经。我们得加把劲儿，不然就被他们比下去了！"

垛庄镇党委书记宋强也对"兵支书"的加入给予了高度评价："每个月，我们都会对各个村子进行考核排名，村支书的绩效和报酬是直接挂钩的。而且，对于专业化书记，我们还有淘汰退出机制。'兵支书'的到来，就像是在平静的池塘里扔进了一条鲶鱼，激发了整个镇的活力，让各个村子都活跃了起来，就像激活了一池春水。"

二

在石星沟村，每天都能听到大喇叭里传出党支部书记赵明那略显絮叨的声音："老少爷们，第一个，当前要防范一氧化碳中毒，晚上不要压炉子，留点缝隙，第二经常敲打烟囱……"这声音，在冬日的寒风中，就像一股暖流，流淌在村子的每一个角落。尽管话语零零碎碎，可村民却没有丝毫厌烦，因为他们知道，这是赵明对大家满满的关心。

同样也是2019年春天，蒙阴县面向优秀退役军人公开选拔村党组织书记（副书记）。有着16年军旅生涯的赵明，从众多报考者中脱颖而出，成为11名考取者之一。他的老家在常路镇，而被选配到高都镇石星沟村担任党支部副书记时，村里的人他一个都不认识，真可谓是"两眼一抹黑"。

赵明的父母对他的新工作也极为上心。一贯反对他吸烟的父亲，特意嘱咐他："你口袋里揣上两包烟，见了年纪大的，多叫大叔大爷。"母亲也在一旁说道："你想事儿多考虑人家的想法，都是农村人，哪有嘎不成一块的？"在家人的叮嘱下，赵明来到了石星沟村。半年后，他开始担任村党支部书记，这位退役军人，始终坚守着退役不褪色的信念，决心在乡村振兴的新战场上再建新功。

石星沟村离赵明的家有20多公里，可他每天都准时到村里主持工作，风雨无阻。中午，他就简单地吃着从家里带来的煎饼、咸菜，没有丝毫怨言。他心里装着整个村子的情况，谁家住在哪儿，家庭是什么状况，他都能说得一清二楚，仿佛村子就是他的另一个家，村民都是他的亲人。

2019年8月，"利奇马"台风来势汹汹。那天，赵明下班刚回到家，心里却总是不踏实，脑海中不断浮现出村里的景象。最终，他不顾风雨，又返回了村子。他第一个想到的就是村西头住在土房里的87岁老人张美贤。于是，他冲进老人的屋子，不容分说地背起老人就往她儿子家赶。第二天，老人的房子就塌了一角，而正是赵明的及时行动，让老人躲过了一劫。

赵明刚到村任职时，第一个月拿到手的补贴，没有丝毫犹豫，就分给了3户家庭困难的农户。他说："我退伍回来，第一个月工资交给了父母。这次是我的第二次择业，第一个月的钱也是有意义的，不能乱花。"这简单的话语背后，是他对村民深深的关爱与责任。

赵明对村民的好，村民都看在眼里，记在心里。2020年8月，村里搞"饮水工程"。开沟机作业时把路挖出了槽，一场大雨过后，自来水管道成了水沟，大水还把一户村民的房子地基冲出了个大窟窿。赵明二话不说，自己掏2000元钱买了一罐车混凝土，找来会干建筑活的村民徐功勤来修。徐功勤听说水泥是赵明自己掏钱买的，深受感动，死活不要工钱。

67 岁的村民徐志敬，也被赵明的奉献精神打动，每次村里有活总是随叫随到，去年义务劳动就达 20 余次。他对赵明说："你撇家舍业的，整天在村里忙活，我们就该跟着你干！"

村里有几户孤寡老人，情况特殊。赵明就像他们的亲人一样，想方设法为他们申请补助，解决生活中的困难。时间久了，老人连买生活用品都放心地交给赵明去办，他们知道，赵明一定会把事情办好。

赵明深知，要想让村子长远发展，必须要有一个强有力的班子。于是，他选优配强了"两委"班子，制作了"亮职责、亮形象、亮承诺"的"三亮"公示牌，以此督促班子成员履职践诺。在他的带领下，党员真正发挥了先锋模范作用，党组织也有了强大的凝聚力。

在赵明的不懈努力下，石星沟村发生了翻天覆地的大变化。户户通水泥路实现了100% 全覆盖，村子里人居环境干净整洁，群众的幸福生活指数节节攀升。石星沟村被评为"市级美丽乡村"。

赵明，这位曾经被村民视为外来人的书记，如今已成了群众心中的贴心人、主心骨。

三

"兵支书"赵海的爷爷赵为礼是中华人民共和国成立前的老党员，一位战功赫赫的英雄。在那个烽火连天的年代，他投身革命的洪流，参与了孟良崮战役、莱芜战役、济南战役等大小战役三十多次。中华人民共和国成立后，他更是被任命为东三庄村的第一届党支部书记，带领村民走上了建设新中国的道路。

在这样的家庭氛围熏陶下，赵海从小就树立了远大的理想。2009 年12 月，他参军报国，在部队里，严格要求自己，刻苦训练，不断提升自己的军事素质和政治觉悟。赵海很快就入了党，两次荣立三等功，成为一名优秀的军人。

在部队淬炼了10年，2020年赵海退伍回到了东三庄村，担任起党支部书记兼民兵连指导员。刚上任时，村民的评价是："这个小伙子，年轻有活力，有冲劲，而且他们家祖孙三代接力为村里做事，家风正，肯定差不了！"

可赵海心里清楚，光得到村民的认可还不够，必须得为村里干出实实在在的事情来。在对村里的工作有了大致的了解之后，他发现了一个亟待解决的问题：村子里总有那么几户村民，经常为了一些鸡毛蒜皮的小事争吵不休，斤斤计较。这些小矛盾不仅伤害了邻里之间的和气，有时候还会影响村里工作的正常开展。

为了解决这个问题，赵海再次召开了党员会，和大家一起商讨对策。在会上，一位党员提议按照家族来进行管理，在每户家门口张贴家风家训，让村民时刻能看到并自觉遵守自家的规矩。

赵海觉得这个主意很好，于是立即付诸行动。他带领党支部成员从每个家族中挑选出几名德高望重的老党员和户代表，大家齐心协力，经过近一个月的时间，终于整理出了六个家族的家风家训，并一家一家地张贴好。

同时，赵海还在村办公室专门建成了家风家训馆和德育学堂。这里不仅成了传播正能量的重要阵地，还吸引了村里的孩子们前来学习。他们在这里了解家族的历史和传统，学习先辈的英勇事迹和崇高精神。家风家训馆和德育学堂就像他们的"第二课堂"，让他们在潜移默化中受到了良好的教育和熏陶。

令人惊喜的是，这一张小小的家风表，就像有神奇的魔力一样，村里的矛盾纠纷真的减少了。赵海抓住这个机会，趁热打铁。他在充分征求党员、群众、村民代表、乡贤代表等各方意见的基础上，亲自主持制定了《东三庄村"德治"银行管理办法和积分细则》。这个办法鼓励和动员党员、退役军人发挥示范带头作用，和村民一起做好事。每做一件好事就能获得相应的积分，这些积分可以用来兑换生活用品。这样一来，整个村子形成了一种"存美德、挣积分、取实惠"的良好氛围。村民纷纷行动起来，争做好人好事。他们互相帮助、互相支持，共同为村里的发展贡献自己的力量……

甘做百姓的贴心人

【镜头一】

在垛庄镇的一角，隐匿着一个小巧玲珑的村落——西孟良崮村。村子虽规模不大，却坐拥着一片令人称羡的宝贵财富——那是一片广袤无垠、郁郁葱葱的板栗林，足足有500余亩。往昔岁月里，这片林子曾是村集体无上的荣耀，是村民心中的希望之光。

然而，时光的车轮倒回20年前，一场承包风波却让它渐渐沦为村民心中一道难以愈合的伤疤。

20年前，村集体将这片板栗林承包给了村里的19户村民。彼时，大家满心期许着通过承包经营的新模式，能为村子开辟出一条通往富裕的康庄大道。谁能料到，命运却在此处悄然拐了个弯。这19户村民仅仅在承包的第一年，如履行某种短暂的义务般，按时缴纳了承包费。可自那之后，便仿若人间蒸发，音信全无。

每一年秋天，板栗林像是被大自然打翻了颜料盘，板栗挂满枝头，金黄饱满的果实，宛如一颗颗璀璨的宝石，在阳光下闪烁着丰收的喜悦光芒。然而，这一切的美好却与大多数村民无关。承包户们趁着夜色的掩护，或是在村民无奈的注视下，悄然将板栗采摘、售卖，独自享受着这本应属于全体村民的劳动成果。而其余的村民，只能站在林子边缘，眼睁睁地看着，眼神中满是不甘与怨愤。投诉的声音在村子里此起彼伏，却如同石沉大海，未能激起一丝足以改变现状的涟漪。就这样，这个棘手的问题如同一头沉睡的巨兽，横卧在村子中间，一拖便是整整20年。

直至2018年12月，一位关键人物——退役军人张玉坤来到孟良崮村，出任党支部书记。这位曾在镇上经营一家饭店的退伍老兵，生活虽不算大富大贵，却也过得安稳自在。

然而，当镇党委领导怀揣着对他的信任与期望，找到他并希望他能够回村参选村支书时，张玉坤没有丝毫的迟疑与犹豫，仿若一名听到出征号角的战士，坚定地一口答应。

上任伊始，张玉坤便直面这个如荆棘般棘手的问题——清欠。一时间，村民议论纷纷，各种声音在村子的各个角落交织。有好心的村民善意地提醒他："这个村子已经20年没算过账了，前两届村支书都对这个问题避之不及，你可别自不量力啊！"面对这样的劝阻，张玉坤只是微微上扬嘴角，露出一抹淡淡的微笑。那笑容里，没有丝毫畏惧，唯有军人骨子里的坚定与无畏勇气在闪烁。他目光如炬，掷地有声地说道："我们当兵的人，从来不知困难为何物，哪里有困难，就往哪里冲锋陷阵。就算这是一块能把人烫伤的滚烫铁块，我也要毫不犹豫地紧紧抱住。因为只有彻底解决了这个问题，村民才能心服口服，村子的各项事务才能顺利开展，我们才有希望重塑村子的辉煌。"

说干就干，张玉坤迅速展现出雷厉风行的军人作风。他召集村"两委"成员，连续召开了三次紧张而严肃的会议。会议室内，气氛凝重，大家围坐在一起，就清欠问题各抒己见，争论声此起彼伏。张玉坤认真倾听着每一个人的意见，时而沉思，时而点头。经过激烈的讨论，一套详细周全的清欠方案终于如同一艘精心打造的战舰，缓缓浮出水面。方案明确规定：承包户必须在7天之内交齐所欠费用，否则将被视为自动放弃承包权，村集体将毫不犹豫地解除承包合同，并通过法律途径坚决维护自身权益。

方案既定，张玉坤没有丝毫懈怠，亲自带着这份承载着村子希望的方案，一家一家地登门拜访。他穿梭在村子的小巷里，敲响每一户承包户的家门。每到一户，他都耐心地为承包户解释政策，那诚恳的态度，仿佛能融化一切坚冰。他晓之以理，动之以情，用最朴实的话语，希望他们能够理解并支持这项关乎村子未来的重要工作。

其中有一户人家，态度尤为强硬，如同一块顽固的巨石，横亘在清欠工作的道路上。父子三人将前来拜访的张玉坤围在中间，情绪激动，大声叫嚷着："80年代修路的时候，小队用了我们家的拖拉机，到现在都没给钱呢！这次我们也不会给你！"面对如此剑拔弩张的处境，张玉坤没有丝毫退缩与让步。他的大脑飞速运转，迅速提出了一个巧妙绝伦的解决方案，试图解开这个困扰多年的"三角债"。他平静而坚定地建议这户人家先把欠村集体的承包款交上，由镇经管站暂行代管，确保资金安全。同时，小队立即着手归还多年前所欠他家拖拉机的钱。为了说服这家人，张玉坤不辞辛劳，连续上门四五次。每一次，他都苦口婆心地劝说，那执着的眼神，那真诚的话语，慢慢渗透进这家人的心间。镇里的干部也纷纷行动起来，积极配合张玉坤，一起做这家人的思想工作。终于，在第7天的傍晚，夕阳的余晖洒在村子的每一个角落，给大地披上了一层金色的纱衣。这家人被张玉坤的诚意与坚持打动，拿出10500元的欠款，交到了张玉坤手中。没过多久，小队也如约归还了拖拉机款。

仅仅7天时间，这个困扰了村子整整20年的难题，就被张玉坤如抽丝剥茧般一一化解。那一刻，村民望向张玉坤的眼神里充满了敬佩。从那以后，无论是村"两委"提出怎样的项目规划与建设方案，村民都心悦诚服地支持，积极踊跃地参与。村子里的氛围，再次变得和谐融洽，充满生机与活力……

【镜头二】

张玉坤的故事如同一把烈火，点燃人们心中的激情，而"兵支书"张帅的事迹，同样似一曲激昂的赞歌，动人心弦。

2018年初冬，京沪高速改扩建工程的激昂号角，划破了赵峪村上空的宁静，仿若一声惊雷，打破了这个小村庄长久以来的静谧。这对于世代在此安居乐业的村民而言，无疑是一场前所未有的巨大挑战。

整个村子毫无例外地被划入了征迁范围，多达200余户居民面临着搬迁的命运，他们的迁移，关乎着这项国家重大工程能否顺利推进。

然而，在这浩浩荡荡的搬迁大军中，却有7户人家，宛如一颗颗顽固的钉子，深深地扎根在自己的土地上，任凭外界如何劝说，都不愿离去。难题如同一座巍峨的高山，横亘在众人面前。

此时，身为党支部书记的张帅，挺身而出。他目光如炬，神情坚定，主动请缨，那决心仿佛能冲破云霄，誓要啃下这块令人望而生畏的"硬骨头"。

每日清晨，当第一缕阳光如金色的丝线，穿透朦胧的薄雾，轻柔地洒落在村庄的每一寸土地，点亮错落有致的屋舍与蜿蜒曲折的小巷时，张帅挺拔而坚毅的身影，已然悄然穿梭在狭窄的巷弄之间，开启了他充满艰辛与挑战的征迁之旅。

征迁工作，绝非简单的政策宣读与传达，其背后，是一场深入心灵的人性沟通与情感交融。张帅深知此理，怀揣着对家乡炽热的爱与对未来美好蓝图的无限憧憬，耐心地走进每一户人家。在那一方方小小的庭院里，他或是坐在简陋的石凳上，或是站在斑驳的墙根下，用最朴实且真挚的话语，向村民细细解释征迁背后所蕴含的深远意义与诸多好处。他的声音沉稳有力，每一个字都饱含深情，如同一股涓涓细流，缓缓淌入村民的心田，让他们渐渐拨开心中的迷雾，开始理解修路对于村庄、对于国家的重要性。

然而，前行的道路并非一帆风顺。有的村民对张帅心存疑虑，选择避而不见，让他吃了一次次闭门羹；有的村民则当面口头上敷衍答应，可转身便出尔反尔，让他的努力付诸东流。面对这些接踵而至的挫折与打击，张帅的心中固然会泛起一丝失落的涟漪，但军人骨子里的坚韧与执着，如同一座巍峨的灯塔，在他心中闪耀着永不熄灭的光芒。他从未有过哪怕一瞬间的退缩之意，反而坚定地说道："我就像一块坚韧不拔的牛皮糖，死死地粘在这7户人家身上，不惧风雨，不畏艰难，我要用我全部的真诚和无尽的耐心，一点点去融化他们心中的坚冰。"

在无数个日夜的奔波与操劳中，张帅始终坚守着内心的信念："我没有一点私心，修路是为了大家好。"这句简单而质朴的话语，如同一句神圣的誓言，在他心间反复回响。他坚信，只要自己的信念如磐石般坚定不移，只要自己的努力如春雨般绵绵不绝，村民终有一天会理解他的良苦用心，会看到他为了村庄的未来而付出的心血与汗水。

终于，在张帅那持之以恒、永不放弃的不懈努力下，奇迹发生了。那7户人家望着眼前这位面容疲惫却眼神炽热的支书，被他那如深海般浩瀚无垠的诚意所深深打动。他们不再固执己见，纷纷欣然接受了补偿标准，同意搬迁。

那一刻，整个赵峪村瞬间沸腾了起来。欢呼声、雀跃声交织在一起，如同一曲激昂澎湃的胜利交响乐，响彻云霄。这个曾经因为征迁难题而陷入僵局、愁云笼罩的小村庄，如今却因为张帅的顽强坚持与无私努力，华丽转身，成了京沪高速改扩建工程蒙阴段第一个全部移交征收土地的村庄。张帅，这位"兵支书"，用他的行动，在赵峪村的历史长卷上，书写下了浓墨重彩的一笔，成为了全体村民心中不朽的英雄。

【镜头三】

马杰是垛庄镇南蓉芙村党支部书记。

他说："村庄的发展离不开群众的支持与参与。做任何事情都必须和群众商量。如果没有群众的支持，就算是再好的事情，也很难办好。"

一个风和日丽的下午，马杰刚刚上任不久，便听到了村民对麦场分配不公的抱怨。原来，之前的麦场分包时，由于缺乏透明度和公正性，村民对麦场位置的分配产生了严重的分歧。一时间，村里人心惶惶，流言四起，大家都猜疑有人走了后门，损害了大家的利益。

面对这一棘手的问题，马杰没有选择逃避或推诿，而是当机立断，决定把麦场重新收回村里统一管理。他深知，要解决这个问题，必须从根本上入手，确保每一个环节都公开透明，让村民心服口服。

于是，马杰按照"四议两公开"的要求，组织村民一起讨论麦场的分配方案。从方案的提出到讨论、修改，再到最终的确定，每一个环节都让村民充分参与进来，确保了大家的知情权、参与权和监督权。

最终，通过抓阄的方式来决定麦场的位置，既公平公正，又避免了人为的干预和争议。村民看着这个过程，心中的疑虑逐渐消散，取而代之的是对马杰和村集体的信任与支持。

解决了麦场的问题后，马杰并没有停下脚步。

在一次村民大会上，当谈到发展规模化牛羊养殖的时候，有人提出了一个看似简单却充满诱惑的建议：把村集体的荒山分包出去，赚取承包费。这个建议虽然轻松易行，但马杰却有着更为深远的考虑。

他耐心地分析道："如果把荒山分包，流转一亩地每年也就收入1000元，80亩地算下来也就只有8万元。但是，如果我们把这80亩地好好利用起来，打造成为养殖大棚，让村民以土地、资本、牛羊等方式入股合作社，那可就不一样了。这样我们可以养殖几千头牛羊，每年的收益远远超过8万元。而且有了这些资产，我们还能以合作社的名义向银行贷款，为村子的发展注入更多的活力。"村民听了马杰的分析，纷纷点头赞同。

很快，就有3个养殖大户带着他们的牛羊入股了合作社，还有不少村民用土地入股。如今，南蓉芙村的牛羊养殖业已经初具规模，合作社的效益也日益显著。而马杰呢？他依然忙碌在村庄发展的第一线，用实际行动诠释着一名共产党员的责任与担当。

第六章

新战场上立新功

党的十八大以来，习近平总书记对退役军人的关怀如春风化雨，滋润着每一位老兵的心田。在习近平总书记的亲自引领下，退役军人工作开启了历史性的崭新篇章，新时代退役军人各项事务向着高质量发展的新征程大步迈进。

2023年7月28日那个下午，国务院新闻办公室内，"权威部门话开局"系列主题新闻发布会现场庄重而热烈。

退役军人事务部副部长马飞雄的声音坚定有力：退役军人是党和国家的宝贵财富，发挥他们的作用是重大职责。数据显示，"兵支书"已在全国农村党组织书记中占比10.5%，更有34.8万名优秀退役军人踏入村（社区）"两委"班子。

"人人都说沂蒙山好，沂蒙山上好风光，青山绿水多好看，风吹草低见牛羊。高粱红豆花香，万担谷子堆满场，咱们的共产党领导好，沂蒙山的人民喜洋洋……"诞生于山东临沂市费县白石屋村的这首《沂蒙山小调》，是沂蒙山人民感念党恩、奋勇前行的生动写照，红色力量一直是沂蒙山不断发展的力量源泉。

如今，在党组织引领下，沂蒙山间迸发出新生机，村庄焕发了新活力。临沂市自2019年创新实施"四雁工程"以来，通过强头雁、引归雁、育鸿雁、促雁阵，充分发挥基层党组织战斗堡垒在乡村振兴中的引领作用，盘活各类资源要素，不断推动各类人才向乡村集聚，为乡村振兴注入源源不断的动能。临沂市退役军人事务局积极行动，向退役军人及有意愿投身农村的城镇籍退役军人发出号召，鼓励他们在乡村振兴与基层治理的舞台上大展身手。截止到2024年12月，全市已有6194名"兵委员"，在全市村"两委"委员中占比23.2%，占全市退役军人的1.9%；"兵支书"数量达1140名，占全市村支书的27.8%，占全市退役军人的0.4%。且看年龄结构，35岁以下的"兵支书"有146名，占全市村支书的3.6%，占全市

"兵支书"的12.8%，年轻化、知识化、专业化如鲜明旗帜飘扬在这片乡村土地上。

走进沂蒙的乡村，我探寻着"兵支书"现象背后的答案。在沂蒙老区的村落里，处处都能感受到那股传承不息的沂蒙精神。我采访的"80后""90后"退役军人王全余、陆明星、卓自田、赵仁宾、主父中顺等，他们怀着对家乡炽热的眷恋和沉甸甸的责任，毅然踏上归乡路。

"咱们有知识、有干劲，要把新的理念带进村里，发展特色农业。"

"抓好党支部，就没有干不成的事儿。"

"想当年在部队，咱就牢记使命，如今回到家乡，怎能袖手旁观？乡村要振兴，咱就得带头冲锋！"

"我可以用一部手机带领乡亲们搞电商直播，走上致富路。"

瞧，沂蒙"兵支书"正以实际行动诠释着退役军人的价值与担当，让我们看到了退役军人在自主择业后，找到了适合自己的道路，继续为国家、为家乡发光发热的动人景象。

选出来的"实干家"

一

2019年7月，骄阳似火，热浪滚滚。

在费县上冶镇党委的一间办公室里，组织委员正襟危坐，手中紧握着一份关于沂蒙"兵支书"的选用文件。他迅速而仔细地翻阅着，逐字逐句地对照着各项要求，生怕遗漏了任何一个细节。突然，一个名字在他眼中闪过，退伍军人王全余的资料映入眼帘。各项条件一一匹配，恰似一把精准的钥匙找到了对应的锁孔，一切都恰到好处。

1978 年出生的王全余，年仅16 岁时，入伍参军。

在军营里，王全余经历了四年的军旅时光。他多次荣获"优秀士兵"称号，更是凭借着卓越的表现荣立三等功。在这四年里，他担任了三年的班长，学会了如何带领团队，如何在困难面前坚守与突围。部队的纪律与作风如同深深烙印，刻进了他的灵魂深处，成了他日后为人处世的准则。

1998 年，王全余光荣地加入了中国共产党。同年12 月，他退伍归来，被安置到费县水泥厂工作。在水泥厂的生产线上，他紧紧盯住每一个环节、每一道工序，逐一攻克技术难题。他在车间里不停地穿梭，仔细检查设备的运行状况，绞尽脑汁地优化生产流程，耐心地指导工人的操作。他的付出与努力得到了厂部领导的认可与肯定，将车间主任的重担放心地交付于他。

在这个岗位上，王全余一干就是十年。这十年间，他见证了水泥厂的兴衰荣辱，如同一位忠诚的守护者，陪伴着水泥厂走过风雨。然而，时代的浪潮汹涌而来，大环境的风云变幻让水泥厂效益下滑，面临着重重困境。站在这十字路口，王全余辞去水泥厂的工作，决心开辟出一条崭新的道路。

彼时，西沟村的景象有些许落寞。许多小青年都闲散在家，无所事事。这些青年犹如一把双刃剑，如果放任不管，他们可能会成为村庄不安定的因素；但如果好好引导利用，他们将是一支充满朝气与活力的青年军。王全余思索着，如何才能带领这些年轻人找到属于他们的出路呢？

得知这些青年都有驾驶证，而自己又有着大车司机的丰富经验，王全余决定成立运输队。他将这些闲散的小伙子组织起来，让他们都能忙碌起来，有活干，有钱挣。俗话说："好男儿志在四方。"王全余大胆投资经营起山东至北京的长途运输。起初，运输队只有4 辆大车。但在他的精心经营与带领下，车队规模不断扩大。十几辆运输车整齐排列，好不威风。加入队伍的人越来越多，从事物流行业的人也越来越多。大家的腰包慢慢鼓了起来，村庄里也渐渐有了欢声笑语。

在成立运输队这件事上，王全余深刻地感受到，他手中的枪虽然换了形式，但依然紧紧握着。他依然可以带领着一群人冲锋陷阵，在商海中搏击风浪。他的运输队就像一个连队一样，团结互助、不怕苦、不怕累、战斗力强、效益好。一个多年跟王全余一起出车的年轻司机自豪地说："当年我们的车队就像一个连队一样，大家齐心协力，共同面对困难与挑战。"

长途运输的途中难免会遭遇各种突发状况。车辆机械事故或者货物途中散捆现象时有发生。每当这时，王全余都会毫不犹豫地挺身而出，不惜一切代价帮助兄弟们维修解决。

2012年秋日的一天，天空略显阴沉。王全余正忙碌地将金银花苗运往河北廊坊。此时，他的同村兄弟驾驶着装满苹果的货车从山东蒙阴运往天津塘沽市场。然而，在天津附近的高速路上，一场突如其来的交通事故打破了平静。车辆追尾导致司机当场昏迷，苹果散落一地，现场一片狼藉。

当时，王全余正在河北廊坊卸车。得知消息后，他赶紧放下自己手中的货物，心急如焚地租车赶到天津。当他风驰电掣般到达现场时，伤者已经被人转往医院。只剩下车辆和12吨苹果散落在高速路上。王全余一边配合处理交通事故，一边将散落的苹果用箱子装起，然后扛到安全的地方。他额头上豆大的汗珠不停地滚落，打湿了衣衫。经过几个小时的努力，苹果终于被全部转移完毕。他又安排另外两个弟兄从河北把自己的货车开到天津，将苹果装好并运载到山东老家，帮助销售完毕。王全余的热情和善良温暖了兄弟的心，也让他在西沟村树立起了更高的威望，成了村民心中那个可以依靠、值得信赖的人

二

临沂市委组织部的一枚枚"选"字棋子，悄然落下，激起层层涟漪。这"选"字，宛如一颗关键的棋眼，在选优配强退役军人村干部的宏伟棋局中，展现出深远的意义。它不仅是人才的甄选，更是乡村振兴战略的智谋布局。

在这片希望的田野上，政治标准被高高置顶。政治素质优、协调能力佳、带富本事强的候选人，在无数双眼睛的注视下，逐渐崭露头角。

组织部秉持着"从好人中选能人"的坚定理念，精心制定了《关于开展村党组织书记选配改革试点激励优秀人才服务乡村振兴的指导意见》。这份文件，就像一把精细的筛子，从广袤的农村土壤中，挑选出那些敢于担当、乐于奉献、作风正派且本领过硬的农村优秀退役军人。

选配的"兵支书"，标准明晰而严格。高中中专及以上的文化程度，为他们划定了知识储备的基准线，确保他们拥有足够的智慧和见识，引领乡村走向更加美好的未来。年龄一般不超45岁，青春的活力与岁月的沉淀在这里达成了微妙的平衡，特别优秀者放宽至50岁，既保证了队伍的年轻化，又兼顾了经验的传承。而那35岁以下的年轻"兵支书"，更是被视为发掘的重点，他们如同初升的太阳，充满了无限的可能和希望。

在推荐选拔的舞台上，策略直击要害，个人自荐、群众推选、组织推荐三方携手，共同演绎了一出精彩的选拔大戏。农村退役军人可以毛遂自荐，展现自己的才华和抱负；所在村的群众也能踊跃推荐，选出他们心中的"领头羊"。村党组织迅速行动，考察了解，将一份份答卷呈至乡镇党委审查审批。通过者，如同经过千锤百炼的战士，踏入了村支两委工作的试炼场，等待着在实战中证明自己。

乡镇党委则以村为单位，精心编织着农村服役人员、退役军人管理台账，这如同一张细密的滤网，跟踪了解人选服役期间的英勇过往和回乡之后的现实作为。通过组织推荐，优秀农村退役军人的大门被缓缓打开，他们有机会成为村支两委班子的新鲜血液。若遇无合适人选的村，乡镇更是统筹选拔优秀退役军人跨村任职，用智慧和勇气化解难题，为乡村振兴注入新的活力。

当讨论王全余是否接任西沟村支书的议题摆在上冶镇党委会议室的桌案时，众人围坐一堂，共同研习相关通知精神，尤其是选"兵支书"的一些硬杠杠。

市里选派"兵支书"自有妙招，"军地联选，选出精兵强将"，这一策略如同强强联手，打造出一支乡村振兴的王牌军。先是优选一批"兵人才"，工作人员逐乡逐村考察摸底复退军人，将那些热爱农村工作、奉献意识强烈的复退军人精心珍藏，为村级组织的未来储备雄厚力量。再精选一批"兵干部"，从"兵人才"中精挑细选，让他们提前到村级组织中任职，参与村级事务管理，在实践中磨砺羽翼。最后严选一批"兵支书"，对经过组织考察、政治素质过硬、致富能力超强的"兵干部"，果断委以村党支部书记的重任。

王全余，无疑是沂蒙"兵支书"经验选出的优秀代表之一。

三

王全余上任村支书不足半年，费县就启动了承包费清收工作。这项工作绝非易事，那些拖欠长达20多年的土地承包款，就像一团错综复杂的乱麻，想要在短时间内梳理清晰，其难度之大超乎想象。

要想让村民理解并支持这项工作，就必须耐心宣传政策，阐释土地承包费的意义与用途。每天天刚蒙蒙亮，王全余便和村干部一起挨家挨户地走访，一遍遍地解释、劝说，试图解开村民心中的疑虑和疙瘩。

村里的"三务"公示栏上，清欠金额每日更新公示。密密麻麻的纸张贴满整个公示栏，仿佛在诉说着这场清收之战的艰难历程。每当有新的进展，王全余都会第一时间将信息公示出来，让村民看到工作的成效和村集体的决心。

历经两个多月的不懈努力，大部分欠款陆续汇入村集体账户。然而，仍有几户人家如同顽石一般拒不配合，对交款之事充耳不闻，甚至出口诋毁。他们嘲笑王全余是新官上任三把火，干不了几天就得下台；他们指责村干部揪着陈芝麻烂谷子的旧事不放，是闲得慌。这些刺耳的话语如锋利的箭镞射向王全余。

其中有一户，在交款前找到王全余，带着狡黠的语气说："俺家没钱，不够交的，你得帮俺付一部分钱。"王全余毫不犹豫地答应："行！"交款那日，当会计点完钱后报出"还差250元"时，王全余分明从对方眼中捕捉到了挑衅的目光。他知道这"250"背后暗含着骂他的意思，但他的面容依旧平静如水，嘴角甚至还挂着淡淡的微笑。他默默掏出钱垫付了差额，那一刻他的心中只有一个信念：完成任务，守护村集体的利益。

八月十五中秋夜，月光洒落在王全余和父亲所住的院子里。父亲皱着眉头，满是担忧与责备地说："我为人处世半辈子，你这几个月却把人都得罪光了。你这孩子，中秋节去要钱，就不怕被人戳咱们脊梁骨吗？"王全余微微抬起头，坦荡地说："爹啊！一个人戳我脊梁骨没关系，但我不能让咱全村老少爷们寒心啊！"他的话语坚定而有力，让父亲也为之动容。

功夫不负有心人。就在中秋节这天，王全余收齐了全村拖欠村集体的土地承包费30多万元，同时归还了村民10万多元的往来账，还成功收回村集体土地180多亩。那位曾经挑衅王全余是"250"的村民也主动找上门来。他不仅把钱如数归还，还满含歉意地说："这么难理清的账，你都给理清了，看来你是真的想干事。"他的话语中充满了敬佩。

新的挑战接踵而至。为了村庄的未来发展，王全余决定启动清伐树木工作。这项工作同样困难重重。当王全余在党员会上提出这一议题时，气氛凝重沉闷。"这些树再等五年就成才了。"有人面露犹豫，小声嘀咕着。他们的眼神里满是对即将被砍伐树木的不舍和无奈。"不能伐，村里还欠俺钱，这样不公平。"另一个人也跟着附和道。他的话里带着不满与愤懑之情，让在场的村干部倍感压力。王全余的目光扫视全场后，愤怒地说："你觉得不公平，那老百姓公平吗？老百姓一分钱的地也没了种，公平吗？等你这树五年，以后是啥样咱且不说，可老百姓又错过了耕种的好机会啊！"

当有人提出要让村委会赔偿时，王全余一口回绝了，"你已经占了老百姓这么多年的便宜了，不能再赔偿了。"

会后，王全余询问父亲："咱家有树吗？如果有的话，马上砍掉。"父亲平静地回答："只有三棵大树。""那咱先带头砍掉。"王全余毫不犹豫地说道。于是，他带头伐倒了自家的三棵大树。然而，并非所有村干部和党员都如此积极配合。有些村干部、党员站在一旁面露难色，迟迟不愿动手砍树。王全余见状再次召开会议商量对策。他严肃地提出："如果不砍树，相关村干部就要进行处分。"这一决定让他们意识到了事情的严重性。

村"两委"成员看到王全余动了真格的，纷纷赶紧行动起来着手砍伐自家树木。其中还有一位老党员光嘴上喊着砍树，却不见实际行动。王全余迅速下了通知：如果不砍，那么村委将在三天之内全部清伐完毕。并且他放出狠话："如果你不砍，第一棵树我来砍。"这决心如利刃斩断了那些老党员的念想。

王姓在村里是大户，宗族观念重，家族里的人纷纷找王全余要赔偿。王全余诚恳地说："既然是一个家族的，你更应该支持我。没钱你可以来我家拿我的，但是村里不会赔偿一分。"家族里的人看到王全余如此决绝，心里明白大势已去，再僵持下去也毫无意义了。就这样，三天之内一万棵树全部清伐完毕。

四

2020年冬天，在平邑工业园与费县西外环之间，一条连接着希望与未来的道路正在悄然铺展。这条1200余米长的道路，被人们亲切地称为"连心路"。

为了修建这条道路，王全余倾尽心血，带领村民自发捐款10万元。在修路的关键时期，王全余的母亲被诊断出了癌症。这个消息如同晴天霹雳，让王全余的心瞬间被撕裂。他一边要面对亟待推进的修路工程，一边要照顾病榻上的母亲，两者之间的抉择，让他陷入了深深的痛苦与纠结。

母亲的化疗在济南进行，需要有人陪伴与照顾。王全余本想亲自前往，但修路工程同样刻不容缓。他无奈地将这个重任托付给了妹妹，但妹妹也有自己的家庭和孩子需要照顾。妹妹对哥哥的声声抱怨，如一根根尖锐的针，深深刺痛了王全余的心。他满心愧疚，却也无计可施。

12月5日，寒风渐起，似乎在催促着工程的进度。王全余站在工地上，望着远方，心中五味杂陈。他知道，一旦错过这个时机，工期将延误，路面施工将面临重重困难。他强忍着内心的酸涩，对妹妹说："妹妹，你放心，母亲的治疗费用全部由我承担，你只负责陪护。"妹妹依然不情愿，家庭的压力让她无法轻松地答应下来。这时，他们的父亲对女儿说："如果你不去陪你母亲治病，以后也就别进这个家了。"王全余看着父亲，心中充满了感激与愧疚。

最终，妹妹还是听从了父亲的话，陪着母亲回到了济南继续治病。王全余站在寒风中，望着母亲和妹妹远去的背影，泪水夺眶而出……

五

要想让村庄摆脱贫困，走向富裕，就必须找到一条适合西沟村发展的道路。王全余开始了深入细致的考察、调研，希望能找到一个最适合西沟村的项目。

经过无数次的比较和分析，王全余最终选定了黑木耳养殖项目。然而，他的这个决定并没有立即得到村民的响应。一开始，村民心中顾虑重重，对加入合作社持观望态度，担心投入得不到回报，担心自己的利益受损。

王全余挨家挨户地走访，耐心地宣传合作社的运行模式，消除了村民心中的疑虑。终于，有5户勇敢的村民加入了合作社，成为第一批尝试黑木耳养殖的先行者。王全余也拿到了费县县委组织部拨付的20万元创业资金。他将这笔资金全部投入到了党支部领办的合作社中，为合作社注入了生机和活力。

由于缺乏养殖经验，合作社的项目进展十分艰难。黑木耳的生长需要特定的环境和条件，稍有不慎就会导致产量下降甚至绝收。王全余带领社员前往邻村学习先进的养殖技术和管理经验。同时，他还邀请专家前来指导，为合作社的发展提供了有力的技术支持。王全余几乎将所有的时间都投入到了学习和研究中。他查阅了大量的书籍和资料，积累了丰富的理论知识。同时，他还紧跟时代潮流，利用新媒体直播平台向全国各地的养殖能手学习请教。在全国木耳技术交流群里，他积极发言提问，不放过任何一个学习的机会。夜晚，当整个村庄沉浸在宁静之中时，他依然在昏黄的灯光下刻苦钻研；白天，他又精神饱满地出现在养殖基地，将所学知识毫无保留地传授给社员。

在王全余的带领下，合作社的黑木耳养殖项目逐渐走上了正轨。一颗颗黑木耳如同黑色的珍珠般镶嵌在菌棒上，散发着诱人的光泽。随着收益的增加，基地的面积也逐渐扩大至12亩。那一片片黑黝黝的木耳不仅吸引了越来越多村民的目光，更让他们看到了希望，看到了致富的道路。于是，越来越多的村民加入到养殖行列中来，合作社的规模也不断扩大。

王全余又开始谋划新的发展方向。经过反复考察和论证，他决定流转土地种植富硒小麦、大葱和玉米等农作物。这些新的产业项目不仅为村集体带来了可观的收入，还带动了60多位村民实现了灵活就业。如今，西沟村在王全余的带领下已经发生了翻天覆地的变化。由曾经的全镇倒数第一变成了全镇第一。

六

西沟村，虽只是一个人口仅600余人的小村落，却散发着别具一格且令人心驰神往的文化魅力。这里的村民对手工艺制作满怀热忱。在这不大的一方天地里，能工巧匠竟有100多位。凭借着对手工艺的执着热爱与精湛技艺，西沟村当之无愧地成为特色文化产业村的典范。

2021年，在王全余的引领下，西沟村迎来了一场前所未有的文化盛宴——首届西沟村乡土特色文化艺术节。消息似春风一般迅速传遍四方。那些从西沟村这片富饶的土地上成长起来，而后在文化艺术领域崭露头角的艺术家们，听闻此讯后，积极响应号召，怀揣着炽热的反哺之情，踏上归乡之路，投身于这场盛大的特色文化艺术节之中。

艺术节现场，民间土陶传承人王法富用他那虽粗糙却异常灵巧的双手，轻轻托起一团团泥巴。随着手指的灵活舞动与按压，泥团仿佛被注入了生命，在他的手中乖巧地变换着形状。没过多久，一个个形态各异、古朴典雅的陶罐便呈现在众人眼前。那流畅的线条、独特的纹理，无不令人惊叹，仿佛在诉说着古老岁月中泥土的传奇故事。

而在不远处，辛勤耕耘砚"田"二十余载的国砚艺术大师王开全，带着众弟子惊艳亮相。他们精心展示的每一方砚台，无论是细腻的雕刻工艺，还是别具一格的设计构思，都令人拍案叫绝，仿佛让人看到了中华传统文化在砚台上的千年传承与不朽魅力。

王全余向村民传授种植技术

再瞧，著名书法家尚廷震挥毫泼墨。他的笔锋在宣纸之上肆意挥洒，恰似行云流水般自然流畅，每一笔每一画都蕴含着深厚的书法功底与独特的艺术韵味。那洒脱飘逸的字迹，犹如一首优美的诗篇，让乡亲们沉浸在书法艺术的博大精深之中，赞叹之声此起彼伏。

望着这热闹非凡、充满文化气息的场景，王全余心中满是欣慰与自豪。他坚定地说道："老祖宗传下来的宝贵财富，到了我们这一辈，不但不能失传，更应在传承传统文化艺术的基础上，努力打造特色乡村文化艺术产业村，这正是我们举办此次活动的目的。"更为喜人的是，艺术节的影响力如同涟漪一般不断扩散，带动了周边农副产品的外销，为村庄的经济发展注入了新的活力，真可谓是一举多得的盛事。

王全余的故事只是沂蒙"兵支书"在"选"上的一个精彩篇章。在临沂市，还有许多像他一样的"兵支书"在脱贫攻坚战中取得了重大胜利。然而，乡村振兴的新重任又接踵而至。如何顺应时代的变化、如何带领村民实现共同富裕成为了摆在他们面前的新课题。新时代呼唤新作为。期待在未来的换届中能够"选"出更多像王全余这样的实干家。

一颗闪亮的"明星"

一

和王全余的境遇相仿，退役军人陆明星也是在2019年被河东区委组织部选派到九曲街道陈家庄子村担任党支部书记的。

20世纪八九十年代，陈家庄子村是个五金加工村，也是外人眼中的"富村""强村"。可近二十多年来，这个村庄遭遇了前所未有的困境。班子问题导致村内矛盾不断升级，昔日的繁荣与和谐渐行渐远。陈家庄子村逐渐沦为集体零收入、负债累累的贫困之地，群访事件时有发生，成为众人眼中名副其实的乱村。

陈家庄子村的"两委"班子如同一盘散沙，缺乏凝聚力和战斗力。班子成员之间常因意见不合而激烈争斗，甚至有人因此住院。在日常工作中，互相拆台、推诿扯皮的现象屡见不鲜，导致村子的发展陷入困境。村民看在眼里，急在心里，却无能为力。面对这样的局面，陆明星深知，要改变这个村子，首先要解决班子的问题。一个团结有力的领导班子，是引领村子走向正确方向的关键。因此，陆明星以身作则，树立榜样，用自己的行动感染着班子成员和村民们。

每天清晨七点，当第一缕阳光洒向大地时，陆明星已经准时出现在村里。他亲力亲为，无论什么工作都冲在最前面，用实际行动向班子成员展示真正的工作作风。他的身影在田间地头、村头巷尾穿梭，与村民打成一片，深入了解他们的需求和诉求。他的付出，渐渐点燃了大家对工作的热情，也让班子成员看到了希望。

为了解决班子成员之间的矛盾和分歧，陆明星开始逐一与他们谈心。他像朋友一样分享自己的想法，倾听他们的心声，了解他们的困难和诉求。每一次交流，都是心与心的靠近，他努力搭建起信任的桥梁。慢慢地，他找到了班子矛盾的症结所在——隐藏在表面争吵下的误解、利益分歧和沟通不畅。

找到问题根源后，陆明星对症下药。他通过三步试探化解矛盾：先是以情动人，用真心感化他们；接着与他们一起分析争斗和拆台行为可能带来的严重后果；最后积极调和矛盾，让大家放下成见，重新审视彼此。在他的努力下，班子成员之间的关系逐渐缓和，曾经的互相拆台变成了互相支持。大家齐心协力工作，形成了强大的合力。同时，陆明星对村支"两委"的工作进行了明确分工。他将每一项责任细化到个人，让大家清楚自己的职责所在。这样一来，工作效率大幅提高，凝聚力也越来越强。村"两委"班子重新成了一个充满活力的团队，为村子的发展注入了新的活力。

在抓好班子建设的同时，陆明星也没有忽视党员队伍的管理。他深知，党员是村子的中坚力量，只有管理好党员队伍，才能更好地服务群众。因此，他采取逐一谈话的方式，与每一位党员深入交流。他用党规党纪敲响他们心中的警钟，让他们明白作为一名党员的责任与使命。同时，他与他们探讨村庄的发展前景，提及子孙后代的福祉，触动他们内心最柔软的部分。在他的努力下，党员的思想发生了转变，参会率从原来的20%提升到了80%以上。陈家庄子村终于摘掉了三年不发展党员的帽子，软弱涣散的党组织重新焕发出了勃勃生机。他们还被评定为"五星党支部"，这是对他们共同努力的最好肯定。

党支部好了，就能带领一班子人形成合力攻坚克难，就没有干不成的事儿。在走访过程中，陆明星发现村民对人居环境改善和雨季村内积水问题反应强烈。这犹如村民的两块心病，一直困扰着他们。面对巨大的资金压力，陆明星并未被难倒。他下定决心要为村民治愈这两块心病，让村子焕发出新的生机与活力。于是，他带领村干部自己动手清淤修渠、修路植树、安装路灯……五年多来，他们付出了无数的汗水和心血。6000余米的沟渠、新修的10000余平主次干道、30000平方的墙体粉刷、20000多株鲜花绿植以及60余盏太阳能路灯……这些都是他们为村子编织的希望之路和美丽画卷。

二

在过去的岁月里，陈家庄子村的群访事件让村庄陷入了无尽的纷争与动荡。矛盾与不稳定因素如同四处蔓延的荆棘，缠绕着村子的发展之路，使其变得崎岖坎坷，步履维艰。为此，陆明星踏上了化解矛盾、维护稳定的艰难征程。他深知，只有拔掉这些荆棘，才能让陈家庄子村重新焕发生机与活力。

由于班子频繁更换，政策宣传如同一阵风，吹过却未留下任何痕迹。失地保险政策，这个关乎民生的大事，在陈家庄子村竟然9年都未能落实。15户失地村民因此满心愤懑，多次集体上访，成了村里的一大难题。

面对这个烫手山芋，周围很多人都劝陆明星不要冒险。他们深知，前几任村党支部书记、主任都未能解决这个问题，陆明星又何必去蹚这趟浑水呢？但陆明星却有自己的坚持。他深知，工作再难，也得有人挺身而出。于是，他毫不犹豫地接下了这个重任，踏上了艰难的求解之路。

为了深入了解失地保险政策，陆明星多次前往相关部门，深挖政策的每一个细节。他又跑到那些已成功推行该政策的社区和村子，汲取他们的成功经验。在他的努力下，原本模糊不清的政策条款逐渐变得清晰起来。

然而，要真正落实这个政策，还需要面对更多的困难。在新村委未装修、一片漆黑的情况下，陆明星用装修的木龙骨绑上碘钨灯，让这个简陋的地方有了一丝光亮。

就在这里，他召开了村民代表大会，像一位耐心的老师一样，详细地给村民代表讲解山东省失地保险政策。他诚恳地向大家表态："我是一名外来村干部，大家可以质疑我，甚至骂我，但我发誓一定要把失地保险这个关乎民生的大问题彻底解决！"

对于那15户上访户，陆明星更是倾注了大量的心血。他一家一家地拜访，一次又一次地解释政策。有的人家，他去一次不行，就去两次、三次。其中有一户，他足足上门了5次，才终于打动了对方的心。然而，在办理过程中，又遇到了新的难题——频繁更换会计人员导致没有户口底子。

面对这个突如其来的难题，陆明星发动村民拿着户口本重新登记造册，连续十五个日夜都坚守在岗位上。晚上，他就在新村委装修工地看铺的小床上凑合眯一会儿。当看到全村328户全部登记完毕的那一刻，他的眼圈红了。那是艰辛付出后的释放，是对村民负责到底的情感宣泄。

2020年年初，陆明星牵头成立了矛盾化解小组，犹如组建了一支专门攻克难题的特种部队。他们对村内上访人员和村民之间的矛盾进行全面梳理和统计，分析原因、追根溯源。然后，带领班子成员采取讲政策、转作风、谈情感的方式主动出击。每一次调解都是一场心灵的沟通，他们用自己的真诚和耐心赢得了村民的信任和支持。

经过近五年的努力，陈家庄子村终于走出了群访事件的阴影，真正实现了矛盾在村内化解；从混乱走向有序，焕发出了新的生机与活力。它荣获了"临沂市六无村居"荣誉称号，成了一个和谐美丽的村庄。

三

2021年春天，党支部换届之际，陆明星曾萌生出离开的念头。在基层工作的这段时间里，他觉得亏欠家人太多。父母病重时，他无法在身边尽孝；妻儿渴望他的陪伴，他却常常缺席。

"我那四岁多的小女儿，连'爸爸'都不会喊。每次想到这里，我的心就如被针扎一般疼。长期的工作压力、熬夜以及不规律的饮食，让我的身体不堪重负，体重下降了20多斤，还两次病重住院。"说着说着，陆明星的眼圈红了。

有人劝他："别干了！受这罪干啥？"甚至有企业向他抛出高管高薪的橄榄枝。陈家庄子村刚刚开始稳定、美丽，刚刚步入正轨，党员干部和村民代表得知陆明星要走，他们自发来到街道办事处找到领导，极力挽留。望着一双双期盼他留下来的眼睛，陆明星感动了。他决定留下来，继续参选连任村党支部书记。

在乡村发展的征程中，产业振兴是关键，犹如火车头，拉动着整个乡村前进。

曾经的五金产业让村子富裕起来，如今能否再次成为村子的希望呢？陈家庄子村一直有加工制造手把锯的传统，但随着时代的发展，问题接踵而至，设备落后、产品单一、附加值低等问题如一道道枷锁，束缚着产业的发展。

陈家庄社区开展主题党日活动

为了让村民的钱袋子鼓起来，实现产业振兴，陆明星深入调研五金市场，探寻新的商机与发展方向。他联系曾在五金行业有经验的村民，一同探讨产业升级的可能性。他们共同研究新的技术、新的产品，期望陈家庄子村的五金产业能再次在市场上崭露头角。

在此过程中，困难层出不穷。资金短缺、技术难题、市场竞争，每一个问题都如难以逾越的高山。但陆明星始终坚信，办法总比困难多。他四处奔波，寻求政府支持、寻找合作伙伴。有时，为了一个项目，他几乎跑断腿、磨破嘴，却从未想过放弃。在陆明星的努力下，先后有15家产业户积极响应，对生产设备进行升级换代。全自动激光切割机、磨齿机等先进设备一台台被引进，多达200余台，投资高达3000余万元。这些新设备让生产效率提升了15倍以上。村"两委"和五金协会齐心协力研究产品种类和档次。他们组织产业户到浙江、江苏参观学习。同时，定期开展产品提升培训会，大家一起通过网络学习国外高档手把锯的设计制造经验。在他们的共同努力下，产品档次从过去的几元提升到现在的上百元，产品种类也如鲜花绽放般增加了20余种，实现了多元化发展，在市场上的竞争力大大增强。在疫情的冲击下，村里的五金产值不但没有下降，反而逆势上扬，增至1.6亿元。村民的收入也随之水涨船高，实现增收4000余万元，腰包都鼓了起来。外来务工人员也被吸引过来，增加了200余人。

采访中，陆明星说："现在又有一个新的大规划，占地297亩的小五金智能产业园已规划完成，建成后村内将有40家产业户入园经营，村集体将年增收200余万元。"如今的陈家庄子村五金产业，就像初升的太阳，蒸蒸日上，充满生机与活力。陈家庄子村已经踏上了从变稳、变美到变富、变强的高速发展轨道。

2024年，对陆明星而言，是转折的一年。河东区面向村（社区）党组织书记选聘镇街事业单位工作人员。在这次竞争激烈的招考中，陆明星一路过关斩将，以河东区第一名的优异成绩脱颖而出。当这个好消息传来，整个陈家庄子村都沸腾了，村民为他高兴，为他骄傲，也为他送上了最真挚的祝福。

陆明星站在熟悉的村子里，心中满是感慨。他说："这是组织对自己的认可啊！就像在黑暗中摸索了许久，突然看到一束强光打在自己身上，那种感觉既惊喜又温暖。"是啊，这些年他在陈家庄子村付出了太多心血。从解决村民的家长里短，到带领大家发展村里的产业，每一个清晨和日暮都有他忙碌的身影。村里的一草一木、一砖一瓦都见证了他的努力和付出。

虽然即将离开陈家庄子村，但陆明星的目光中没有丝毫的疏离。他深情地望着这片熟悉的土地说："我不会走远，还在九曲街道工作。这里的每一个角落都像是我的根，已经深深地扎进了土里。我会一直关心关注村子的发展，这里就像我的孩子一样，我怎舍得放下呢？"他知道，这次的转变不仅仅是一份工作的变动，更是一份责任的延续和升华。他将带着陈家庄子村的希望和梦想，在新的岗位上继续发光发热，为整个九曲街道的发展添砖加瓦，书写属于自己和这片土地的新辉煌。而陆明星的故事，也将成为河东区发展历程中一段生动的佳话，激励着更多的人为家乡建设贡献自己的力量。

西石门的"外来客"

2019年，兰陵县开始执行从优秀退役军人中公开遴选村党支部书记的政策。这项政策将退役军人吴鹏推上了西石门村的舞台。

吴鹏不是西石门人，是跨村而来。他和"兵支书"王成成、陆明星一样，都属于跨村任职，面对的冷眼和质疑，如出一辙。

"一个外村的年轻人，来我们村任职，肯定待不长久！"这些流言在吴鹏初入西石门村之际便迎面袭来。无论是饱经岁月沧桑的老党员，还是朴实憨厚的普通群众，眼中皆充满了不信任。他们交头接耳，议论纷纷："我们村难道没人了吗？选个外村人当书记！"在他们眼里，吴鹏是一位不速之客，打破了村庄原有的宁静。

吴鹏所面临的困境，远不止这些质疑。他接手的是一个名副其实的"烂摊子"。初上任时，村里的"两委"班子几近"瘫痪"，犹如一台破旧生锈的机器，无法正常运转，村里的各项工作也基本陷入停滞状态。更为棘手的是，西石门村是矿区村，地下丰富的铁矿资源本应是财富之源，却因错综复杂的利益纠葛，变成了麻烦的源头。村里多家企业并存，围绕着这些资源，信访问题如影随形。

面对错综复杂的局面，吴鹏陷入了深深的困惑之中。他时常凝望着村里的大街小巷，眉头紧锁，不知从何处着手。那段时间，白天，工作难题如一座座大山压在他的心头，令他愁容满面；夜晚，回到家中，家人的抱怨又似针一般扎在他的心上。家人指责他不关心孩子、不顾家庭。吴鹏夹在工作与家庭之间，承受着各方压力，甚至开始自我怀疑：自己究竟该不该继续干下去？是否有能力干好？

然而，吴鹏心中坚信："我是一名党员，也是一名退役军人，党员从来冲锋在前，军人生来为打胜仗。"他暗暗发誓，无论困难多大都要克服，任务再难也要完成，一定要让那些质疑他的人对他刮目相看。那么，工作该如何开展呢？吴鹏决定从党建入手。

面对党员和群众的不信任，他采用了最朴实也最有效的方法——挨家挨户走访。他首先来到老党员家中，耐心聆听老一辈的想法，从他们的回忆和讲述中，逐步拼凑出村子的全貌，了解村里那些不为人知的故事和现状。随后，他又走进每一户群众的家门，似知心朋友一般，与他们促膝长谈，了解群众心中的诉求。每一个诉求，他都认真记录在本子上，然后一项一项地推进、落实。

当时，村里最为棘手的信访问题，是企业采矿扰民。反映问题的群众众多，且持续时间很长。有几户村民的房屋在采矿作业的影响下遭到损坏，墙壁出现裂缝，屋顶瓦片掉落，村民满心愤懑，意见很大。吴鹏深知，这个问题必须妥善解决，否则村民的怒火难以平息。于是，他走上艰难的协调之路。一方面，他逐户上门，轻轻敲响每一家的房门，走进村民家中，安抚他们激动的情绪。他用温和的话语，耐心地向村民讲解政策，让他们明白问题解决需要一个过程。另一方面，他马不停蹄地与企业对接。他穿梭于各个企业的办公室之间，与企业负责人协商采矿时间和赔偿事宜。

这个过程并不轻松，双方各有难处和考量，但吴鹏并未放弃。经过多次艰难沟通，村民激动的情绪逐渐稳定下来，企业也作出了让步，将爆破时间固定在下午3点到5点。这个时间段，多数群众都外出务工劳作，大大减少了对群众生活的惊扰。对于那些确有损坏的几处房屋，企业也承担起了责任，出资进行了修缮。就这样，这个长期困扰村子的信访矛盾，在吴鹏的努力下，得以顺利化解。

时间来到2021年换届之时，西石门村迎来了新的生机。"两委"班子实现了补齐配强。吴鹏说："我们的班子全部是'80后'，各具特色，既有像我一样的退役军人；也有致富能手，头脑灵活，满是发展的点子；还有大学生，知识丰富，为村子注入了新的活力。"这样一支年轻的村干部队伍，面对民生诉求、集体经济发展、信访矛盾排查化解等纷繁复杂的问题，他们齐心协力，拧成了一股坚韧的绳。村里的各项工作在他们的梳理下，变得井井有条。村民对这个新班子刮目相看。

当时，村里有两块难啃的"硬骨头"，一个是吃水难，一个是行路难。大大小小的采矿厂，肆意破坏着村里的地下水资源，导致村内水位不稳。村民们常常为了一桶水而发愁，水龙头里流出断断续续的水，仿佛是他们苦涩生活的写照。而那些在村里穿梭的大型运输车辆，每一次碾压都让路面变得坑洼不平，严重破坏了村里的道路。

对于一个村子来说，要独立解决用水和修路的问题，谈何容易。设备从何处来？没有设备，就如同战士上战场没有武器。工人从何处来？没有工人，工程就无法启动。而最关键的是资金从何处来？这犹如一道无解的难题，横在吴鹏和村"两委"干部面前。

吴鹏并未被困难吓倒。为了尽快解决群众急难愁盼的问题，他带领村"两委"开启了一场艰苦的战斗。他们加班加点，精心制作方案，对每一个细节都反复斟酌；认真撰写申请，积极争取上级资金。同时，在村里开展"三资"清理，不放过任何一个可能的资金来源，努力补齐资金缺口。经过几个月的不懈努力，他们的付出终于迎来了回报，自来水整修和道路修建项目双双竣工。

当清澈的自来水流进每一户村民家中，当平坦的道路在村庄中延伸开来，村民的脸上绽放出了灿烂的笑容。村"两委"的威信也在这一刻树立起来了。村里的群众纷纷竖起大拇指，称赞道："真是没想到，这个西石门的外来客，还真能干好事嘞！"

这个"好"字，难道不是对一个名共产党员的最高奖赏吗？

"火焰蓝"初心如磐

一

张则亮曾是一名消防兵。在部队8年，他参与了高达4000多次的火灾扑救与险情处置，身体上留下了30多处缝合的伤口，这些伤口如同勋章，记录着他英勇无畏的过往。他荣立个人二等功1次、三等功3次，被评为"优秀士兵""优秀带兵班长""优秀共产党员"，这些称号见证着他的忠诚、勇敢与奉献。

退伍后，张则亮响应政府自主择业的号召，独自前往北京。在一家民营上市企业，从最基层的采购员做起，一步步晋升至党支部书记兼常务副总经理。他的足迹遍布全国各地，无论是繁华的都市，还是偏远的地区，都留下了他奋斗的足迹。他参与建设的锦州世园会、唐山世园会、张家口冬奥会主会场等景观工程，不仅为城市增添了光彩，更见证了他在商业领域的成就。

张则亮跟随单位的步伐，深入到人迹罕至、条件恶劣的沙漠地区，参与荒漠化治理工作。在漫天风沙中，他与恶劣的环境顽强抗争，用辛勤的劳作在荒芜的沙漠中种下希望的树苗。从"沙进人退"到"绿进沙退"，他见证了生态环境的显著改善，也为自己的人生增添了浓墨重彩的一笔。

除了荒漠化治理工作，张则亮还积极参与科技部国家级科研攻关项目，参与了西藏那曲高原植树项目、张家口国家级储备林和光伏扶贫项目建设等工作。在这些项目中，面临着高海拔、严寒等极端恶劣的条件，但他从未退缩。在联合国第六届库布其国际沙漠论坛上，张则亮担任了解说工作。他用流利的语言向世界展示中国在荒漠化治理方面的成就与经验，赢得了来自全球300多位政要、企业家、专家学者和媒体代表的赞誉。

2020年春节期间，一场突如其来的疫情席卷而来，打破了往日的宁静。正在家中休假的张则亮，听闻疫情肆虐的消息后，没有丝毫犹豫，心中的责任感驱使他主动向小区请缨，担任郯城县尚城嘉苑小区16号楼的楼栋长。

尚城嘉苑小区规模大，居民多，而社区人员和下沉单位人手却严重不足，这无疑是一个巨大的挑战。但张则亮凭借在8年消防生涯中练就的过硬本领，迅速打破楼栋界限，在短时间内组织起了近20人的志愿者队伍，为小区居民的生活奔波忙碌。在小区管控阶段，他挨家挨户地为居民送物资，确保每一个家庭在疫情期间都不会挨饿；他四处奔波为居民买药，如同守护健康的使者；他细心地为居民分菜，让每一份蔬菜都能公平地到达有需要的家庭。同时，他还积极协助社区和下沉单位发放试剂盒、开展核酸检测，每一个环节都认真负责，不容有丝毫差错。在特殊时期，楼栋长看似平凡的角色，却成为居民生活的关键保障者。

疫情之下，物资短缺成为常态。当张则亮看到工作人员和志愿者防护装备不足时，毫不犹豫地自掏腰包，购买口罩、护目镜、防护服、医用手套等防护物资，为大家的安全保驾护航。邻居生活遇到困难，他总是第一时间伸出援手，拿出自家的食用油、蔬菜、抽纸等物资，解大家的燃眉之急。随着时间的推移，张则亮的付出被越来越多的居民看在眼里，记在心上。2023年5月，尚城嘉苑小区筹备第一届业主委员会，张则亮因良好的口碑，高票当选为业委会主任。这是居民对他的又一次认可，也是他为小区服务的新起点。

二

同年8月，郯城县委组织部公开招考社区党组织书记，张则亮成功通过了考试。他毅然辞去了在民营上市企业奋斗了13年的中层管理岗位，放弃了丰厚的工资待遇。从上市企业中层管理干部到小区楼栋长，从治沙扶贫党支部书记到社区党支部书记，这样的身份转变无疑给他带来了巨大的落差，但张则亮无怨无悔。

面对小区的诸多问题：暖气管道漏水、太阳能上水故障、地垫纱窗污秽不堪、建筑垃圾堆积如山、公共空间被占用、车辆乱停乱放……看似琐碎繁杂，但在张则亮的眼中却是关乎居民生活质量的大事。他充分施展自己在企业积累的水、电、暖及安装等专业知识，以"秒杀、秒速、快一秒"的"三秒"速度回应业主诉求。无论是攀爬屋顶维修太阳能，还是弯下身躯清洗地垫；无论是在阴暗潮湿的下水道中疏通堵塞物，还是清扫公共区域的每一寸土地；无论是处理邻里间的矛盾纠纷，还是协调复杂的人际关系，他都亲力亲为、尽心尽力。

在张则亮的带领下，小区的面貌焕然一新，居民的生活质量得到了显著提升。大家感受到了小区大家庭的温暖与和谐，归属感、认同感和信任度日益增强。而张则亮也成了居民心中最值得信赖的依靠和榜样。

尚城嘉苑小区开展新兵入伍欢送会

2024 年 2 月 23 日，夜幕早早地降临，给这座小城披上了一层神秘而寂静的黑纱。傍晚时分，天空下起了冻雨，晶莹剔透的冰粒在空中飞舞，随后轻轻触碰地面，瞬间凝结成一层薄薄的冰壳。随着时间的推移，这层冰壳逐渐加厚，将整个世界装扮成了一个银装素裹的童话王国。然而，这份美丽背后，却隐藏着出行的艰辛与不便。

18:36 分，小区 2 号楼 4 单元的微信群里，一条消息打破了原有的宁静："看到其他小区都组织物业和业主扫雪！我刚从外面回来，想找物业借把铁锹，都找不到。"这是小区的一位业主发出的，字里行间透露出无奈与焦灼。他显然没想到，这场冻雨会给自己的生活带来如此大的困扰。

消息一出，立即引起了小区物业经理张则亮的注意。他急忙回复道："物业现已下班，明日早上上班后会安排物业把各楼道口再清理一番，尤其是 2 号楼 4 单元，您看这样可行吗？此次先下冻雨，后下雪，清理难度极大，单靠物业几人确实难以完成，工作难免存在不足之处，还望您多多担待。"张则亮的话语中充满了诚恳与歉意，他深知在这场突如其来的自然灾害面前，物业的工作确实存在诸多不足，但他也尽力在弥补这些不足。

业主的回复很快传来："肯定理解。正巧今日回郯城，我有时间想义务清理，却没找到工具。"这句话让张则亮心头一暖，他没想到在如此艰难的时刻，还有业主愿意站出来，为小区出一份力。他立即表示："那真是太感谢了！您稍等，我这就联系同事，看看能不能给您送把铁锹过去。"

然而，业主并没有等待物业的援助，而是自己想办法买到了铁锹，并开始在小区里忙碌起来。他在群里说道："买到铁锹了，一会儿就开始干。""就是效果缓慢，50 分钟才铲了这么一点。"这句话虽然带着几分自嘲，但更多的是对小区环境的关心与付出。

张则亮看到这条消息后，脑海中不禁浮现出了一幅画面：在冰冷坚硬的冰雪世界里，一个孤独的身影正吃力地挥动着铁锹，艰难地开辟着一条"羊肠小道"。他深知，这样的付出对于一个人来说是多么的不易。于是，他毫不犹豫地放下手头所有事务，赶到了业主所在的位置。

"我来帮你！"张则亮边说边拿起了一把镐头，与业主并肩作战起来。在这场与冰雪的战斗中，他们一边干活一边交谈，分享着彼此的生活点滴以及对小区的美好期望。时间在一锹一镐之间悄然流逝，转眼间，已经到了21:09分。此时，铲冰行动终于结束了。他们的手脚已然酸痛得仿佛不属于自己，但他们的心中却被一股暖流填满。这股暖流，是他们为小区付出后收获的快乐，是邻里之间相互帮助所产生的温暖。

他们互相道别后，张则亮准备去接下夜班的爱人。就在他刚走出小区200米的路口时，一场突如其来的事故发生了。两辆相向而行的电瓶车猛地撞到了一起，其中一位小姑娘满脸鲜血，她支支吾吾、语无伦次，眼中满是惊恐与无助。显然，她被这突如其来的车祸吓得不知所措。

张则亮见状，毫不犹豫地跳下车，冲到了小姑娘身边。他蹲下身子，轻声安抚着孩子的情绪："别怕，有我在呢！"同时，他也冷静地稳定了另一名当事者的情绪。他的目光警惕地环顾四周，尽可能地保护好事故现场。随后，他果断地将孩子抱上了自己的车，迅速送往了郯城县第一人民医院急诊门诊。

在医院里，张则亮马不停蹄地帮助孩子办理挂号手续，在各个科室之间穿梭。他协助医生进行就诊、检查，办理住院相关事宜。每一个环节都处理得井井有条。当家属心急如焚地赶到医院后，张则亮默默地离开了。他并没有留下自己的姓名和联系方式，只是默默地消失在了人群中。

后来得知，这个孩子是他小区6号楼的居民。孩子的父母多次打电话要登门致谢，都被张则亮婉言谢绝了。他认为这是自己作为一名党员、作为小区的一分子应该做的。在他看来，帮助他人是一种责任和义务，更是一种快乐和满足。

2023年春天的一个阳光明媚的午后，小区16号楼的樊阿姨找到了张则亮。"小张啊，能不能帮个忙呀？"樊阿姨温和地说道。张则亮赶忙回应："阿姨啊，您尽管说！"原来，樊阿姨的子女都在外地工作。她虽然没什么文化，但却有着一股独立自强的劲儿。每天早晚在小区里总能看到她忙碌的身影。不是在捡拾硬纸箱、矿泉水瓶等物品就是在义务清理小区环境卫生。

樊阿姨从口袋中掏出一沓用纸巾包裹着的钞票，略带羞涩地表示想让张则亮帮她存点钱。张则亮看到樊阿姨如此信任自己心中充满了感动。他毫不犹豫地答应了她的托付。在他看来受人之托就应忠人之事。

临走前，樊阿姨还反复强调总共是5000元钱。到了银行后张则亮把现金递给银行工作人员，工作人员却问他："要存6000元吗？"张则亮愣住了说："不是只有5000元吗？"工作人员再次确认："6000元呀！"这时张则亮才反应过来，原来是樊阿姨数错了，她给的是6000元。

他赶紧拨通了樊阿姨的电话和她反复确定存款金额。阿姨在电话那头还一度用怀疑的语气问他："难道没有5000元吗？是我数错了？"张则亮笑着告诉她："阿姨啊，您给我的不是5000元是6000元！"这时樊阿姨才恍然大悟。

此事过后樊阿姨一家对张则亮更加信任了。如今阿姨要是几天看不到他就会像挂念自己的孩子一样给他打电话问候。这些看似平凡的小事却犹如丝丝春雨轻柔地滋润着小区这个大家庭，让人与人之间的关系更加紧密，如同编织了一张温暖的情感之网。

三

在尚城嘉苑小区，在张则亮的悉心引领下，一场场绚丽多彩的文化盛宴精彩呈现。每一项活动都点亮了小区居民的生活之路。

2024年上半年，小区宛如一个热闹非凡的舞台，各类文化活动轮番登场。"第一届小区春晚"，是小区居民专属的联欢盛会。舞台之上，欢歌笑语交织，邻里的精彩才艺竞相展示。大家欢聚一堂，浓浓的年味儿与亲情在空气中弥漫开来。"3·15国际消费者维权日宣传"活动，使大家在消费时增添了一份警惕与智慧。"体验民俗迎清明"活动，则引领居民穿越时空，回归古老传统，亲身体验清明时节独特的民俗文化，深切感受中华民族悠久历史的韵味。

"防灾减灾应急演练进社区"活动，紧张而有序。居民在演练中学会如何在灾难降临时保护自己和他人。那一声声警报，不仅仅是演练的信号，更是安全的警钟，让大家对灾害有了更深刻的认识和更强的应对能力。"迎接6·5世界环境日——娃娃时装秀"活动，可爱的孩子们身着用环保材料制作的时装，在舞台上迈出自信的步伐，向大家传递着保护环境的重要信息。他们仿若一群环保小天使，用童真感染着每一个人。"小区社情发布会"，搭建起居民与小区管理方沟通的桥梁，让大家对小区的情况了如指掌。"敲门行动"，则是温暖人心的问候。志愿者敲开一扇扇门，传递着关怀与爱。"尚城好人"评选，挖掘出身边那些闪耀着光芒的普通人。他们的事迹成为大家学习的榜样，让正能量在小区里持续传递。

2024年夏天，张则亮组织的"知我郯城，热爱家乡"研学活动，更是一场意义非凡的文化之旅。小区的高考学子和中考考生，犹如一群求知若渴的小鸟，在他的带领下，飞进郯城文化的宝库。他们参观郯城博物馆，仿若在历史的长河中畅游。一件件古老的文物，诉说着过去的故事，让同学们穿越回远古东夷，领略祖先智慧的光芒。

在郯国古城，古老的城墙、古朴的建筑，每一块砖石都承载着岁月的记忆。同学们置身其中，感受着历史的厚重。鲁南第一支部，那是革命先辈留下的红色印记。在这里，同学们深刻体会到今天的幸福生活来之不易，激发了他们的爱国情怀。刘湖博士村，这个充满文化气息的地方，恰似一座知识的殿堂，吸引着同学们探索求知。

同学们穿上汉服，学习国礼、诵读经典。那琅琅的读书声仿佛穿越千年，与古代的文人雅士共鸣。在这一过程中，他们内心的读书斗志被点燃，如同一颗颗希望的种子在心底发芽。孔子师郯、鹿乳奉亲、东海孝妇等典故，恰似一把把钥匙，打开了郯城文化底蕴的大门，让同学们沉浸其中，感受着这座城市深厚的文化内涵。

欣赏剪纸、柳琴戏、木旋玩具、中国结、木版年画等非遗手工，仿若走进了一个五彩斑斓的民间艺术世界。每一件作品都展现出民间艺人的精湛技艺和无限创意，同学们被这巨大的魅力深深吸引，对家乡的热爱之情油然而生。与中国科学院院士刘保东网络面对面，更是给同学们带来了"与智者同行"的宝贵机会。院士的言传身教，为同学们指引了未来前进的方向……

这些精彩的活动，不仅将居民的心紧紧凝聚在一起，更似明亮的灯塔，吸引了外界的目光。中国政府网、新华网、人民网、工人日报、农村大众报等国家级媒体纷纷报道，尚城嘉苑小区的名字开始在更广阔的范围内传播，知名度如火箭般迅速攀升。

四

　　张则亮并未满足于文化活动带来的成就。他深知，解决居民问题才是社区长治久安的关键。为了更好地服务居民，他在小区积极创新工作方法，不断挖掘提升小区治理的新途径。

　　张则亮主导开展的"我为群众办实事"问题征集活动，恰似一张紧密的大网，全面收集居民的问题。确立了月初征集、月中办理、月末办结的清晰思路，让问题的处理井然有序。同时，启动"逢六说事日"活动，这就如同为居民打开了一扇倾诉之门。每个月的6号、16号、26号和每周六，居民都可以来到小区党支部，集中反映生活中的问题。这不仅为居民提供了便利，更让小区管理方能够及时了解大家的需求。

尚城嘉苑小区开展研学活动

党建引领下的小区业委会，在张则亮的主导下，每月至少召开一次党支部、业委会、物业公司三方联席会议并形成会议纪要，全面总结上一阶段工作完成情况，明确下一阶段工作重点，共同商讨工作中的堵点、难点。张则亮创立的"三级联动五度全流程"工作法，堪称小区治理的"神器"。通过党支部、业委会、物业公司"三级"联动，如同三个紧密咬合的齿轮，协同运转，精准找到民情民困。在这个过程中，有效沟通有温度，化解居民与管理方之间可能存在的隔阂；分析研判有维度，全面深入地剖析问题；为民做事有力度，是行动上的巨人，把解决问题落到实处；反馈问题有准度，让居民清楚问题的处理进度和结果；建议提示有高度，为小区的发展提供前瞻性的指导。这"五度"法宝，有效提升了12345工单办理速度和质量，让小区的问题处理变得更加高效、精准。

小区党支部被街道党工委、办事处评定为2023年度"12345·郯城首发"工作先进小区党支部。这是对张则亮和整个小区管理团队工作的极大肯定。工单量大幅下降，小区恢复了平静；12345居民诉求工单响应率、一次办结率和群众满意率均达100%，彰显着小区和谐、有序的良好氛围。

退伍18载，张则亮秉持信念，"一肩挑"担当重任。

如今小区祥和，居民欢颜，灯火映照下的温馨，是对他坚守付出的最美回馈，他的奉献如暖阳，暖彻居民心间……

第七章

挥斥方遒尽显风华

当年，青年毛泽东游橘子洲，彼时的他，望着滔滔北去的湘江，思绪万千，革命的浪潮在胸间翻涌，不禁发出"恰同学少年，风华正茂；书生意气，挥斥方遒"的激昂呐喊。那是对青春力量的赞美，更是对时代使命的担当宣告。这呐喊声，跨越百年时空，至今仍振聋发聩，激励着一代又一代正青春的我们凝聚力量，与时代同心同向，奋勇前行。历史的车轮滚滚向前，新时代的中国青年，站在了中华民族伟大复兴的关键历史节点上，面临着世界百年未有之大变局。习近平总书记深刻指出："青年是整个社会力量中最积极、最有生气的力量，国家的希望在青年，民族的未来在青年。"

在沂蒙这片红色的热土上，新时代的青年们正以实际行动诠释着青春的担当。"兵支书"王成成、卓自田、赵仁宾、张钰、主父中顺等优秀青年，他们告别军旅生涯后，毅然投身乡村振兴的伟大事业。他们把部队的优良作风带到了乡村，吹响了奋斗的"冲锋号"。面对乡村发展中的重重困难和挑战，他们毫不退缩，甘做攻坚的"拓荒牛"，凭借着坚韧不拔的毅力和创新精神，在广袤的农村大地上开垦出一片片希望的田野。他们深入田间地头，与乡亲们同甘共苦，谋划产业发展，改善乡村环境，用自己的智慧和汗水，为乡村振兴注入了强劲动力。他们用青春的笔触，在沂蒙大地上书写着时代担当的壮丽篇章，成为新时代青年的楷模和榜样。

"事办不成，决不收兵"

—

"80后""兵支书"卓自田，曾经是中国人民解放军原第 38 集团军的一名装甲步兵，在那支威名赫赫的部队里，镌刻下属于自己的荣耀篇章。

38 军，这个名字，在中国人民解放军的序列中，有着特殊的意义。它不仅仅是一支部队，更是一个象征，象征着不屈的意志，象征着必胜的信念。38 军，从红军时期一路走来，历经抗日战争、解放战争、抗美援朝战争，一次又一次地证明了自己的实力。

对于 38 军来说，它的起点，可以追溯到 20 世纪 20 年代的红军时期。那是一个激情奔涌、理想炽热的时代，同时也是一个险阻重重、挑战连连的时代。彭德怀、滕代远在平江起义的烽火中，创建了红五军，这支部队，成了 38 军最早的源头之一。

334 团，这个番号，在 38 军的序列中，有着特殊的地位。它继承了红五军的血脉，在漫长的革命征途中，始终冲锋在前。

长征的艰苦岁月，抗日战争的烽火硝烟，解放战争的浴血奋战，都留下了 334 团的足迹。与 334 团相仿，338 团亦属 38 军中资历深厚的团之一。它发端于红 15 军团第 75 师第 223 团，是一支从红军时期走来的"资深革命"队伍。在抗美援朝战争第二次战役中，338 团创造了 14 小时急行军 140 余里的军事奇迹，一战成名，为 38 军赢得了"万岁军"的称号。除了这两个资历最老的团之外，335 团和 337 团也是 38 军的核心力量。它们的前身是八路军 343 旅 685 团新 2 营和补充团，在抗日战争时期，长期征战于河北、河南和陕西一带，后来转入山东和苏北等地区，在抗击日寇的战斗中，表现出色。解放战争时期，东北成了国共双方争夺的焦点。东北民主联军第 1 纵队，也就是 38 军的前身，在这里展现出了强大的战斗力。

他们敢打硬仗、恶仗，善于穿插迂回，是东北野战军的一把尖刀。在著名的"四战四平"中，1 纵队官兵浴血奋战，为最终夺取四平立下了汗马功劳。

这场战役，是 1 纵队打出的第一个成名之战，也为其日后成为 38 军奠定了基础。随着解放战争的推进，中共中央对各地的解放军进行了整编。

1 纵队改编为 38 军，下辖 112 师、113 师、114 师和 151 师，总兵力超过 5 万人。38 军配备了炮兵、工程兵、汽车兵等专业部队，武器装备也得到了加强，战斗力得到了进一步提升。、

在平津战役中，38 军主攻天津，仅用 29 个小时就攻克了这座被国民党称为"固若金汤"的城市，活捉了天津警备司令陈长捷。这场战斗，再次展现了 38 军的强大战斗力，也让其名声大噪。

随后，38 军挥师南下，参加了湘西、广西等地的解放，为新中国的诞生立下了赫赫战功。

1950 年，朝鲜战争爆发。38 军作为中国人民志愿军的一员，踏上了抗美援朝的征程。

在第二次战役中，38 军 335 团 1 营 3 连在松骨峰北部的无名高地，以寡敌众，顽强阻击美军，为第二次战役的胜利作出了巨大贡献。战斗结束后，3 连仅 7 名士兵生还。他们的英雄事迹，感动了无数人。

除了松骨峰阻击战之外，38 军还在三所里、龙源里等地取得了重要胜利，成功切断了美军南逃和北援的路线。彭德怀元帅在接到 38 军胜利的消息后，亲自起草了嘉奖电，并在电文中写下了"中国人民志愿军万岁！第 38 军万岁！"的字样，从此，38 军便有了"万岁军"的称号。

在第四次战役中，38 军和 50 军奉命在汉江阻击敌军，掩护志愿军主力撤退。面对数倍于己的敌军，38 军将士毫不畏惧，浴血奋战，最终完成了阻击任务。在整个抗美援朝战争中，38 军毙伤俘敌 4.5 万人，缴获了大量武器装备，为最终的胜利作出了巨大贡献。

二

提及老部队，卓自田的脸上满是自豪。"能在 38 军服役，是我一生之幸。

在部队的时光，我有幸亲历奥运会与国庆大阅兵两大盛事。"

2008 年奥运会，那场举世瞩目的体育盛会，卓自田成为其中的一员。援奥训练的日子，在酷热的暑期中展开。在模拟鸟巢内彩排候场时，闷热的环境无情地将他击倒，中暑的他晕倒在道具之中。当时，他斜靠在道具上，身旁的班长起初误认为他在休息，直至察觉异常，摇晃道具才将其唤醒。而正式表演时，他凭借顽强的毅力与精湛的技艺，出色发挥，未出丝毫差错，他笑言此为"没冒泡"。要知道，每位正式队员身后皆有预备队员虎视眈眈，冒泡超 3 次便会被替换，竞争压力如山般沉重。897 个道具，队员动作与口令各异，正式演出口令多达 20 余个版本。从水波纹到长城等动作变幻，每一次变动都意味着 800 多名队员需重新强记口令，忘却过往熟悉内容，重新出发，其艰难险阻，仿若攀爬陡峭绝壁，而卓自田却坚毅地挺了过来。他感慨道："虽表演时未被摄像机捕捉，但这段经历，我引以为傲。"

2009 年国庆大阅兵，更是激动人心的历史时刻。卓自田身处零七式履带自行榴弹炮方队，车号 10-15。这款新型榴弹炮，融合电液与光学技术，装配先进火控系统，火炮威力惊人，是我军炮兵压制的重要利器。10 月 1 日，长安街上传来的礼炮声，仿若与他的心跳同频共振，每一声轰鸣都重重撞击他的心弦，令他热血沸腾。当方队庄严经过天安门时，长期严苛训练铸就的肌肉记忆，使他动作精确无误，摆头角度、眼神与表情皆恰到好处，容不得半分闪失。走过天安门的瞬间，他们尽情欢呼呐喊，将长久以来的压力尽情释放，那是梦想绽放的绚丽时刻。

奥运会与国庆大阅兵，皆化作卓自田生命中熠熠生辉的珍贵宝藏。他深情说道："部队给予我的，绝非仅仅是荣誉，更多的是灵魂深处的蜕变。这种蜕变无法用物质权衡，不是退伍费，亦不是荣誉称号，而是一种深入骨髓的沉稳与冷静。"正因卓自田历经宏大场面，饱尝常人难以想象的艰难困苦，退伍后，无论是搏击商海，还是担当村支部书记，他皆无畏无惧。在他心中，目标既定，便无往不胜。这，便是军人的力量，是军旅生涯赠予他的无价财富，让他在人生的漫漫征途上，昂首阔步，高歌猛进，书写独属于自己的壮丽青春战歌。

三

兰陵县大仲村镇车庄村是一个被省委组织部备案的软弱涣散村，也是全市"后进班子百村攻坚"的重点对象。

2019 年的统计数据更是触目惊心，村庄还有 300 多万元的借条欠款。镇经管站的账户上，车庄村仅有九毛六分钱。这个数字，不仅是对村庄经济状况的直观反映，更是对村民内心深处那份无奈与失落的真实写照。

那些本应是村民共同财富的 1400 多亩耕地，却被个人牢牢攥在手中，十几年不交承包费的现象比比皆是，严重破坏了村庄的秩序与和谐。

在这样的背景下，车庄村的"两委"班子也如同走马灯般频繁更迭。从 2017 年到 2021 年，短短几年间，党支部书记就换了四任，却没有一个能坚持干满一年。村民对村"两委"班子也失去了信心，村里的各项工作难以向前推进。

是的，组织考察过后，"用"卓自田的决定是非常正确。有一个能干肯干的支书，是一个村庄的福气。上任后，卓自田慷慨激昂地说："既然组织信任我，党员和村民信任我，我就不能辜负这份信任。我是 38 军的老兵，我不能给 38 军丢脸。事办不成，决不收兵。"

村子已在混乱的泥沼中深陷了十几个春秋，积压多年的问题如同盘根错节的老树根，想要彻底清除，绝非易事。卓自田向"兵支书"陆明星寻求经验。陆明星比卓自田大几岁，在基层摸爬滚打的时间要更长。每一次他都会像老大哥一样和卓自田推心置腹地交流，给他支招，帮他寻找破解困境的策略。

一开始，卓自田便将全部的精力与心血倾注于那些看似普通平常、实则关乎村庄命运的基础性工作之上。他主动化解历史遗留的矛盾纠纷以及棘手的上访问题，把为群众排忧解难、办实事作为打开工作局面的关键突破口。

同时，修路成了他带领车庄村走向新生的第一步。在车庄村，有一条2公里的生产路，由于年久失修，连电动三轮车都无法通行。村民每到收种庄稼的时候，只能依靠自己的肩膀背着沉重的农具和庄稼走出来。这样的路况，不仅严重影响了村民的生产生活，也成了制约村庄发展的"瓶颈"。于是，卓自田积极争取资金，开始了艰难的修路历程。硬化生产路并非易事，多年来被风雨侵蚀的老路基损毁严重，就连拉混凝土的柴油三轮车在上面行驶都寸步难行。无奈之下，只能让挖掘机在后面推着走。修一段路，得等过一个星期能走车了，再接着修下一段。原本正常情况下5天就能修完的路，硬是花了1个多月才修好。

当70多岁的村民王善本看到新修好的水泥路时，他眼角泛起了激动的泪花。他颤抖着说："这路修得可真好，真是时候啊！我这一辈子，在那些泥坑路上走了太久太久，现在好了，连遛弯都不用再趟泥了。"还有村民李生付，因患有脑出血只能坐在轮椅上。他听说东北岭修好了路，便开着电动轮椅特意来看看。望着这条"顺心路"，他感慨地说："没想到路修得这么顺畅，这个小青年是干事的料！"

路修完了，卓自田又瞄准了村里的其他基础设施建设：重新铺设了长达2.2万余米的自来水管道和2万余米的排水管道；环绕着村庄打造了5000余米的绿化带；铺设了1.2万余平方米的沥青路面；粉刷了6万余平方米的墙体；安装了 300 余盏路灯以及 90 多个摄像头。不仅如此，在卓自田的带领下，车庄村还成了全县第一个通上分布式天然气的村庄。村民告别了烟熏火燎的传统生活方式，迎来了便捷、清洁的新时代。

四

"三资"清理，这是一场关乎村集体利益、关乎村民福祉的硬仗。刚刚站稳脚跟的卓自田的眉头紧锁，眼神中透露出前所未有的凝重。他深知，一旦踏上"三资"清理这条路，便再无回头之路。那些历届村委遗留下来的问题，尤其是那 1400 亩承包地的问题，涉及全村 100 多户，复杂程度超乎想象。

"究竟先从哪家开始清理？又该如何进行清理呢？"卓自田在心底反

车庄村打造的大仲十八坊

复盘算，每一个决策都可能引发连锁反应，稍有不慎，便可能让村庄陷入混乱。他深知，自己必须稳扎稳打，步步为营。

经过反复斟酌，卓自田初步确定了"从大到小、先难后易、由外到内"的工作思路。他解释道："如果我们从那些规模小、容易清理的入手，即便清理了十家八家，也不过是杯水车薪，难以在村里掀起大的波澜。而先清理那些外村有影响力的，可以稳定村内的局势，避免陷入混乱。我们每清理一家，就将相关事宜妥善完善，然后再推进下一家，一步一个脚印，稳步向前迈进。"

然而，实践起来远比想象中艰难。卓自田首先将目光聚焦在那个最为棘手的养兔场合同上。这个养兔场占地80多亩，合同一签便是100年，承包费竟然一次性缴清，总共才13万元。这简直就是以极少的代价，将村里的一块"肥肉"拱手让人。

为了解决这个问题，卓自田带领村"两委"干部四处奔波，寻找律师咨询。但律师们的意见各不相同，有的说这100年的合同不合法，但仍能享受70年的权益；有的则认为只能享受30年；还有的说这合同虽然可以作废，但麻烦极大，需要赔偿对方地上附着物，一经核算，赔偿金额高达700万元。这对于村里来说，无疑是一个天文数字。

更为糟糕的是，对方还拿出了政府部门的用地批文，使得事情变得更加复杂。而那个养兔场的承包户四处打探卓自田的把柄，妄图以此来要挟。

面对承包户的威胁和利诱，卓自田坚守原则，不为所动，他说："我担任这个党支部书记是为了什么？就是为了不让那些侵占集体利益的人得逞，就是要为那些一直吃亏的群众讨回公道！"

经过卓自田和"两委"成员不懈地努力，成功啃下了这块"硬骨头"。养兔场的合同得到了变更，从原来的100年重新规范为20年，承包费也大幅提升。这份重新拟定的新合同为村集体挽回了400多万元的损失。

卓自田乘胜追击，先后收回了山场 350 亩、山地 280 亩、平原地 80 亩、建设用地 10 亩。这些土地如同失散多年后重归母亲怀抱的游子，为村里发展集体经济提供了宝贵的资源。

在成功完成"三资"清理的基础上，卓自田开始着手规划村庄的未来。他充分利用清理规范后收回的土地、山场、养殖场、建设用地等资源，成立了党支部领办的忠瑞合作社。这个合作社以土地租金入股大宗山景区，将村庄与景区的命运紧密相连。同时，他们又以资金注入的方式入股蛋鸽养殖场，为养殖场注入了新的活力。

不仅如此，卓自田还带领合作社与罗欣制药厂展开合作，共同打造了一片 300 亩的酸枣仁种植基地。他们盘活利用闲置山地种植黄烟，充分利用洼地的独特优势打造稻蛙基地，巧妙规划平原地建设高温蔬菜棚。这些举措不仅为村集体带来了可观的收入，也为村民提供了更多的就业机会。

为了让村集体经济更上一层楼，卓自田带领"两委"成员自筹资金 500 万元，建起了建筑面积达 4500 平方米的加工车间。这个车间一旦投入使用，每年将为村集体增收 20 万元以上，同时还能吸引周边 100 多名群众前来就业。

同时，卓自田还依托大宗山朗公寺景区，盘活利用村内 47 处闲置宅基地，建设"大仲十八坊"，培育农文商旅融合新业态。这个项目划分为非遗乐研区、百工坊区、美食区和乡创休闲区四个区域，吸引了 26 家入驻商铺。这些商铺由"强村公司"统一管理运营，实现了景区与村庄双向带动、共赢发展。

如今的车庄村，在卓自田的带领下，正逐步摘掉软弱涣散的"帽子"，向着乡村振兴的康庄大道奋勇前行。曾经的"问题村"，已然焕发出勃勃生机，成为乡村蜕变的鲜活例证，让人们看到了基层治理与乡村发展的无限可能。

"育"出"电商"书记

一

三年前，平邑县铜石镇的退役军人赵仁宾，听闻镇里退役军人服务站开展沂蒙"兵支书"孵化培育工作，那颗炽热的心再次被点燃，毫不犹豫地主动报名，自此一头扎进孵化基地的各项活动中。

铜石镇把"兵支书"培育孵化工作当作党建重头戏，紧紧围绕"选、育、管、用"四大关键环节。精心制定《培育孵化工作方案》，创新推出"121"工作思路。1个退役军人服务管理党支部，是凝聚退役军人力量的堡垒；"教育培训＋实践锻炼"双管齐下，为他们充电赋能、磨砺才干；整合1批孵化培育阵地，建立起沂蒙"兵支书"培育孵化基地，构建起一条退役军人返乡后迈向"兵支书"岗位的"全链条"跟踪培养高速路。在这一机制引领下，像赵仁宾这样的退役军人积极投身乡村振兴浪潮，用行动续写军旅荣光，在新的战场上，再次吹响冲锋号，为乡村的美好明天奋勇前行。

2021年，诸冯铺村换届的大幕拉开。彼时的赵仁宾，凭借着在孵化培育过程中的出色表现，成功当选为支部委员。两年的时光，转瞬即逝，却在他身上留下了深刻的成长印记。2023年八一建军节，这个特殊而荣耀的日子里，赵仁宾众望所归，当选为村党支部书记。那一刻，他身姿挺拔地站在台上，当那面鲜红的党旗郑重地交到他手中时，他的双眸之中，坚定与自豪的光芒交相辉映，他定将不负重托。

还记得第一次与赵仁宾相遇，那是一个阳光洒满大地的午后。人群之中，他那身迷彩服与迷彩帽格外引人注目，那独特的气质，仿佛是从军营中直接穿越而来的铁血战士。

我按捺不住内心的好奇，轻声问道："为何你总是身着这样的服饰？"他露出一抹自豪的笑容，声音洪亮而有力："我一直都穿着这类衣服，好多人都像你这样问过我。我可是一名退伍军人，现在从事电商行业，这穿戴啊，就是我的独特标签。"

赵仁宾的军旅生涯，始于 2005 年。他告别沂蒙故乡，奔赴大西北甘肃省天水市的部队。在那片广袤而又充满挑战的土地上，他历经了无数次严苛的磨砺与惊心动魄的考验。尤其是 2008 年那场震惊世界的汶川地震，山河破碎，生灵涂炭。他所在的部队第一时间接到命令，如离弦之箭般奔赴灾区。在那一片废墟与绝望之中，赵仁宾和战友争分夺秒，用自己的血肉之躯为灾区人民开辟出一条条珍贵的"生命通道"。也正是在这场生与死的考验中，他凭借着无畏的勇气与坚定的信念，火线入党，让党旗在

乡村电商培训活动

那片灾难的土地上更加鲜艳夺目。

在军队的第 8 个年头，赵仁宾凭借着自己的努力与才华，成功晋升为三级士官，本应是迈向更广阔未来的新起点，然而，家中却突遭变故。父亲因生意失败，背负上了巨额债务，家庭的重担如同一座大山，沉甸甸地压在他的心头。

于是，怀着对家庭的责任与担当，他挥泪告别了热爱的军营，踏上了退伍回家的路，决心与父亲并肩作战，共渡难关。

退伍后的日子，充满了艰辛与不易。赵仁宾为了偿还那如山的债务，摆过地摊，在街头巷尾与生活苦苦周旋；做过苦力，用自己的汗水浇灌着家庭的希望。那漫长的 8 年时光，他尝遍了人间的酸甜苦辣，每一滴汗水都饱含着他对家庭的深情与对生活的不屈。

终于，在退伍回来的第 8 个年头，他如同一棵坚韧不拔的青松，历经风雨，傲然挺立，为父亲还清了所有债务。那一刻，他仿佛挣脱了命运的枷锁，重获新生，以全新的姿态，迈向人生的新篇章。

二

2019 年 6 月，赵仁宾的身影毅然决然地踏上了重走长征路的征程。一辆摩托三轮车，承载着他的梦想与信念，成为他这段非凡旅程中最忠诚的伙伴。车身上，鲜艳的国旗与党旗在风中舞动，似在诉说着往昔的荣光与未来的使命，而"弘扬沂蒙精神，重走长征之路"的豪迈口号，开启了这充满艰辛与挑战的 130 多天的穿越之旅。

他的足迹遍布 12 个省份，每一步都写满了坚韧。渴了，那山涧的清泉便是大自然给予的最甜美馈赠，他俯身畅饮，感受着大地的润泽；饿了，一块干粮成为他继续前行的力量源泉，虽简单却足以支撑他的意志。漫长的公路是他夜晚休憩的床铺，满天星辰化作照亮他前路的明灯。风餐露宿的日子里，他以军人的坚毅默默承受，未曾吐露半句怨言，仿佛在与历史对话，用脚步丈量着先辈的伟大征程，在身体的磨砺中，灵魂也得到了前所未有的升华。

行至湖南，洪水猛兽无情地在这片土地肆虐着。赵仁宾虽自身面临资金紧张的困境，却毫不犹豫地为灾区人民捐献出 5000 元。那一刻，他车上的国旗与党旗似乎也因他的善举而更加鲜艳夺目，这份善良与爱心彰显出沂蒙儿女骨子里的大爱情怀。

在重走长征路的过程中，赵仁宾犹如一只敏锐的蜜蜂，在全国各地先进的电商发展浪潮中不断汲取花蜜。他深入探寻，学习新思路、新举措，尤其是在云南和广西，目睹电商销售的火热盛景，心中的电商梦想被彻底点燃，熊熊燃烧起对电商事业的无限热情与憧憬。凭借在部队长期积累的通信及视频剪辑、制作工作经验，一颗希望的种子在他心中悄然种下并生根发芽：回到家乡沂蒙，以电商为利刃，斩断贫困的枷锁，开辟出一条带领乡亲们奔赴小康的光明坦途。

回归铜石镇后，在镇政府的有力扶持下，赵仁宾凭借其独到的商业洞察力和雷厉风行的行动力，如一位英勇无畏的开拓者，积极穿梭于各部门之间。他的努力与执着，最终促成了全镇首家直播电商互助小组的诞生，这一小组如一颗希望的火种，为铜石镇的电商发展带来了无限可能。

赵仁宾既是这个小组的领航者，更是一位无私奉献的导师。他以身作则，亲自投身电商直播的浪潮中，将自己所掌握的经营之道毫无保留地传授给身边的青年们。他深知，青年是家乡的未来与希望，为此，他多次慷慨解囊，组织青年们走出大山，奔赴外地先进的电商基地参观学习，让他们亲身领略电商世界的广阔与魅力。在他的悉心引领下，青年们如同破茧而出的蝴蝶，逐渐摆脱了内心的胆怯与迷茫，眼界变得开阔，见识日益增长，投身电商直播的决心愈发坚定，如同一股蓬勃向上的力量，在铜石镇的土地上迅速蔓延开来。

在赵仁宾的带动下，全镇有2700人纷纷踏上电商学习之路，追随着他的脚步，向着致富的梦想奋勇前行。有这样一位青年，起初因内心的恐惧而对直播领域望而却步，初次尝试直播时，紧张得声音颤抖，几乎无法言语。然而，在赵仁宾春风化雨般的耐心指导下，在互助小组温暖和谐的氛围里，他逐渐战胜了内心的恐惧，如同浴火重生的凤凰，勇敢地站在了直播镜头前。如今，他已能熟练地将村里的优质农产品通过直播平台，传递给全国各地的消费者，让更多人品尝到铜石镇的绿色与健康，也让自己的生活迎来了崭新的篇章。

截至当下，已有20多位青年成功开启直播带货的大门，他们每月销售的农产品数量高达20余万斤，人均月收入突破5000余元。这一组组令人振奋的数据背后，是赵仁宾与青年们日夜兼程、共同奋斗的辛勤汗水，是沂蒙精神在新时代电商战场上的生动诠释，更是铜石镇电商产业蓬勃发展、蒸蒸日上的壮丽画卷。

赵仁宾心怀大义，慷慨激昂地说道："我投身电商事业，绝非为了追逐那如过眼云烟般的金钱名利，我的初心只有一个，那就是全心全意服务家乡那些憨厚朴实的老百姓。我亲手创立'沂蒙甄选'电商品牌，只为给乡亲们开辟出一条通往富裕的康庄大道。我免费将电商知识传授给大家，只有一个质朴的要求，那就是希望大家不要被私利蒙蔽双眼，要像石榴籽一样紧密团结在一起，心往一处想，劲往一处使，齐心协力带领所有乡亲们共同致富。因为，一人之富不过是沧海一粟，唯有全体乡亲共同富裕，才是我心中真正的繁荣盛景，才是沂蒙大地最美的未来！"

三

　　"赵书记，你们电商主要销售哪些地方的产品呢？"我怀揣着好奇与期待，向赵仁宾提出了这个问题。他微笑着，眼神中透露出一种专业与热情，娓娓道来：

　　我曾亲眼目睹，那些饱含农民汗水与希望的农产品，在市场的洪流中，价格被某些网红和中间商肆意操控，农民辛苦一年的收成，往往只能换来微薄的回报。这种现象，让我心痛不已。我深知，农产品不仅仅是食物，更是农民的心血与希望。因此，我下定决心，要打破这种不公平的局面，让农产品回归其应有的价值，让农民成为自己劳动成果的代言人。

　　去年，我在抖音平台上推出了"章丘大葱"品牌，借助电商的力量，让这款临沂特色农产品在全国范围内声名鹊起。我们的大葱，凭借着优良的品质和精细的工序，在全国抖音平台上排名第七，这无疑是对我们努力的最好肯定。电商不仅是销售的平台，更是传递信任与温暖的桥梁。在我的直播间里，每一棵大葱都经过精心挑选，确保品质无瑕。虽然价格稍高，但消费者愿意为这份品质买单，因为他们知道，他们购买的不仅仅是大葱，更是一份来自沂蒙山的深情厚谊。

　　然而，市场上的竞争总是残酷而激烈的。有些商家为了追求利润，不惜以次充好，甚至欺骗消费者。比如山东煎饼卷大葱这道美食，原本应该让人垂涎欲滴，但市场上却充斥着假货，让消费者失去了信任。面对这种情况，我们始终坚持诚信为本，从不隐瞒产品的任何瑕疵。比如今年，苹果遭遇了冰雹灾害，外表受损，但我们并没有因此降低品质，而是以较低的价格出售。这些苹果虽然外表不完美，但口感依然上佳。我们相信，真正的品质是无法被外表所掩盖的。

　　我的这些想法和做法都源于四川地震救灾的时候。在那里，我经历了太多痛彻心扉的生离死别。有一次，我看到一位老太太被钢筋死死卡住了腿，她的痛苦深深刺痛了我的心。我冲上前去，用力地锯着钢筋。就在这时，突然来了余震，我幸运地逃过一劫，但老太太还是在我眼前渐渐失去了生命的迹象，那画面就像一道深深的伤疤刻在我的脑海深处。那些日子，我在废墟里背出了 50 多具尸体，我身上的衣服都被鲜血染红，变得硬邦邦的。

那时，我开始思考，钱究竟是什么？它不过是一个冰冷的工具，真正的幸福是亲人的陪伴，是家人的健康。而我的梦想，是为了实现自己心中的追求，为社会散发温暖的光芒。

现在，我每天都穿着同样的衣服，很多人都想问我是不是没钱买新衣服。我总是笑着回答，我有钱给媳妇买，但我自己不需要。我觉得穿着舒适就好，那些奢华的东西，比如价值一百多万的跑车，对我来说又有什么意义呢？它们不过是满足虚荣心的玩具罢了。当我重走长征路的时候，我录制了很多视频，有人像发现了新大陆一样建议我开直播，说这样可以赚

村支书赵仁宾直播助农

很多钱。但我拒绝了，我不想在这个时候为了钱而直播。我要等到我真正做出一番成绩，再把我的故事完整地呈现给大家，让更多的人受到启发，和我一起为老百姓做事，而不是追求那些虚无缥缈的荣誉，像戴朵大红花之类的，我觉得那毫无价值。

在这条道路上，我遇到了很多困难和挑战。但每一次的挫折都让我更加坚定信念，因为我知道，我所做的一切都是为了那些辛勤耕耘的农民，为了让他们能够从自己的劳动成果中收获应得的财富。

我专注倾听赵仁宾的讲述，他的每字每句轻轻淌过我的心田，拨动着内心深处那根柔软的弦。在当下物欲喧嚣、纷繁复杂的社会大环境中，赵仁宾宛如一股清流，他以自己独特的方式，坚定不移地守护着内心那份纯粹的信念与美好的愿景，如同一盏明灯，在尘世中散发着温暖而持久的光芒，让我们深深领悟到，世间还有这样一群人，不为名利所动，只为心中的理想执着前行。

四

赵仁宾以其敏锐的洞察力深刻认识到，乡村电商拥有成为推动乡村全面振兴强劲引擎的巨大潜力。然而，要将这一潜力充分释放，关键在于广泛动员更多的人积极投身于这一充满活力与机遇的行业之中。于是，一个大胆且极具前瞻性的想法在他的脑海中应运而生——开展全市党支部书记电商培训活动，通过提升基层领导者的电商素养与能力，以点带面，引领广大村民踏上电商致富的康庄大道。

2024年10月底，赵仁宾饱含深情地挥笔写下一封意义非凡的信件，寄给临沂市委组织部胡涛科长。在信中，他以翔实的数据、深入的分析，全面而细致地阐述了当前乡村电商市场的现状。同时，他也满怀激情地描绘了自己对于电商培训的精妙构想与详尽计划，字里行间透露出对家乡这片土地的深沉热爱以及对乡村振兴事业的无限担当。他写道："值此关键时期，为重塑沂蒙山革命老区品牌形象，大力弘扬沂蒙精神，将本地丰富优质的农产品推向更为广阔的市场，切实推动我市各村经济蓬勃发展，并助力支书们开拓创新思维与工作模式，特向您郑重呈上《关于做好全市党支部书记'地推式'电商培训方案》，希望能为家乡发展贡献一己之力。"

胡科长在收到信件后，高度重视，第一时间主动联系了赵仁宾。随后，他以严谨务实的态度仔细审阅了那份凝聚着赵仁宾心血与智慧的电商培训方案。

在经过深入而全面的研讨之后，胡科长惊喜地发现，方案不仅目标明确、思路清晰，而且具有极强的现实可行性与可操作性，与市委组织部推动乡村发展的战略规划高度契合。于是，他果断决策，由市委组织部牵头主导，分批次精心组织对那些有意愿学习电商知识与技能的村支书进行系统培训，力求打造一支懂电商、会经营、能带领村民致富的基层干部队伍。

消息传来，赵仁宾内心激动难抑，澎湃的豪情如汹涌的潮水般在胸膛中激荡。他毫不犹豫地向组织部立下庄重的军令状："请组织放心，给我一个月时间，我定能培训出十名优秀的党支部书记成为电商主播。我坚信，他们将如星星之火，呈燎原之势，引领广大村民在电商致富的道路上大步前行，为乡村振兴铸就坚实根基。"

自此之后的日子里，赵仁宾全身心地投入到紧张而忙碌的电商培训工作之中。他不辞辛劳，足迹遍布莒南、沂南、罗庄等县区的每一寸土地。在培训课堂上，他从最基础的电商知识讲起，以通俗易懂的语言、生动鲜活的案例，耐心细致地为支书们剖析电商运营的奥秘；在实战演练环节，他更是亲力亲为，手把手地传授直播技巧、产品推广策略以及客户服务要点等关键技能，毫无保留地将自己多年积累的经验与智慧倾囊相授。在他的不懈努力与精心指导下，众多原本对电商知之甚少的党支部书记逐渐成长为电商领域的"行家里手"。他们学以致用，积极将所学知识运用到实际工作中，不仅成功拓宽了村里农产品的销售渠道，让优质的农产品走出大山，走向全国乃至世界的千家万户，还巧妙地带动了村里相关产业的协同发展，为乡村经济注入了源源不断的活力与动力，使乡村振兴的美好蓝图在沂蒙大地徐徐展开，焕发出勃勃生机与无限希望……

"有点想法"的书记

一

2021 年 4 月 11 日，春意盎然，罗庄区褚墩一村的换届选举现场热闹非凡。曲阜师范大学毕业的大学本科生、退役军人张钰心中却翻涌着波澜。他深知，这次选举是他亲手突破村庄困境、改变村庄面貌的机会。于是，他决定报名参选。

起初，张钰的决定遭到了家人的强烈反对。他的妻子是一名医院护士，平时忙得不可开交，连轴转的白班夜班让她疲惫不堪，根本无暇顾及丈夫的选举。她满心忧虑地对张钰说："你就不能稳稳当当做好自己的工作吗？咱们这个小家庭还指望着你的稳定收入呢？"张钰听了，心里沉甸甸的。而且，他自己心里也没底，虽然对村庄事务满腔热情，但实际接触的村级事务少之又少，他不禁担心党员群众会不会信任他、会不会选他，这重重顾虑压得他喘不过气来。

就在张钰陷入迷茫之际，褚墩镇党委书记石晓峰找到了他，与他进行了一次推心置腹的谈话。石晓峰书记深情地说："小张啊，想把村里发展好，困难肯定是有的。你看，习近平总书记 16 岁就去梁家河插队，他遇到的困难不比咱们少呀，但他从未退缩，而是勇敢地带领乡亲们走向富裕。农村广阔天地大有作为，你作为年轻人可不能'前怕狼、后怕虎'啊，更何况你还是一名退役军人，军人就得有'敢于出手、敢打必胜'的勇气！"石书记的话打消了他的顾虑，让他重新坚定了信心。

二

当张钰决定回到褚墩一村时，许多村民都投来了不解的目光，大家私下里议论纷纷："这小伙子能行吗？咱这穷村子，想干出点啥可不容易呀。"然而，张钰的眼神中透着无比坚毅的光，心中怀揣着对家乡深深的爱和改变现状的强烈渴望。在选举大会上，张钰向党员群众详细阐述了自己的施政纲领和决心。他的演讲激情澎湃，赢得了台下一阵又一阵热烈的掌声和大家一致的认可。最终，他以高票当选，成了褚墩一村有史以来最年轻的党总支书记。

当选后的张钰立刻全身心地投入到紧张的工作中。吃水问题是群众反映最强烈的问题，村里部分群众每天都要到很远的地方去挑水，那艰难的身影让张钰心疼不已。他当即决定带领"两委"班子到自来水公司了解情况，争取支持。经过多次诚恳的沟通和协调，自来水公司终于同意为村里剩余的 23 户群众接通自来水。

可难题又出现了，这些群众大多年纪较大，更换损坏的水龙头成了大问题。张钰二话不说，亲自带领村干部和志愿者，一家一家地去帮助老人更换水龙头。在这半个月里，张钰和大家一起克服了一个又一个困难，终于实现了全村通水的目标。村民看着清澈的自来水哗哗流出，脸上都洋溢着喜悦的笑容。

解决了吃水问题，张钰又马不停蹄地开始解决村内下水道堵塞的问题。

由于历史遗留问题和缺乏维护管理，村内的下水道经常堵塞，污水横流、臭气熏天，群众对此怨声载道。张钰第一时间赶到现场查看情况，随后迅速将问题反映到镇党委，并积极争取协调资金。在他的努力下，镇党委高度重视，给予了大力支持。施工期间，张钰每天都到现场监督，和工人们一起干活。经过一段时间的疏通和维修，村内的下水道终于恢复了畅通。村民们家里再也没有了积水的困扰，大家都对张钰赞不绝口，干群关系也得到了极大的改善。

三

在褚墩一村，有一条土路，坑坑洼洼、泥泞不堪，给村民的出行带来了极大的不便，尤其是下雨天，学生们走在这条路上，常常弄得满身是泥。张钰看在眼里，急在心里，他下定决心要把这条土路整修成一条宽敞平坦的马路。然而，整修马路可不是一件容易的事，由于土地界线模糊，这条土路上种植了两排杨树。要想整平路段修路，首先得解决树的问题。张钰多次找到种植杨树的群众，耐心地和他们协商，但一直没有达成共识。

可张钰没有放弃，他利用业余时间来到种植杨树的群众家里，和他们拉家常，了解他们的困难和需求。同时，他还带领村"两委"、合作社帮助这户群众销售豆腐类产品。在张钰的关心和帮助下，这户群众终于被他的真诚打动，理解了修路的重要性，主动砍掉了杨树。

树的问题解决了，张钰又赶忙去争取镇党委的支持。他一趟又一趟地往镇党委跑，向领导详细汇报情况，积极争取资金和政策支持。终于，在他的不懈努力下，一切准备就绪，施工队进驻了村子。经过两个星期的紧张施工，一条宽敞平坦的马路终于建成了。学生们欢快地走在崭新的马路上，村民的脸上都洋溢着幸福的笑容。大家纷纷夸赞张钰："这小伙子真是好样的，给咱村办了一件大实事啊！"

张钰说："让村庄真正发展起来，还需要解决更多的问题。"凭借着在部队锤炼出的吃苦耐劳精神，他敏锐地察觉到农村发展的机遇。

当看到城市外卖行业的风生水起，他灵机一动：农村为何不能有自己的配送服务呢？说干就干，他风风火火地穿梭于各个厂家之间，凭借着真诚与执着，终于争取到了优质农副产品的直接拿货渠道。

就这样，村里的配送公司应运而生，一辆辆承载着希望的电动车奔驰在乡间小道上，不仅将新鲜的农产品送到了村民家中，还将村里的特色产品推向了更广阔的市场，多余的收益如涓涓细流，汇聚到了村集体的账目之中，为村庄的发展积攒下了第一桶金。

土地，是农民的命根子，可过去却因疏于管理而陷入困境。张钰痛心疾首地看到，农民手中的土地以白菜价承包给了外村人。他坚定地说："土地是农村的命脉，必须让其重新焕发生机。"于是，他又挨家挨户地走访，耐心地倾听村民的心声，给大家讲解土地整合的重要性和未来规划。在他的不懈努力下，土地承包逐渐规范化，到期后的土地被收回，地价大幅提升至每亩 800 元。

为了让村民放心，张钰斩钉截铁地承诺："如果价格达不到，缺多少我补多少！"不仅如此，他还牵头成立了党支部领办的"有点想法"合作社。这个名字看似诙谐，却凝聚着全体村民的智慧与力量。

在合作社的运作下，村里的闲置土地被盘活，一座超过 2000 平方米的仓储拔地而起，既用于蔬菜储存，又为村民提供了价格低廉的日用品，村集体收入也如同芝麻开花节节高，在短短三年间增加了数十万元。

村民郑现彬是西红柿种植能手，更成了张钰的得力助手。他种植西红柿已有十几年，他的西红柿口感鲜美、品质上乘，在村里有着良好的口碑。张钰联合郑现彬带头种植了两个棚的西红柿，并精心打造"好柿一筐""柿柿如意"等品牌。

这些品牌西红柿一经上市，便迅速赢得了市场的青睐，供不应求。看到西红柿种植带来的可观收益，村民纷纷加入到合作社中来。

2021年，张钰带领村民建设了高标准现代农业大棚10个，开展富硒西红柿规模种植。同时，他还流转了200余亩土地，创新开展了"七巧板"小菜园项目。这个项目面向城镇家庭，对流转土地采取"碎片化承包、集中托管经营"的模式，既满足了城市居民对绿色蔬菜的需求，又为村民增加了收入。通过合作社的引领和带动，村民的收入有了显著提升。据统计，当年累计为村民增收10万余元，其中村民获得分红6万元。这些实实在在的收益让村民看到了希望，也更加坚定了跟着党支部走、发展集体经济的信心。

四

在罗庄区委组织部和镇党委的指导下，张钰决定在村里试点推行"阳光票决"议事制度。为了推动这一制度的落地实施，张钰迅速成立了由种植大户、党员群众代表、"五老"、村务监督委员会组成的重大事项临时议事会。他们对发动党员群众入社抱团发展进行了"两上两下"的充分动议酝酿，向党员群众系统讲解了合作社的运营模式和发展前景。张钰亲自参与宣传发动，深入到每一户村民家中，耐心地给大家讲解制度的好处和具体操作流程。经过广泛的宣传发动和深入的讲解，村民对合作社有了更加清晰的认识和更加坚定的信心，最终获得了群众的广泛支持。

在张钰的带领下，村"两委"紧盯群众关注度高、社会敏感性强、利益涉及面广的10余项村级重大事项，突出"横向发动、纵向联动"，倒逼村干部按章办事，让农村小微权力在阳光下运行。这一做法不仅提高了村干部的工作效率和透明度，也增强了村民的信任感和满意度。2022 年，村级重大事项民主议事通过率达 100%，民生实事满意率在 96% 以上。全村全年信访、"12345"热线率全镇最低，村民议事参与度、满意度实现大幅提升。这些成绩的取得，离不开张钰和村"两委"的辛勤付出和不懈努力。

张钰的做法不仅得到了村民的认可和赞誉，也引起了上级领导的关注和重视。央视《焦点访谈》节目对他带领村民走出乡村振兴特色路的做法进行了报道，进一步扩大了这一做法的影响力和示范效应。

在张钰的带领下，村里形成了以"村党组织领航、村干部带头、配套组织发动、党员当先锋"的四级基层组织体系。这一体系确保了村级运转令行禁止、有呼必应、上下贯通、执行有力，为乡村振兴道路插旗引航。褚墩一村先后荣获"临沂市乡村治理示范单位""临沂市文明村镇"等荣誉称号。

如今的褚墩一村，产业活力四射，村庄面貌焕然一新，村民的脸上洋溢着幸福的笑容。而张钰，这位年轻的领路人，依然脚步不停，目光坚定地望向远方，他知道，在乡村振兴的道路上，还有更长的路要走，更多的梦想要去实现。

因为他坚信，只要心中有光，脚下就有力量。

致富"飞手"

在探寻乡村振兴的征程中，我采访到了两位"90后"的沂蒙"兵支书"——王成成和主父中顺。他们的故事描绘着新时代青年在乡村大地上的热血奋斗与担当。

身为"90后"的他们，本可以在繁华都市中选择轻松舒适的职业，享受霓虹灯下的浪漫和现代化写字楼的便捷。然而，家乡的召唤如战鼓擂动，他们毅然告别城市的喧嚣，投身到乡村的怀抱。

初见主父中顺，他那挺拔的身姿和坚毅的眼神，仍保留着军人的特有气质。"我在部队学会了担当与坚守，如今回到家乡，就是要把这些品质融入乡村建设的每一寸土地。"他声音低沉有力，每一个字都饱含着对这片土地的深情。

走进罗庄区傅庄街道小河湾村，一条条平坦的水泥路蜿蜒伸展，路两旁太阳能路灯整齐排列，宛如忠诚卫士。"刚回来时，村里路坑洼不平，晚上漆黑一片。"主父中顺回忆往昔，微微皱眉，"但咱当过兵的，不怕困难"。他积极争取上级政策支持，带领村民自筹资金、投工投劳。修路时，他总是冲在最前面，搬石头、和水泥，双手磨出厚厚的茧子。"看着路一点点修好，村民出行方便了，所有辛苦都值了。"他欣慰地笑着，眼神满是自豪。

小河湾村仅有 285 户人家，915 名村民，靠着 260 亩贫瘠土地过活。2021 年，傅庄街道决定从基层党建入手，选派"兵支书"为村庄注入新活力，在临沂市城市管理无人机大队工作的退伍军人主父中顺成为目标。

街道领导多次劝说，主父中顺内心纠结不已：一边是稳定工作与安逸生活，一边是家乡父老的期盼与乡愁。这个决定对他的家庭也是巨大挑战，妻子坚决反对，村支书月薪仅两千元，与原收入差距大。

何去何从？主父中顺心中反复掂量。他深知担任村支书不仅是一份工作，更是为家乡的未来和乡亲的幸福生活而奋斗。最终，他辞去无人机飞行工作，回村任职。在第一次全体党员和村民代表大会上，主父中顺阐述发展规划："我当过兵，不敢说能耐有多大，但我保证以军人优良作风，一心为大家谋福利。"

农村有句俗话："村看村，户看户，群众看干部。"主父中顺把主要

主父中顺操作无人机在田间工作

精力从生意上转移到村里。"东家长、西家短",农村工作很是繁杂,他没有一点儿埋怨。当选村干部以来,他想方设法在为乡亲谋出路。

"我掌握的无人机技术,不正是致富钥匙?"主父中顺眼神一亮,决定利用无人机技术带领村民走科技致富路。党支部领办无人机合作社,开展无人机喷洒农药项目。为此,主父中顺开车奔波于各农业发达县区,三个星期跑了 2000 公里,深入田间地头与农民交流,了解市场需求与农药功效,心中有了底气,也看到小河湾村未来的希望。

讨论合作社入股时,部分党员群众顾虑重重,毕竟是新事物,没人敢轻易尝试。主父中顺拍胸脯承诺:"如果赔了,我个人把大家投的钱和利息全返。"这承诺如定心丸,让大家悬着的心放下,先后有 13 户人家入股。

2021 年麦收时节,小河湾村购置第一架无人机。无人机在田野上空翱翔喷洒农药,村民纷纷惊叹,两分钟搞定两亩地,不踩坏小麦,防治效果还好。当年,小河湾村无人机航拍面积达 169 平方公里,飞防面积超 5.6 万亩,集体收入从零基础首次突破 52 万元。分红大会时,村里热闹非凡,欢声笑语传向远方……

"一人富不算富,众人富了才是真富。"主父中顺积极开拓业务,推出多款适用于不同行业领域的无人机系统平台,在 3D 测绘、罂粟巡查、森林防火等领域成效显著。2023 年上半年飞防 3 万多亩,测绘 4000 多亩,罂粟巡查 34 个村居。主父中顺的努力让小河湾村走上科技致富路,还吸引更多年轻人回乡。他为罗庄区 10 个村培训 20 多名无人机飞手,让在外游子踏上归乡征程。如今的小河湾村,已不再偏远落后,成为远近闻名的科技示范村……

从主父中顺身上可看出,农村基层是年轻干部成长的天然摇篮。年轻"兵支书"追求向上发展时,需扎根其中,在实践磨砺中铸就信仰根基、锤炼才能本领、厚植为民情怀、涵养工作作风,锻造担当干事创业的"铁肩膀"与"硬本领"。他们在乡村振兴的舞台上，正以青春之姿，书写着属于沂蒙大地的壮丽篇章，他们的故事也将激励更多年轻人投身乡村建设，共同绘就乡村振兴的宏伟蓝图。

尾声

谱写乡村『战』歌

　　当我从浩繁工作中抬头望向广袤乡村大地，"兵支书"三个字如炽热火焰撞击我的胸膛。当我逐字逐句撰写时，眼前仿佛浮现出一个个坚毅的面容，他们眼神中的无畏与执着，让我心底涌起无尽感触，在文字与画面交错间，灵魂似与他们深度对话。

　　如果说家庭是社会的细胞，那么乡村就是中国社会最小的单元。现代中国的乡村治理与传统中国的乡村治理截然不同，党的基层组织是灵魂是关键。沂蒙"兵支书"整顿组织，依靠组织，在生活区、生产区、生态区的布局上持续发力，让村庄发生了令人难以置信的变化。他们遇到的困难和挑战，没有乡村生活经验的人是难以想象的。种种人际的矛盾、资金的困难、政策的瓶颈，甚至村民的刁难等都是实实在在的壁垒，需要他们一个一个地去攻破和克服。

　　然而，正是这些困难和挑战的解决，让沂蒙"兵支书"的形象树立起来，让乡村振兴之路有了切实可行的参照。在乡村大地上，"兵支书"不只是称谓，更是使命召唤与精神象征。

　　乡村振兴是新时代中国改革发展的重大任务。某种程度上，事关中国式现代化的"最后一公里"。习近平总书记说，全面建设社会主义现代化国家，既要有城市现代化，也要有农业农村现代化。要在推动乡村全面振兴上下更大功夫，推动乡村经济、乡村法治、乡村文化、乡村治理、乡村生态、乡村党建全面强起来，让乡亲们的生活芝麻开花节节高。沂蒙"兵支书"是时代的深情呼唤，是临沂市践行习近平总书记重要指示批示精神的体现，如及时雨滋润脱贫攻坚土地，似明灯照亮乡村振兴方向，像桥梁连接城乡融合大道，更是加强基层组织建设的稳固基石，增强了农村基层党组织的凝聚力与战斗力，成为乡村发展的坚强堡垒。

　　行笔至此，我耳畔忽然响起那首激荡人心的《兵支书之歌》。

脱下心爱的军装，

热泪洒在路上，

铁打的营盘流水的兵

敬下庄严军礼 回到家乡

党旗下宣誓过

大熔炉炼出钢

退伍不褪色，奔赴新战场

脚下挂泥土，头上顶星光

要让青山绿水见证军人模样

啊，啊，啊

我是兵支书，心中有梦想

奋斗是头雁，幸福领头羊

啊，啊，啊，

我是兵支书，使命勇担当，

奔向新征程，胜利在前方……

　　这歌声穿越山川田野，仿佛在诉说着"兵支书"的艰辛与付出，又似在为他们的胜利欢呼。每一个音符都跳动着他们的热血与激情，每一句歌词都铭刻着他们的功绩与梦想。他们的故事，将随着这歌声，在沂蒙大地久久回荡，传向更远的地方，激励着无数怀揣梦想与情怀的人，义无反顾地深扎乡土，投身乡村振兴的征程，续写属于沂蒙、属于中国的乡村"战"歌……

后记

当我决定撰写《沂蒙"兵支书"》这部报告文学时，心中充满了无限的感慨与敬仰。如今，随着文稿的逐渐完成，那份深藏于心的情感也愈发浓烈，促使我写下这篇后记，以记录这段创作的心路历程。

2023 年 6 月的一天，电视屏幕亮起"沂蒙发布厅——沂蒙优秀兵支书"发布仪式的画面。20 位"沂蒙优秀兵支书"昂首站立在领奖台上，他们质朴而坚毅的面容，闪耀着荣誉的光芒。

那一刻，鲁迅文学奖获得者、山东省作协第六届副主席、著名作家许晨老师的话语在耳边回响。一年前，省委组织部、省作协组织作家来蒙阴采风，市委书记任刚讲述全市沂蒙"兵支书"选配情形，当时"兵支书"品牌已在全国声名远扬。导师瞬间洞悉这一题材潜藏的文学富矿，力荐我开启这段创作之旅，并反复叮嘱我尽快着手创作。

在临沂市退役军人事务局的支持与协助下，我开启了深入沂蒙大地的探索之旅。怀揣着敬畏，我漫步于一个个村庄，错落的屋舍似在低吟岁月的歌谣。轻叩"兵支书"的家门，与他们促膝而坐，聆听灵魂的交响。晨曦初露，他们已穿梭街巷，指挥着垃圾清运与道路整治，为村庄梳妆；村民发生龃龉，他们不辞劳顿，凭耐心与睿智化解干戈；面对产业发展瓶颈，他们四处奔走，眼眸中闪烁着坚毅与果敢，为乡村寻机。这些鲜活的片段，为我洞开了一扇通往沂蒙"兵支书"精神世界的新窗，让我得以领略其深邃与崇高。

沂蒙"兵支书"曾在炽热的军营千锤百炼，军旅的火种深植灵魂。归乡后，他们扎根乡土，将青春的热血倾洒在这片眷恋的厚土，倾心为百姓筑梦。军营铸就的钢铁脊梁，在乡村舞台上演绎着基层治理的华章，尽显非凡身手。相较戍边的金戈铁马、气吞山河，他们在乡村振兴之途的奋进或许少了些烽火硝烟，却多了份润物无声的坚守与深情。在他们的引领下，往昔污水四溢、垃圾蔽目的村庄，如今街巷整洁、翠影摇曳，仿若桃源；曾经纷争不断、矛盾丛生的村落，如今邻里相睦、笑语欢歌，满溢温馨；昔日荒芜贫瘠、望天祈岁的僻壤，如今产业兴旺、生机蓬勃，奏响希望之歌。

这一个个村庄的惊艳蝶变，宛如一部部激昂的奋斗史诗，而"兵支书"实干担当的精神，便是解锁传奇的密钥。他们以行动昭告天下：戎装虽解，但冲锋之姿未改，"向前"的信念已融入血脉。实干担当，于他们而言，是困境前的无畏逆行，是荆棘路上的奋勇开拓，是明知山有虎偏向虎山行的果敢坚毅，是沂蒙乡亲心尖上的依靠，引领众人奔赴幸福彼岸。时至今日，临沂大地之上，1140名"兵支书"与6194名"兵委员"如繁星散落，在各自的坐标上闪耀。虽已告别军营，但使命在肩，家国情怀炽热如初。他们殚精竭虑，为村民纾困解难，桩桩善举暖人心扉，以实际行动诠释初心如炬、使命在肩，于平凡中绽放不凡光彩，书写属于自己的荣耀篇章。

在创作过程中，我遇到了许多困难和挑战。如何精准捕捉"兵支书"独特的性格神韵？怎样以生花妙笔复现他们忙碌而温暖的日常？又该如何深挖他们坚毅外表下炽热深沉的内心？这些难题如影随形，让我在无数个日夜苦思冥想。我深知，唯有走进他们的心灵深处，方能雕琢出有血有肉、感人肺腑的作品。于是，我字斟句酌，段段推敲，反复打磨，不放过任何细微末节，只为让每个故事都盈满生活的温度，让每个人物都鲜活灵动，让每处场景都真实可触。

随着创作的逐步深入，我越来越惊喜地发现，沂蒙"兵支书"早已超越了一个简单的群体概念，他们升华成为一种精神象征，凝聚成一股磅礴而强大的力量。他们用日复一日、年复一年的实际行动，生动而深刻地诠释了责任、担当与奉献的深刻内涵。他们以自己的热血青春和无悔人生，深情演绎着伟大沂蒙精神的时代旋律，成为沂蒙这片红色土地上高高飘扬的精神旗帜。

这部沂蒙"兵支书"的报告文学，于我而言，不单是创作实践，更是心灵的涅槃升华。它引领我走进沂蒙"兵支书"的伟大群体，聆听他们的心声，触摸他们的灵魂；也让我洞见文学的价值与意义。我深信，这部作品能让更多人知晓沂蒙"兵支书"平凡而伟大的故事，感受其震撼人心的精神力量，从而受其鼓舞，在人生路上逐光奋进。如今，回首这段汗水与欢笑交织、迷茫与坚毅相伴的创作之路，内心充盈着收获的欣悦与满足。我收获的不只是作品完稿的成就感，更为珍贵的是对沂蒙"兵支书"群体刻骨铭心的认知与敬意。他们用行动为我讲授了一堂生动深刻的人生课，让我真正明悟英雄楷模的真谛。能以笔记录他们的故事，是我的荣幸，更是沉甸甸的责任。我将铭记这段宝贵经历，期待这部作品如希望之种，在读者心田萌芽，让沂蒙"兵支书"的精神之光，照亮更多人前行的方向。

在这里，感谢《中国作家》杂志社主编程绍武、纪实部主任佟鑫等老师的关心指导，使得《沂蒙兵支书》于2025年首发于《中国作家》（纪实版）头条。感谢中共临沂市委组织部、市委宣传部、市文联、市作协的关心支持；感谢临沂市退役军人事务局对本次创作的鼎力支持，为我提供大量素材，为写作打下了坚实的基础。

在结束这篇后记之前，我想用一句话来概括我对沂蒙"兵支书"的感受："他们是共和国的脊梁，是沂蒙人民的骄傲；他们的精神将永远激励着我们去追求更加美好的未来！"

张一涵

2025 年 7 月 1 日